KB013299

회귀자 사용설명서

WISHBOOKS FANTASY STORY

회귀자
사용설명서 25

흙수저 판타지 장편소설

초판 1쇄 찍은 날 | 2020년 6월 8일
초판 1쇄 펴낸 날 | 2020년 6월 15일

지은이 | 흙수저
펴낸이 | 예경원

기획 | 위시북스
편집책임 | 이은송
편집 | 위시북스

펴낸곳 | 예원북스
등록번호 | 제396-2012-000132호
등록일자 | 2012. 7. 25
KFN | 제1-540호

주소 | 경기도 고양시 일산동구 호수로 646-24 위너스21II빌딩 206A호 (우)10401
전화 | 031-819-9431 팩스 | 031-817-9432
E-mail | yewonbooks@naver.com

ⓒ흙수저, 2018

ISBN 979-11-365-3189-6 04810
       979-11-6098-877-2 (set)

회귀자 사용설명서

25

흙수저 판타지 장편소설

WISHBOOKS FANTASY STORY

Wish Books

회귀자
사용설명서

CONTENTS

176장
내 머릿속의 지우개(2)

'얘가 미안해지게 왜 그래, 진짜……'

눈치를 보는 게 당연했다.

슬쩍 고개를 들어 훔쳐본 조혜진의 얼굴은 엉망이었다. 얘가 이렇게 서럽게 우는 건 김현성에게 빛의 속도로 차인 이후로 처음이다. 엉엉 소리를 내며 우는 것은 아니었지만, 계속해서 떨리는 입술과 얼굴이 시야에 들어왔다. 본인도 민망했는지 황급히 얼굴을 가렸지만, 부들부들 떨리는 어깨를 통해 조혜진의 눈물샘이 마르지 않았다는 걸 깨달을 수 있었다.

'아니, 왜 울고 그래. 왜 이렇게 다큐멘터리로 받아. 너 그런 캐릭터 아니었잖아.'

나쁘지 않을 것 같아 대충 지어내 말이었다. 조혜진이 심각하게 받아들일 거라는 건 예상하고 있었지만, 이 정도의 반응을 보일 거라고는 정말 상상하지도 못했다.

얼마 없는 양심이 찔려오는 게 당연하리라. 이쪽에서는 별생각 없이 개연성만 맞춰 집어 던진 거짓부렁에 눈물을 터뜨릴지 누가 알았을까.

시간이 지나면 지날수록 민망해진다. 안 그래도 조용한 곳이 더 숙연해지니 이 자리가 불편해졌다는 건 굳이 설명할 필요가 없으리라. 다른 사람이라면 그냥 그러려니 하겠지만, 눈앞에 있는 상대가 조혜진이다 보니 점점 더 머쓱해지기 시작.

긴 침묵을 깨고 입을 열자 역시나 곧바로 반응해 오는 것이 시야에 비쳤다.

"울어요?"

"……."

"진짜 울어?"

"누가 울었다고 그러십니까."

"아니, 울었잖아요. 지금도 울고 있잖아요."

"안 울었습니다. 지금도 안 울고 있고요."

"아니, 우는 것 같은데."

"안 울었다는데 자꾸 왜 그래요! 진짜 안 울었습니다. 안 울었다고! 안 울었다고요. 안 울었다고!"

"아…… 네."

"그리고…… 그리고 정말 지금 이 상황에 그런 게 중요합니까? 그런 농담이 나와요? 꼭 그렇게 물어봐야겠습니까?"

"아니……."

"분위기 파악 못 하는 건 원래 알고 있었지만, 이 정도인 줄은 정말 몰랐습니다. 지금 이 상황에 그런 쓸데없는 장난을 하고 싶습니까? 어떻게 웃을 수 있는 겁니까. 지금 입꼬리가 올라갑니까? 기억을 잃는다고요? 정신이 침식을 당해? 그걸 알고 있었는데도 어떻게 아무 말도 안 할 수가 있습니까. 그래도…… 그래도 친구라고…… 흐윽……."

"……."

"어떻게 아무 말도 안 하고 그렇게…… 가만히 있을 수 있느냐 말입니다…… 어떻게…… 어떻게 그걸 혼자서 감당하고 있었어요. 어째서…… 왜."

'분위기 진지하게 만들지 마, 진짜. 어색해지게 왜 그래. 사람 미안해지게.'

어깨라도 한번 두들겨 줘야 하는 건지 아니면 한번 안아줘야 하는 건지 감을 잡을 수가 없다.

잠깐 고민해 봤지만, 두 가지 선택지 모두 피하도록 하자. 본인이 별로 좋아하지 않을 테니까.

일단은 감정이 가라앉을 때까지 조용히 두는 게 최선 아닐까. 괜히 이죽거리거나 수습하려다가는 분위기가 더 안 좋아질 것 같았다.

예상대로 시간이 조금 지난 직후에 기어코 눈물을 틀어막는 데 성공한 조혜진의 모습이 눈에 들어왔다. 코와 눈이 붉어져 있는 모습. 아직도 진정이 되지 않았는지 조금씩 몸이 떨렸지만, 일상적인 대화를 나누는 데는 지장이 없다.

본인이 부끄러운 반응을 보였다는 건 알고 있는지 조금 전의 나보다 더 민망해하는 모습. 평소의 조혜진을 생각하면 아마 오늘 일을 두고두고 떠올리며 이불을 발로 차지 않을까. 그만큼 내가 보기에도 익숙하지 않은 장면이었다.

뭐, 사실 기분이 나쁘지는 않다.

'키야, 우리 혜진이가 나를 이만큼이나 생각하고 있었네.'

저도 모르게 엄지를 치켜세우고 싶어진다.

'그게 그렇게 슬펐어요? 아구구. 그래서 눈물이 나왔쩌?'

"무슨 생각을 하는지는 모르겠지만, 기분 나쁜 표정으로 기분 나쁜 생각을 하는 건 자제해 주는 게 좋을 것 같습니다, 부길드마스터."

"뭘 또 그렇게까지 표현하십니까. 친구가 아프다는 사실에 이런 반응을 보여주는 게 고마워서 그러는 거죠, 뭐."

"……후우……."

"……."

"얼마나 된 겁니까."

예상보다 심각해 보이는 반응에 '사실은 농담이었습니다'라고 아까 했던 말을 전부 취소하고 싶은 마음이 일었지만, 말이 쉽게 나올 리가 없다. 이런 분위기에서 그런 말을 꺼낼 수 있을 정도로 내 낯짝이 두껍지는 않았으니까.

'이건 그냥 안 들키는 게 낫겠네.'

들키지만 않으면 진실이 아니던가.

모든 곳에서 통용되는 불변의 법칙을 떠올리며 조심스레 입을 열려던 찰나에 다시 한번 목소리가 들려왔다.

"대답 안 해주실 겁니까?"

"뭐, 딱히 할 말이 없어서요. 아까 들으신 그대로예요. 치료를 위해 베니고어 님을 뵈러 갔을 때 알았습니다. 물론 그 당시에는 별다른 문제가 없었고요. 전에 일어났던 일에 대한 기억이 전부 사라지기는 했지만…… 별일 아니라고, 아닐지도 모른다고…… 그렇게 생각했었습니다. 하지만 모든 게 생각처럼 훈훈하게 진행되지는 않더군요."

"……."

"시간이 지날수록 조금이지만 증상이 나타나긴 했습니다. 사실 별건 없습니다. 방금 있었던 일이 잘 기억이 나지 않는다든지, 집무실의 위치가 어딘지 기억이 안 나거나…… 잠깐 멍해질 때가 있습니다. 일상생활에 지장이 생길 정도는 아닙니다, 아직까지는요."

"그걸 말이라고……."

"어차피 막을 수 없는 일입니다. 막을 수 있는 일이라고 한들, 현시점에서 치료를 받을 수도 없고요."

"분명히 뭔가 방법이 있을 겁니다. 베니고어 님께서 그렇게 말씀하셨다고 해서 희망을 버리지 마세요."

"희망을 버린 게 아니에요. 정말로 내가 전부 포기한 거로 보였어요? 성격 아시는 분이 왜 이러실까. 현재 더 중요한 일이 있다고 생각했을 뿐입니다. 솔직히 나도 아예 불안하지 않은 건 아니니까. 머릿속에 있는 지식까지 사라져 버리면 어떻게 하나 하는 생각 말입니다. 객관적으로 판단해 보건대, 현재 시점에서 제 머리보다 중요한 게 바로 이곳이에요. 못 막으면 다 뒈지는 건 똑같은데…… 지금 와서 몸 사리고 편히 누워서 쉴 수 있겠습니까. 방법은 알아서 잘 생각할 테니, 크게 걱정하지 않으셔도 됩니다."

"누가 걱정했다고……."

"그리고 다시 한번 말씀드리지만, 현성 씨나 다른 길드원들한테는 비밀로 해주세요."

"그건……."

"부탁입니다. 현성 씨한테 언질을 받으신 것 같은데…… 혹시 정확히 뭐라고……."

"의심이 가는 정황이 몇 가지 있다고 하셨습니다. 확실하지는 않지만, 상태가 최근 들어서 더 안 좋아지신 것 같다고……. 어쩌면 기억을 잃었거나 정신적으로 문제가 생겼을 수도 있다고 말씀하시더군요."

'그래, 내가 이럴 줄 알았지.'

"저 역시 마음에 걸리는 게 몇 가지 있었던 터라……."

"돌아가면 별일 아닌 것 같다고, 오해하신 것 같다고 말씀 좀 전해주세요."

"어째서 숨기시려고 하는 겁니까."

"뭐 좋은 일이라고 여기저기 떠벌리고 다닌답니까. 저 혼자만 알고 있어도 되는 일인데. 제 뒤처리는 제가 알아서 해요. 쓸데없이 걱정 끼치고 동정받고 싶지 않다, 이 말입니다."

"그래도 모두가 아는 게 더 좋을 겁니다. 전부 알아야 해요. 그래야만 합니다, 부길드마스터."

'아니야, 몰라도 돼. 너 혼자 알고 있어. 그게 맞아. 동네방네 소문내고 다닐 거면 내가 이 말을 꺼낸 이유가 사라지잖아.'

"괜히 제가 스트레스받을 것 같아서 그런 겁니다. 어차피 자연스럽게 알게 될 일인데…… 지금은 일 외적인 걸로 스트레스받기 싫으니까. 혼자만 알고 계세요. 정말로 부탁합니다."

"……."

'아니, 또 왜 울어.'

갑자기 고개를 푹 숙이는 모습이 눈에 들어온다. 얘가 이렇게 감수성이 풍부할지 누가 알았을까.

'그래, 마음껏 울어라, 혜진아. 울어서 네 순수를 마음껏 증명해.'

"일…… 단은 그렇게 하겠습니다. 네. 일단은요. 하지만 부길드마스터의 말에 동의하는 것은 아닙니다. 언젠가는 꼭 알리셔야 합니다. 그런 종류의 관심이 달갑지 않으실 거라는 건 알고 있지만…… 언제까지 속일 수는 없으니까요. 그전까지는 제가…… 제가 도와 드릴 수 있도록 하겠습니다. 여러 가지로요."

"감사합니다."

"별로 감사할 필요 없습니다. 네…… 감사할 필요 없는 일이죠……. 오히려 제가 죄송합니다."

"혜진 씨가 죄송할 게 뭐가 있습니까. 그냥 그러려니 하고 넘어가세요. 아 그리고 이쪽 지역 조사 다 끝난 이후에 조금 틀어박힐 테니 그렇게 알고 계시고요."

"네······ 알겠습니다. 알겠······."

"네."

다시 한번 둑이 터진 것처럼 눈물을 흘리는 조혜진이 눈에 보였다. 왼손으로 눈물을 최대한 훔치고 있는 모습을 바라보기가 무서웠지만, 원활한 연구를 위해서는 꼭 필요한 작업이 아니었나 하는 훈훈한 생각이 들어 꽂힌다.

가슴이 찔리는 것과는 별개로 이성은 앞으로 편해지겠다며 환호성을 내지르고 있었다.

'아, 그래도 진짜 오랜만에 미안해지네.'

하지만 미안하다고 해서 저 의혹에 계속해서 침묵할 수는 없지 않은가. 뭐라도 선택해야 했고, 여러 가지 선택지 중에 가장 좋은 선택지를 골랐어야만 했다.

'아, 아무 일도 없었어요. 그러니까 저 좀 내버려 두세요'라고 말한 들 믿어줄 것 같지가 않다. 조혜진은 물론이거니와 김현성은 더욱더 그럴 것이다.

차라리 조혜진이 김현성에게 직접 전하는 쪽이 더 공신력 있다. 계속해서 변명하느라 시간을 보내는 것보다는 안정적으로 시간을 버는 게 더 합리적인 선택이지 않은가.

"이제 좀 그만 우세요."

'조금 더 프라이빗한 공간을 만들어야 돼.'

자꾸만 거리를 벌리는 것 같아 미안하기는 하지만, 김현성이 이 장소를 눈치챈다면 어떤 반응을 보일지 도무지 상상할 수가 없다. 이미 얻어갈 것이 한둘이 아닐 거라는 오피셜이 붙은 만큼 이전보다 더 전문적으로 들어가야만 했다.

무능력한 베니고어와 엘룬 쓰레기에게 아무리 비벼봐야 아무것도 나오지 않는 상황이다. 기댈 곳이 이곳밖에 없다는 것은 너무나도 당연한 사실이 아닌가.

벨리알이라도 불러오고 싶었지만, 베니고어와 계약한 벨리알이 현세로 소환되기 위해서는 여러 가지 채워야 할 조건이 많다. 기껏 베니고어가 틀어막고 있는 구멍이 벨리알로 인해 다시 늘어날 수 있으니, 그것 역시 경계해야 할 일이고……. 저 위쪽이 복잡하다 보니 아래쪽은 더 복잡할 수밖에 없다고 여겨졌다.

본격적으로 자리를 잡고, 아까 전부 확인하지 못했던 것들을 둘러보자 확실히 고개가 끄덕여졌다.

'이거 지금부터 파도 나쁘지는 않겠는데.'

물론 호문클루스나 키메라들이 성검에게 선택받은 용사의 빈자리를 메울 수 있을 거라고는 생각하지 않는다. 특히나 키메라들은 고작 영웅, 높으면 전설 등급 판정을 받아내는 게 고작 아닐까. 물론 없는 것보다야 낫겠지만, 특성상 적극적으로 활용하기에는 문제가 많기도 했고, 퀄리티 자체에도 차이가 있다.

'인식에도 문제가 있고……'

애초에 뿌리가 흑마법에 있을뿐더러, 겉모습 자체가 빛과 함께 싸우는 이들이라기에는 무리가 있지 않은가. 기본적으로 몬스터의 외관을 베이스로 하다 보니 조금 켕기는 것도 있고…….

'아니지, 외관은 바꾸면 되는 거 아닌가.'

써먹을 수 있다면 전부 써먹는 게 맞다. 현재는 똥오줌 가릴 처지가 아니지 않은가. 성검이 없다면 마검이라도 가져와 써먹 어도 모자라…….

"어?"

벼락처럼 뭔가가 머릿속에 꽂힌 듯한 기분.

기다렸던 것처럼 목소리가 들려오기 시작했다.

[필요한 게 그것뿐입니까?]

'……'

[필요한 게 그것뿐이냐고 물었습니다.]

'……'

[보았던 그대로고 들었던, 읽었던 그대로였군요. 딱히 악인 이라고 할 수 없다만, 당신처럼 역겨운 영혼을 가지고 있는 자 는 처음입니다. 이렇게 대화를 나누니 정말로 즐겁군요.]

들려온 목소리에 깜짝 놀란 것 역시 잠시뿐이었다. 이미 몸에 새겨진 권력자를 향한 아첨 본능이 저도 모르게 입을 열었다.

'아이고…… 누구신지는 모르겠지만, 이렇게 이야기를 걸어 주시니 영광 또 영광, 압도적 영광입니다. 옥구슬이 굴러가는 목소리에 몸 둘 바를 모르겠습니다요. 무슨 볼일이 있으셔서 이 하등하고 또 하등한 필멸자를 찾아주셨습니까.'

[하등하다니요. 그대에게 어울리는 말은 아닙니다. 이미 그 격이 평범한 벌레들과는 다른데, 어떻게 그대를 다른 인간들

과 같은 하등한 존재로 치부할 수 있겠습니까. 이미 벨리알, 그 아이와는 이야기가 끝난 것으로 알고 있는데…… 제 말이 틀렸습니까?]

'벨리알 님께서 이 하등한 사람을 좋게 봐주신 것뿐입니다. 어찌 제가 지고의 악마분들과 같은 선상에 설 수 있겠습니까.'

[글쎄요. 군이 벨리알이 아니더라도 당신과 함께 일하고 싶어 하는 이들이 많습니다. 파이몬, 바신, 몰렉, 72군단 중 저와 뜻을 함께하는 악마들 모두가 당신을 기다리고 있습니다.]

'영광 또 영광이옵니다.'

도대체 누구지?

라는 생각이 저도 모르게 머릿속을 스쳐 지나갔다. 한 가지 확신할 수 있었던 것은 지금 내게 말을 건 악마가 평범한 악마가 아니라는 것. 악마 계약자 놈들에게 커다란 힘을 줬을 때부터 예상은 했지만, 갑작스러운 상황에 정신을 차릴 수가 없었다.

"괜찮으십니까? 부길드마스터! 부길드마스터!"

'시바…… 이거 어떻게 해.'

안 그래도 정신이 없는 와중에 조혜진은 입술을 꽉 깨문 채로 내 동태를 살피는 중.

말하는 타이밍이 좋지 않았다는 걸 깨닫게 된다. 안 그래도 베니고어와 대화를 하는 것 때문에 이런 종류의 의혹이 생기지 않았던가. 방금까지 눈물을 흘리며 이야기를 주고받던 조혜진이 이런 상황을 어떻게 받아들일지 제대로 확신이 서지 않는다.

이 위대하고 고결하신 악마분은 왜 하필 이런 타이밍에 친히 납시어 대화를 걸어주셨는지 모르겠다. 내가 곤란해하는 상황을 즐기는 건 아닐까 하는 생각이 들 정도였다. 악마들은 누구나가 다 짓궂은 면이 있으니까.

"잠, 잠깐만 나가 계세요. 급하게 할 일이…… 아무 일도 아니니까 잠깐만 혼자 있게 해주세요. 정말로 괜찮습니다."

"통증이 있으신 겁니까? 지금 무슨…… 어떻게…… 이걸 어떻게…… 사제를 불러오겠습니다. 이럴 게 아니라……."

아니, 괜찮으니까 가만히 좀 내버려 둬, 시바. 지금 중요하단 말이야, 혜진아. 진짜 중요해.

"정말로…… 아무렇지도 않습니다. 그러니까…… 잠깐만…… 혼자…… 잠깐만 제 몸에 손대지 마시고…… 혼자 있게 해주세요. 신성력으로 해결할 수 있는 일이 아닙니다. 그리고 아픈 게 아니라 그냥 잠깐 머리가 멍할 뿐이니…… 걱정하실 필요도 없습니다."

상황은 점점 점입가경으로 흐르는 중.

절박한 얼굴로 나를 바라보는 조혜진의 얼굴이 계속해서 시야에 들어오니 어떻게 이 대화에 집중할 수 있겠는가. 생각하던 것보다 오해가 더 커질지도 모른다는 생각에 입술을 꽉 깨물었지만, 지금 와서 일을 놓을 수는 없다.

얼마 만에 찾아주신 중역이던가. 거래처의 부장도 아니라 대기업 회장님으로 추정되시는 분이 직접 귀하신 몸을 이끌고 행차해 주셨다. 72악마 중에 27군단장이었던 벨리알, 아니, 이제는 10위권 안에 진입했을지도 모르는 벨리알 님을 아이라고 표현했으니 무슨 말이 더 필요할까. 심지어 파이몬, 바신, 몰렉 같은 다른 군주들의 이름들까지 아무렇지도 않게 부르고 있다. 대충 머리를 굴려봐도 무조건 5위 안에 랭크되어 있다고 생각하는 게 맞다.

"부길드마스터!"

'제발 그만해, 시바. 혜진아, 지금 바빠.'

[혹시 제가 방해가 된 것은 아닌지 모르겠군요.]

'아이고오! 그럴 리가 있겠습니까. 방해라니요. 전혀 아니옵니다. 그럴 리가 있겠습니까. 남아도는 게 시간입니다요. 그러니 내 집이다. 생각하시고 편안하게 말씀해 주시면 됩니다.'

[확실히 당신은 재미있군요. 그 아이들이 관심을 가질 만합니다. 저 역시 개인적으로 당신에게 아주 커다란 관심을 가지고 있어서…… 이렇게 다소 무례한 방법을 사용한 것에 대해 먼저 죄송하다는 말을 전하고 싶습니다. 아시다시피 저희의 경우에는 대륙에 직접적인 영향력을 끼칠 방법이 한정적인 터라……. 다른 이들은 물론이거니와 저 같은 경우에는 정도가 조금 더 심한 편입니다. 그렇기에 이런 식으로밖에 인사를 드리지 못하는 점, 다시 한번 정중히 사과드리겠습니다.]

'정확히 무슨 말씀이신지.'

[당신을 이 장소로 불러들이기 위해서 벌레들 몇몇에게 힘을 내려준 것을 말씀드리는 겁니다.]

'아이고오······ 뭐 그런 걸 다 걱정하고 그러십니까. 오히려 그런 방식으로라도 하등한 필멸자와 만나기를 원하셨다고 하시니, 제가 더 성은이 망극할 지경입니다요. 감사, 또 감사합니다.'

[그렇게 자신을 낮추실 필요는 없습니다. 그나저나 역겨운 영혼이라는 건 참으로 신기하군요. 이런 종류의 아부에 대해서는 별 자극이 없을 거라고 생각했는데······ 이런 기묘한 우월감이라니······. 이런 감정을 느끼는 것도 참으로 오랜만인 것 같습니다. 즐겁군요. 네, 즐겁습니다.]

"이럴 게 아니라 엘레나 님을 데리고 오겠습니다. 엘레······ 엘레나 님을······."

아니, 제발 그러지 마, 조 대리. 회장님 즐겁다고 하시잖아.

"괜찮으니까······ 괜찮으니까······ 잠깐만 혼자 내버려 두세요. 그런 걸로 해결되지 않을 거라는 거 잘 알고······ 계시지······ 않습니까. 그냥······ 잠깐만 혼자 내버려 둬요."

"······."

[정말로 괜찮으신 겁니까?]

'안 괜찮아도 괜찮은 상황일 테니, 걱정하지 마시고 편하게 말씀해 주시면 됩니다. 오히려 제가 다 사과드리고 싶은 심정입니다.'

[기왕이면 얼굴을 마주 보고 대화를 나누고 싶은데······ 조금 어려워 보이는군요.]

'아닙니다요. 그렇지 않습니다. 곧바로 불러주시면 됩니다.'

[찰나이지만 현세에서는 정신을 잃게 될 겁니다.]

'아이고오…… 또 뭐 그런 걸 걱정하고 그러십니까. 저언혀 상관없습니다요.'

[순결한 영혼을 가진 이와 짧게 대화할 시간 정도는 드릴 수 있습니다. 혹여나 정신을 잃은 시간 동안 이 장소를 빠져나가면 저 역시 곤란해지니…….]

"일단 모, 모시겠습니다, 부길드마스터."

"아니요. 절대로 밖으로 나가지도 말고 누구한테 알리지도 마세요. 절대로, 절대로…… 부탁드립니다. 혜진 씨. 절대로…… 제 말 명심하세요. 이 장소를 벗어나면 안 됩니다. 잠깐입니다, 아주 잠깐 동안만……."

[지금 모시도록 하겠습니다.]

풍경이 곧바로 뒤바뀐 것은 찰나였다.

벨리알, 베니고어와 함께 협상 테이블에 함께 올라갔던 것처럼 정신이 어디론가 빨려 들어가는 것처럼 느껴지더니, 순식간에 자리하게 된 곳은 고전적인 양식의 가구들이 즐비해 있는 방 안. 커다란 테이블에는 지금까지 본 적도 없는 호화로운 만찬들이 놓여 있었다.

'조혜진이 말을 들어야 하는데.'

현세의 일에 대해 걱정하고 있는 동안, 이윽고 집사 몇몇이 방 안으로 들어오는 것이 시야에 비친다. 콧수염을 멋들어지게 기르고 있는 전형적인 미중년들은 내게 그 어떠한 말도 건네지 않고 비어 있는 잔에 조용히 와인을 따른다.

어안이 벙벙해지는 것도 무리가 아니리라. 여기가 정말로 무의식 세계가 맞는지 아니면 내 몸이 실제로 이동됐는지 헷갈리게 느껴질 정도였으니까.

눈을 잠깐 깜빡인 순간 내 몸은 의자에 앉아 있었고 두 손은 포크와 나이프를 들고 있다.

'시바, 이게 도대체 뭐야.'

라는 불경한 생각을 잠깐 머릿속에 담기는 했지만, 고개를 흔들어 곧바로 떨쳐 버렸다. 눈앞에서 나를 바라보고 있는 여자의 모습이 시야에 들어왔기 때문이다.

길게 늘어뜨린 흑발, 검은색의 눈동자. 인간들이 가지고 있는 검은색이라고는 볼 수 없다. 정말로 칠흑 같은 어둠을 가지고 있는 눈동자와 머리카락이라고 표현하는 게 맞을까.

인간이 육안으로 볼 수 있는 색과는 거리가 멀다. 별 한 점도 없는 우주를 색으로 옮기면 이런 느낌이지 않을까. 저도 모르게 그런 생각을 하게 될 정도였다.

벨리알을 처음 봤을 때와는 느낌이 다르다. 저도 모르게 덜덜 떨려오던 위압감은 없다. 오히려 사람을 무척 편안하게 해주는 것 같은 느낌에 싱긋 웃고 있는 모습은 두말할 필요도 없이 아름다웠다. 도저히 악마라고 부를 수 없는 외관.

하지만 눈앞에 있는 여자는 악마가 맞다. 그것도 상당히 상위에 랭크되어 있는 악마. 본인의 입으로 본인이 직접 계약자들에게 힘을 내려줬다고 말하기도 했고, 나를 자신이 있는 쪽으로 끌어들이기 위해 그들을 이용했다고 말하기도 했다.

악마 계약자 놈들의 불타는 의지와 노력에 박수를 쳐줬었던 이전의 내 생각이 틀렸다는 걸 인정할 수밖에 없었다. 만약 저 아름다우신 악마분의 말씀이 전부 맞다면 아마 그들이 원해서 소환된 것이 아닐 것이다. 정확히는 저 악마가 소환되기를 원했다고 표현하는 것이 옳다.

물론 위 방법 역시 평범한 악마들이 선택할 수 있는 방법이 아니다. 72군단에 랭크되어 있다고 한들, 본인이 튀어나오고 싶다고 해서 튀어나왔다는 악마는 본 적도 없고 들은 적도 없다. 이런 방식을 선택할 수 있었던 것은 그녀가 가지고 있는 지위와 연결이 되어 있지 않을까. 정확히 지옥의 구도가 어떻게 돌아가는지 알 수는 없지만 최소 5위, 아니, 3위 안에 들어가 있다고 생각하는 것이 타당하다.

저 여자가 정말로 서열 3위 이상의 랭크되어 있고, 그런 악마가 대륙에 발을 들여놓았다고 가정해 보자. 베니고어를 무시하는 것은 아니지만, 그녀 혼자서 수습을 할 수 있을 리가 없지 않은가. 모르긴 몰라도 베니고어 윗선에 있는 이들이 대륙으로 파견되지 않을까. 대륙이 금방 개판이 될 거라는 건 너무나도 당연한 거고……. 그건 온건파로 분류되는 것으로 추정되는 저 악마가 원하는 바가 아닐 것이다.

-재미있는 추론이군요. 거의 다 정답입니다. 제가 이렇게밖에 당신을 만날 수 없었던 이유도 맞고, 온건한 성향을 가지고 있다는 것 또한 정답입니다.

'건방졌다면 죄송합니다.'

-처음 보는 이를 제대로 직시하고, 파악하는 건 중요하니까

요. 그래서…… 제가 어떤 악마라는 건 제대로 파악하신 건가요?

'솔직히…… 말씀드리기가 조금 어렵습니다.'

-조금만 더 생각해 보시면 더욱더 쉬울 겁니다. 당신 생각처럼 스스로 소환되기를 원해 대륙에 영향력을 행사할 수 있는 악마는 흔치 않으니……. 한번 맞춰보시겠습니까? 좋은 유흥이 될 것 같은데…….

서열 1위 바알 아니면 서열 2위 아가레스? 아니면 서열 3위 바싸고? 그다음 가미긴 혹은 마르바스일 확률도 없지 않지만, 단언컨대 4위와 5위가 보여줄 수 있는 모습이 아니다. 바알, 아니면 아가레스라고 생각하는 편이 맞지 않을까. 8위권 안에 랭크된 악마가 어느 정도의 힘을 가졌는지는 알 수 없지만, 절대로 평범한 악마라고는 볼 수 없다.

뭐라도 대충 선택해야 하는 타이밍. 일단은 질러보는 것도 나쁜 선택은 아니리라. 눈앞에 있는 아름다우시고 고귀하시며 고결해 보이기까지 하는 지고의 대악마님께서는 상당히 너그러워 보였으니까.

-재미있네요.

'실례지만 혹시 바알 님이 아니신지…….'

-하지만 오답이에요. 아가레스는 더욱더 아니고요.

정말로 즐겁다는 듯이 싱긋 웃고 있는 모습.

-더불어 72군단장에도 제 이름은 포함되어 있지 않습니다.

멍하니 그녀의 모습을 바라보자, 등 뒤에서 칠흑의 날개 12장이 활짝 퍼지는 모습이 시야에 비쳤다. 그 모습이 뭐라고 형용할 수 없을 정도로 아름다워, 저도 모르게 중얼거리게 된다. 맞았는지 틀렸는지는 확인할 수 없지만, 일단은 목구멍에 걸려 있었던 그 이름을 내뱉을 수밖에 없었다. 그래야만 할 것 같았으니까.

'타천사.'

-…….

'…….'

-네. 몇몇 차원의 필멸자들이 7대 악마라고 부르는 이들 중 하나입니다.

'…….'

-이럴 게 아니라 다시 한번 정식으로 인사드리는 게 좋을 것 같군요. 잘 부탁드립니다, 이기영 님. 루시퍼라고 합니다.

177장
루시퍼

 찰나의 시간이기는 했지만, 멍하니 그녀를 바라보게 된다.
 '7대 악마?'
 72군주, 그 위에 군림하고 있는 악마가 있다는 사실은 들어 본 적이 없었기 때문이다. 그 이전에 벨리알은 물론이거니와 베니고어 역시 언급한 적이 없다. 리무르아나 로노베 역시 마찬가지였고……
 정황상 베니고어가 말하는 윗분들과 비슷한 선상이라고 생각하면 되지 않을까. 어째서 자신이 이곳에 발을 걸쳤다는 것을 숨기고 싶어 하는지, 어째서 스스로 소환되는 것을 선택할 수 있었는지 그 개연성이 맞춰지는 것 같았다.
 여기서 문제는 어째서 이분께서 나를 보러왔느냐에 대한 것. 대기업 회장님께서 굳이 여기까지 행차해 주신 이유가 궁금해졌다.

물론 이유야 만들 수 있다. 이쪽은 면접을 기다리고 있는 신입 사원이 아니다. 오히려 임원이나 경영자로의 취업을 기다리고 있는 사람이 아니었던가. 새로운 회사를 경영하게 될 경영자, 미래로 나아가기 위한 혁신 인재, 정체되고 있는 기업에 창조성을 불러일으켜 줄 새로운 바람 둠기영.

만약 지옥으로 행선지를 정한다면 72군단장을 역임할 가능성이 큰 만큼 신경 쓰지 않을 수가 없었을 것이다. 실제로 작위를 받게 된다면 계열사를 하나 맡는 것이나 다름이 없지 않은가. 그룹의 회장직을 맡고 있는 루시퍼의 입장에서도 한 번쯤은 얼굴을 보고 싶었던 게 당연하지 않을까. 심지어 경쟁사에서까지 지대한 관심을 가지고 있다는 걸 생각해 보면 충분히 자리를 만들어볼 만했다.

물론 딱 그런 이유 때문이라고 단정 짓기에는 애매한 부분이 있었지만, 어느 정도는 지분이 있다는 것에는 그 누구도 이견을 제시하지 못하리라. 어쩌면. 조만간 베니고어 윗선에서도 접선을 시도할 수 있지 않을까.

여러 가지 생각과 추측이 난무하는 도중, 흥미롭다는 눈으로 나를 계속해서 바라보고 있는 루시퍼의 얼굴이 시야에 비쳤다.

[궁금하신 것 같은 표정입니다.]

'네, 솔직히 말하면 그렇습니다.'

[……]

'물론 저같이 하등한 필멸자를 이런 노고를 겪으시며 찾아주신 것은 감사하고 또 감사드려도 모자랄 일이지만, 이렇게까지 수고를 들이면서까지 만나러 와주신 이유가 어찌 궁금하지 않을 수 있겠습니까.'

평범할 리가 없겠지.

[어렵게 생각하실 필요 없습니다. 그저 작은 호기심이라고, 그 정도로만 생각하시면 될 겁니다. 벨리알에게 많은 이야기를 듣기도 했고, 결정적으로 그 아이의 성과를 높이는 데 일조했으니……. 뿐만이 아니라 로노베, 그 아이 역시 군단장의 자리에 들어갈 수 있도록 도움을 주셨더군요.]

로노베가 군단장이 됐어? 내가 무슨 도움을 줬는데.

[무관심하게 바라보고 싶어도 흥미가 일 수밖에 없었습니다. 솔직히 이렇게 직접 현세로 발을 들인 것은 오랜만입니다. 당신이 아니었다면 굳이 이곳에 오지도 않았겠죠.]

'네, 그렇게 말씀해 주시니 너무나 감사드립니다.'

[딱딱하게 계시지 않으셔도 됩니다. 저는 당신의 팬이니까요. 이럴 게 아니라 일단 앞에 놓인 것 좀 함께 드시죠.]

'네.'

최대한 분위기를 편하게 만들어주려고 하는 것이 보인다.

차라리 이런 만찬이 준비되어 있지 않았다면 조금 더 좋았을 것 같은 느낌. 세상에 공짜는 없다. 타천사가 이쪽에 호의를 보내는 것도, 테이블을 가득 채운 만찬도, 그리고 저 웃음도, 모두 원하는 게 있어서라고 생각하는 것이 맞다. 받으면 돌려줘야 한다는 기본적인 법칙을 모를 리가 있을까.

'나는 너를 이만큼 대접하고, 심지어 너에게 내릴 것도 있으니, 너 역시 내게 보답해야 한다'라고 말하고 있는 것 같았다. 고전적이지만 훌륭한 방법.

물론 이것저것 따지지 않고 생각해 본다면 그녀가 이쪽에 호의를 가지고 있다는 것 하나만으로도 쾌재를 부를 수 있는 상황이기는 하다. 하지만 얻는 것보다 잃는 게 더 큰 거래는 최대한 지양하는 게 옳다.

[식사가 입맛에 맞으시면 좋겠네요. 물론 실제로 먹는 것은 아니지만…… 입이 짧은 우리 이기영 군단장을 만족시킬 수 있었으면 합니다.]

'맛있습니다. 제가 먹었던 그 어떤 것보다 더욱더요. 와인도 마찬가지고…… 이렇게 대접해 주시니 이 미천한 사람은 도저히 몸 둘 바를 모르겠습니다.'

[말씀드리지 않았습니까. 저는 당신의 팬이라고요. 유행하고 있는 소설에 약간 빠지기도 했고…… 아니, 솔직히 조금 많이 빠졌습니다. 최근 당신의 모습을 남모르게 바라보며 즐겁게 지내고 있습니다만…… 뭐 이건 부수적인 이야기이니 그냥 넘어가도록 하죠. 제가 당신을 어떻게 생각하고 있는지는 그다지 관심이 없을 테니. 그렇지 않습니까?]

도대체 저 타천사가 소설에 빠지는 게, 내게 호감을 느끼게 되는 것과 무슨 상관이 있는지는 모르겠지만 커다란 관심이 없는 것은 맞다.

[무엇을 얻어갈 수 있는지, 또 그 대가는 무엇인지가 가장 궁금하실 거라고 생각합니다.]

정답.

[드릴 수 있는 건 한정적입니다. 마음 같아서는 당신이 가지고 있는 문제들을 대신 해결해 드리고 싶지만, 그건 제 영역으로 가능한 일이 아닙니다. 물론 아예 불가능하다고 못을 박을 수는 없지만, 이런 자리에 앉아 있다 보면 움직이는 데 제약이 생기는 터라……. 이기영 님도 이해해 주실 거라고 믿습니다.]

'당연히 이해해 드려야지요. 굳이 그런 사족은 붙이시지 않으셔도 됩니다.'

[딱히 계약서를 쓸 필요는 없습니다. 그저 당신이 제 부탁을 들어주시기만 하시면 됩니다.]

그러니까 그게 뭔데.

여러 가지 가설이 떠오르기는 했지만 일단은 침묵.

본격적인 이야기가 나오기 전에 괜스레 목이 타, 잔을 들어 올리자 반대쪽에서도 잔을 들어 올리며 싱긋 웃는 타천사의 모습이 시야에 비쳤다.

저도 모르게 아름답다는 생각이 들어와 꽂혔지만, 뭔가 이질적인 느낌이라 있는 그대로의 느낌을 말하기가 어렵다. 조금은 긴장한 내 표정을 읽은 모양.

이윽고 조심스레 움직인 그녀의 입술을 통해 받아들일 수 없는 개소리가 흘러들어 왔다.

[당신과 함께 다니는 이들 중에 또 하나, 격이 높은 인간.]

뭐야, 그건 안 되지. 무슨 개소리야, 미친 까마귀 년이. 뭘 기분 좋다는 듯이 실실 쪼개고 있어.

[아니요. 그런 뜻이 아닙니다. 그에게 해가 되는 일이 아닙니다. 오히려 득이 되면 득이 될 수도 있는 제안입니다.]

'……'

[네, 김현성이라는 인간 말입니다. 제가 원하는 건 그자예요.]

'정확히 무슨 뜻으로 말씀하시는 건지 이해가 되지 않습니다.'

[다시 한번 말씀드리지만, 적의를 드러내실 필요는 없습니다. 다른 의미가 있는 게 아니니까요. 당신의 사람을 빼앗으려고 하는 것도 아닙니다. 그저 그도 저희와 함께하면 좋을 것 같다는 생각이 들었을 뿐입니다. 물론 악마들과 뜻을 함께하기에는 성향이 많이 다르기는 하지만…… 당신이 함께한다면 충분히 잘 적응할 수 있을 것 같더군요.]

그런 이야기였나.

혹시나 말도 안 되는 개 같은 제안을 하는 것이 아닌가 걱정했던 것이 사실. 막상 뚜껑을 까보니 조금은 의외라고 할 수 있는 제안이 튀어나왔다.

'아마 불가능하지 않을까 싶은데……'

잠깐 생각해 봤지만 확실히 무리가 있는 주문이다. 김현성이 가지고 있는 악마에 대한 적의는 상상을 초월한다. 녀석들만 생각하면 자다가도 벌떡 일어날 정도니 무슨 말이 더 필요할까.

한때 빛에 속해 있었다고 전해지는 타천사 루시퍼가 김현성에게 관심을 가지는 게 딱히 이상하게 느껴지지는 않았지만······. 그건 얘가 우리 현성이를 모르고 하는 소리지. 만약 김현성을 이쪽으로 끌어들일 수 있다고 한들, 협조적으로 움직이지 않을 거라는 데 내 모든 걸 걸 수 있다.

아마 악마들은 김현성이 상대 진영 쪽으로 가는 걸 경계하는 것이 아닐까. 굳이 원하고 있지는 않지만 라이벌 회사에 인재를 빼앗기는 게 마음에 들지 않을 수도 있다. 대충 느끼기에도 김현성과 빛 쪽 진영의 시너지는 꽤 괜찮았으니까.

내가 상상하는 것보다 위쪽이 조금 더 재미있게 돌아가고 있는 듯한 느낌. 인재에 열을 올린다는 건 알고 있었지만, 이야기가 이렇게까지 진행되고 있을 줄은 상상하지 못했다.

역시는 역시네. 김현성은 아직 따로 컨택을 받지 못한 것처럼 보여 의아해하고 있었지만, 아무래도 두 진영이 서로 간을 보고 있었던 모양이다.

[설득해 달라는 것도 아니고, 뭔가 수를 써달라는 것이 아닙니다. 아마 당신이 확실하게 군단장의 자리를 맡아주신다고 한다면 그 역시 따라나설 것이 분명할 테니······. 그저 때가 다가왔을 때 그가 사실을 받아들일 수 있도록 말을 건네주기만 하시면 됩니다.]

'글쎄요. 그게 가능할지는 잘 모르겠습니다만······.'

[당신에게도 나쁜 제안은 아닐 겁니다. 조금 더 생각해 보세요.]

그렇기는 하다. 만약 정말로 어느 한쪽 진영을 선택해야 한다면 무조건 김현성과 함께 움직이는 게 이득이지 않은가. 아무리 양쪽 진영에 벨리알과 베니고어가 있다고 한들 정말로 믿을 수 있는 이와 함께 움직이는 것보다 좋을 수 있을 리가 없다.

아마 정치 감각이 부족한 김현성 역시 나를 원하게 되지 않을까. 만약 함께 위로 올라갈 수도 있다는 사실을 깨닫게 된다면 이쪽을 빛 쪽으로 잡아당길 것이 분명하리라.

'원하시는 게 정말로 그것뿐이라면 일단은 고개를 끄덕이겠습니다. 하지만…… 벨리알 님과 베니고어 님의 계약 내용은 알고 계시리라 생각합니다. 우선 교섭권은 베니고어 님이 가지고 계시고 저쪽에서 조금 더 좋은 제안이 나온다면 저 역시 흔들릴 수밖에 없습니다. 지금 여기서 일어나고 있는 이야기는…… 편법이기는 하지만, 계약 위반에 해당하고 있는 사안이고요. 기분이 나쁘시겠지만, 저는 지금 진지하게 말씀드리는 겁니다, 루시퍼 님. 듣기 좋으시라고 고개를 끄덕이는 것보다는 아마 이쪽이 더 도움이 될 거라고 생각해서……'

[네, 알고 있습니다. 당신이 어떤 사람인지도 알고 있고요. 제가 생각하던 것보다 더 진지하게 받아주시는 것 같아 기쁘네요.]

'뭔가 다른 쪽으로 도움을 드릴 수 있는 부분이 있다면 최선을 다해보겠습니다.'

일단 고개를 끄덕이겠지만, 확신할 수 없다는 뉘앙스가 정답. 반응을 살펴보는 것도 나쁘진 않다.

'아마 조금 더 떠보지 않을까? 아니면 다른 조건을 제시하지

않을까. 계약이 파기되면 안 되는데……'

애써 눈앞에 있는 타천사를 바라보자, 여전히 속을 모르고 싱긋 웃고 있는 얼굴. 올곧은 자세로 서 있는 콧수염 집사들은 아무 말 없이 비어 있는 잔에 와인을 따를 뿐이었다.

[너무 손해 보는 장사를 하는 것 같아 아쉽기는 하지만…… 뭐 사실 별로 상관은 없을 것 같군요. 어차피 당신은 그쪽보다는 이쪽에 더 어울리는 사람이니……. 당신도 알고 있지 않습니까?]

'솔직히 말해 지옥으로 갈 확률이 높다는 건 인정합니다만…… 사람 일이라는 게 어떻게 변할지 제가 어떻게 알겠습니까. 구두로도 그렇다고 대충 대답해 드리지 않은 것은 제가 그만큼 지고의 대악마 루시퍼 님을 존중하고 있다는 의미입니다. 부디 불편해하지 않아주셨으면 합니다.'

[뒷일이 걱정된다는 얼굴인데……]

'부정하지는 않겠습니다.'

분위기가 망가진 것 같지는 않으니 넉살 좋게 넘겨보자.

[뭐, 오히려 이게 좋겠네요. 이기영 군단장의 말처럼 시원시원하게 대답했다면 조금 기분이 찜찜했을 것 같기도 하고……. 그럼 제 이야기는 여기까지 하고 당신 이야기를 같이해 보도록 하죠. 최근 많이 고생하시고 계신 것 같던데……]

'……'

[이기영 님께서 처한 상황이 어떤지는 대충 알고 있습니다. 새로운 힘을 필요로 하고 있으시다는 것 역시 말입니다. 제 힘

이라도 직접 내리고 싶지만, 아쉽게도 이기영 군단장의 파장은 벨리알과 더 맞는 것 같더군요. 무리하면 받아들일 수도 있겠지만, 결과가 그리 좋지 못해 추천해 드리지는 못하겠습니다.]

당연히 받을 생각이 없다.

[10장의 날개라도 선물로 드리고 싶지만……]

부작용 있으면 사절입니다.

[그 구더기 같은 신체로는 불가능할 것 같군요. 아, 욕하는 것은 아닙니다.]

'꼭 그게 아니어도…… 제가 지금 무언가를 청할 입장이 아니니, 만약 내려주신다면 감사히, 압도적으로 감사히 쓰도록 하겠습니다. 버릇없는 바깥 신과 더러운 비둘기들의 목을 쳐, 이 대륙이 루시퍼 님의 발아래에 움직인다는 것을 천명할 수 있도록 분골쇄신 노력하겠습니다.'

[재미있는 표현입니다. 진심은 느껴지진 않았지만……. 마음 같아서는 제가 직접 내리고 싶지만, 그렇게 할 수가 없을 것 같군요. 이럴 게 아니라 몇 가지를 보여 드리는 게 가장 좋을 것 같은데…… 직접 확인해 보시겠습니까?]

됐다. 정확히 뭐가 된 것인지는 모르겠지만, 아무튼 됐다.

일평생 충성을 맹세하겠다는 얼굴로 루시퍼를 바라보자 짧게 웃음을 터뜨리는 모습이 눈에 들어왔다.

[대륙에 영향력을 행사하는 일에는 상당한 힘이 소모됩니다. 빛 쪽에 몸을 담그고 있는 자들은 물론이거니와 저희 역시 마찬가지입니다. 부담을 드리기 위한 말은 아니지만, 언젠

가 이번 일에 대한 보답이 있을 거라 믿고 있겠습니다.]

'지당하신 말씀입니다, 루시퍼 님.'

[몇 가지 물건이 있으니 살펴보시지요.]

고개를 끄덕이기가 무섭게 콧수염 집사들이 몇 가지 물건을 가져오는 것이 시야에 비쳤다.

아마도 악마 측에서 마검이라고 부르는 물건임이 분명하리라. 본래부터 있었던 것인지 아니면 준비된 것인지는 모르겠지만, 굳이 마음의 눈으로 보지 않아도 저 물건들이 신화급 물건들이라는 건 알 수 있을 것 같았다.

몇 가지 문제가 있다면…….

'너무 마검스럽잖아.'

징그러운 디자인이 문제였다.

살아 있는 것처럼 손잡이에 달린 수백 개의 눈알을 굴리며 여기저기를 바라보는 녀석도 있었고, 검신이 짐승의 입처럼 디자인된 녀석도 있었다. 이쪽을 본 것인지는 알 수 없지만, 그 짐승의 입에서 게걸스럽게 튀어나온 혓바닥을 날름거리며 침을 뚝뚝 흘리고 있는 모습에 저도 모르게 고개를 돌리게 된다. 왜 자꾸 저 거대한 혀가 나를 향하고 있는지 모르겠다.

[저 아이가 이기영 군단장이 마음에 든 모양이군요.]

별로 마음에 들고 싶지 않다.

[위쪽에 있는 무구 중에서는 조금 특별한 취향을 가지고 있는 이들을 위한 무구도 있습니다. 저 아이 같은 경우에는 6개의 혀를 가지고 있는데. 아마 군단장님과 취향만 맞는다면 재

미있는 놀이 상대가 되어줄 거라고 생각합니다. 어떠신지요. 개인적으로는 이기영 님이 저 아이를 가지고 노는 장면을 보고 싶은데.]

'하하…… 괜찮습니다만…… 일신의 무력이 미천해 제가 직접 마검을 다루기에는 무리가 있습니다.'

[검의 형태를 하고는 있지만, 마력을 증폭시켜 주는 기능을 가지고 있는 마검도 존재합니다. 사용자의 혈액을 매개체로 한다는 것이 사소한 문제이기는 하지만…….]

웅, 아니야. 그것도 안 돼.

[영혼을 천천히 먹는다는 단점이 존재하지만, 사용자를 최상위의 검사로 만들어주는 마검 역시 존재합니다.]

보석 안에 있는 유령 할아버지가 곡성을 내지르고 있는 저거? 절대로 안 집을 거야. 집어 드는 순간 저주받을 것 같아.

보기만 해도 지옥으로 떨어질 것만 같이 생긴 검들은 모조리 아웃이다. 저런 종류의 검을 들고 성검이라 선동하는 것 자체가 무리수가 아닌가. 적어도 겉모습은 신성해 보여야 하는 게 맞다.

성검에게 선택받은 용사를 대체할 수 있는 건 성검에게 선택받은 용사뿐이다. 누가 봐도 저주받은 것처럼 보이는 검을 가지고 성검이라 우길 수는 없는 노릇이 아닌가.

그런 의미에서 루시퍼가 가지고 온 마검들은 전부 논외. 정말 이런 것밖에 없는지 탓하고 싶어질 정도였으니 무슨 말이 더 필요할까.

물론 정 없다면 뭐라도 써야 하는 게 맞지만, 어떻게 생각해도 빛의 군대의 아이덴티티와는 어울리지 않는다. 저런 걸 어떻게 설명해야 할지도 잘 모르겠고…….

　[마음에 드는 게 없는 모양이군요. 제법 괜찮은 것들로 선별했다고 생각했는데. 당신을 간절히 원하는 저 아이라도 가지고 가시는 게 어떻습니까?]

　그건 조오금…….

　'지고의 대악마이시며, 이 세상 모든 아름다움을 관장하고 계시는 루시퍼 님. 이런 말씀을 드리기 정말로 죄송스럽습니다만, 조금 더 투박한 모양의 검은 없는지…….예상하고 계시겠지만, 대륙에서의 제 위치상…….'

　[그럴 것이라 생각했습니다. 하지만 제가 가지고 있는 무구는 대부분 이런 면이 있는 터라…….]

　제길. 아쉬운 대로 저거 중에 하나라도 가져가야 하나? 보석에 갇혀서 곡성을 내지르는 할배 검이 그나마 괜찮을 것 같은데…… 수 세기 전에 세상을 구한 용사가 후대를 위해 스스로를 봉인하고 있다는 설정으로 밀어붙이면 되잖아.

　-저…… 저주할 테다……. 빌어먹을…… 이이이인가아아안…… 놈들…… 죽이고 또…… 주욱이고오오…… 죽여주마아아아……. 나르으으을…… 가아아암히이…….

　알았어요. 안 가져갈게요. 할아버지.

　다시 보니까 저 눈깔검도 괜찮을 것 같은데, 조금 징그럽기는 하지만…….

-끼릭! 끼릭! 끼릭! 끼리리리리리릭!

저것도 패스.

-울어라, 지옥참마도.

저건 뭔지도 잘 모르겠지만, 저 녀석 역시 패스다.

도대체 정상적인 검이 있기는 한 건지 궁금할 지경. 그렇다고 해서 헛바닥을 가져갈 수는 없다. 기능은 확실할 것 같지만 매일매일 마력 충전 당할 것 같은 느낌이고…… 무엇보다 6개의 헛바닥을 날름거리는 겉모습 자체가 그로테스크하다. 저건 베니고어의 헛바닥이라고 밀어붙일 수도 없다.

그렇게 머리를 쥐어뜯으며 한참이나 괴로운 고민을 하고 있을 때였다.

[그렇다면 이건 어떻습니까?]

살짝 입꼬리를 올리고 있었던 루시퍼가 그나마 정상처럼 보이는 검을 내밀었던 것.

아무래도 이 전까지의 검은 그저 내 반응을 보고 즐기기 위한 연막이었나 보다. 머릿속으로는 너무 악취미인 것 같다는 생각이 들어오기는 했지만, 금방 고개를 흔들고 녀석을 바라볼 수밖에 없었다.

[타락한 천사의 666번째 성마검-신화 등급]

저도 모르게 커다랗게 입을 벌리게 되는 영롱한 자태. 회색빛의 검신이 인상적이다. 아주 고전적인 형태의 신의 모습이 조각되어 있는 장식은 왠지 모를 신성함까지 느끼게 한다.

물론 풍겨오는 기운 자체는 인상을 찌푸릴 만했지만, 마음의 눈으로 보지 않으면 눈치챌 수 없을 정도로 억눌려져 있다. 어떻게 생각해도 조건에 딱 부합하게 만들어진 녀석이었다. 루시퍼라서 건넬 수 있는 무구.

자꾸만 올라가려고 하는 입꼬리를 애써 내리는 것도 일처럼 느껴졌다. 물론 마검이니만큼 부작용이나 페널티가 존재하기야 하겠지만, 어차피 내가 쓸 검도 아니니 별로 상관없지 않은가.

기쁨을 감출 수 없는 내 반응을 봤는지 싱긋 웃어오는 루시퍼의 얼굴이 시야에 비쳤다.

'정말로…… 제가 이런 물건을 받아도 괜찮은 건지…….'

[네, 이후에 돌아올 게 있다는 걸 믿고 있습니다.]

'여부가 있겠습니까. 무슨 수를 써서라도…… 어떤 형태로든 이 무구에 상응하는 보답을 드릴 수 있도록 최선을 다하겠습니다.'

[기대하겠습니다, 이기영 군단장. 마음 같아서는 조금 더 함께 시간을 보내고 싶지만, 이만 헤어질 시간이로군요. 제가 너무 시간을 뺏은 것은 아닌지…….]

'아이고오! 당치도 않습니다요. 어떻게 제가 그런 불경한 생각을 할 수 있겠습니까. 저에게도 유익하며 천금과도 같은 시간이었습니다. 이대로 헤어지기가 너무 아쉬울 정도로 말입니다. 만약 시간이 조금 더 남으신다면 함께 와인 한 잔 더 하시

는 게 어떠실지……'

[저 역시 그대와 함께 있고 싶은 마음은 굴뚝같지만, 더 이상 주어진 시간이 없습니다. 주변의 눈도 신경 쓰이기 시작하는 타이밍이고…… 저도 할 일이 없는 것이 아니니까요. 아무튼, 작별 인사는 해야겠군요. 지루하고 무기력한 일상에 힘을 불어넣어 주셔서 감사합니다.]

'루시퍼 님께서 그렇게 말씀하시니 이 천한 것이 몸 둘 바를 모르겠습니다요.'

[마지막으로 이런 말씀을 드리기가 부끄럽지만, 실례가 되지 않는다면 사인을 좀 부탁드려도 되겠습니까?]

'물론입니다, 물론이고말고요.'

둠기영이 지옥에서 핫했다는 건 알고 있었지만, 설마 루시퍼 역시 이런 부탁을 해올 줄은 상상도 하지 못했다.

난생처음 보는, 이제껏 본 적도 없는 악마어로 쓰인 서적들. 역병 어쩌고가 쓰여 있는 걸 보니 강연 내용이라도 적혀 있는 것이 아닐까. 수십 권이 넘는 서적들이 다 어디에서 나왔는지 모르겠지만, 아직도 콧수염을 달고 있는 집사들은 정체불명의 서적을 이쪽으로 옮겨오느라 정신이 없다.

슬슬 팔이 아파 오는 시점. 하지만 이 정도라면 기쁜 마음으로 응해줄 수 있다. 거우 이런 걸로 환심을 살 수 있다니 얼마나 남는 장사인지 모르겠다. 확실히 그때 강연이 온건파들의 가슴속에 제대로 틀어박힌 모양이다.

'책이 제법 많군요. 평소에 독서를 즐기시는지요.'

[지옥에서 열린 행사…… 아니, 전시회에서 나온 서적들입니다. 자세한 건…….]

'아, 제가 건방졌군요.'

말없이 싱긋 웃고 있는 모습.

급하다고 말했던 건 잊어버렸는지는 모르겠지만 꽤나 여유있게 할 일이 끝나기를 기다리고 있다.

무의식 세계와 현세의 시간 축이 다르다는 건 알고 있지만, 이 정도면 꽤나 오랜 시간이 지난 것 같은 느낌. 아무 생각 없이 기계적으로 팔을 움직이다 보니 현세에서 조혜진이 어떻게 반응할까에 대한 것 역시 궁금해질 수밖에 없었다.

아까와는 다르게 조금은 초조해지는 것 같았다. 곧 끝날까 싶었지만, 도저히 끝이 안 보이는 서적의 행렬 탓이다.

결국 몇 시간이 더 지난 이후에 만족스러운 얼굴로 고개를 끄덕이는 모습이 시야에 비쳤다.

[만나서 반가웠습니다.]

'아닙니다. 저야말로 만나 뵙게 돼서 영광이었습니다요.'

[시간을 너무 많이 지체한 것 같아 걱정되는군요.]

'하하하, 괜찮습니다.'

사실 괜찮지 않다. 현재 이 상태가 유지되고 있는 걸 보면 5현장을 빠져나간 것 같이 보이지는 않았지만, 그래도 정신을 잃은 상태가 오래 지속되고 있다는 건 반가운 상황이 아니었으니까.

받을 것도 받았고, 할 일도 다 마쳤겠다. 슬슬 보내줬으면 싶었지만, 계속되는 작별 인사를 어떻게 끝내야 할지 모르겠다.

다행히 루시퍼 역시 슬슬 마무리를 지을 시간이 다가왔다고 생각하는 모양.

[즐거웠습니다, 이기영 군단장.]

그녀가 살짝 손을 흔드는 순간 심연으로 몸이 떨어지는 듯한 느낌이 들며 시야가 뒤바뀌기 시작했다.

178장
극복하는 방법

"제발…… 제발……."

'뭐야.'

가장 먼저 눈에 띄는 장면은 조혜진의 얼굴.

'왜 이렇게 가까워.'

눈물을 뚝뚝 떨어뜨리고 있는 걸 본인이 자각하고 있는지는 모르겠지만, 계속해서 내 얼굴로 그녀의 눈물이 떨어져 내리는 중이다.

이 상태가 얼마나 지속된 건지는 알 수 없지만, 다행히 많은 시간이 지난 것 같지는 않았다. 길어봐야 30분도 안 되는 시간이 아닐까.

피곤함이 몰려와 한숨 때리고 싶은 마음이 스멀스멀 올라오기는 했지만…….

"흐으윽……."

계속되는 목소리에 인기척을 낼 수밖에 없었다.

"아……."

당연히 곧바로 목소리가 들려온다.

"괜, 괜찮…… 괜찮으십니까? 괜찮으신 거 맞아요?"

"여기가……."

"기억나시는 겁니까? 저는 조…… 조혜진이고…… 이곳은 5현장입니다. 당, 당신은 파란 길드의 이기영이고…… 저, 저와는 친구 사이였습니다."

"그걸 물어본 게 아닙니다, 혜진 씨. 별거 아니라고 말하지 않았습니까."

"……."

"전부 다 기억하고 있습니다. 그러니 그렇게 일일이 설명해 주실 필요 없어요."

"……."

"치매 걸린 노인 취급하지 않으셔도 된다는 겁니다. 아직 그 정도는 아니니까. 전부 다 생생하게 기억납니다. 아까도 펑펑 울고 있더니 지금도 펑펑 울고 있네요."

"누가…… 흐윽…… 누가 울었다고 그러시는 겁니까."

"부탁…… 들어주셔서 감사합니다."

"10분만 더 늦게 일어났어도 길드로 데려갔을 겁니다. 아니…… 마음 같아서는 지금 당장 데려가고 싶어요."

"그래 봤자 달라지는 게 없을 거라는 거 알고 계시지 않습니까. 뭐…… 아무튼 감사합니다."

"……."

"정확히 얼마나 지났습니까?"

"15분 정도……."

"조금 오래 누워 있었군요."

"정말로, 정말로 괜찮으신 겁니까. 정말로……."

"네, 가끔 있는 일이니까…… 안심하셔도 됩니다. 몇 번이나 말씀드리는 거지만 너무 심각하게 생각하지 않으셔도 돼요."

"힘드시면…… 힘들다고 말하셔도 됩니다."

'힘들긴…… 혜진아, 하나도 안 힘들아. 우리 대박 났어. 떡상 각 날카롭게 섰다니까.'

마음 같아서는 소리라도 지르고 싶은 심정이었지만…….

'너무 숙연한데, 이거.'

사태의 심각성을 직접 눈으로 목도한 조혜진의 얼굴이 괜스레 눈에 밟혔다.

분위기가 어두워도 너무 어두운 상황, 누가 보면 내가 죽었다고 생각할 정도의 반응이었다. 그녀답지 않게 눈물과 콧물로 범벅이 된 얼굴이었으니 무슨 말이 더 필요할까.

얘가 너무 오버하는 건 아닌가 하는 못된 생각을 해봤지만…… 생각해 보니 저런 반응을 보이는 게 당연했다.

'그래, 얘 입장에서는 얼마나 놀랐겠어.'

기억을 잃는다는 충격적인 소식을 들은 지 불과 몇 분도 채 지나지 않은 상황이지 않았던가. 안 그래도 몸도 허약한 양반이 멍때리는 걸 지속적으로 반복하다 기절해 버렸으니 얼마나 당황했을까. 기절해 있었던 상황을 제대로 보지 못했지만, 뭐라고 말로 표현하지 못할 정도로 패닉 상태에 빠졌어도 이상하지 않다. 모르긴 몰라도 발을 동동 구르고 있었으리라.

그녀의 몰골을 보자 괜스레 고개가 수그러든다. 정신적으로 커다란 충격을 받은 저쪽과는 다르게 이쪽은 아직도 루시퍼에게 대접받았던 호화로운 만찬의 기억이 사라지지 않은 상황이었기 때문에 더욱더 그랬다.

'진짜 맛있었는데……'

가히 거울 연어급이라고 해도 부족함이 없는 식사였다. 신화 등급의 검을 받은 것과는 별개로, 저도 모르게 미안한 마음이 샘솟아 올라왔다.

"괜찮습니다."

"자꾸만 괜찮다고만 말씀하시는데 제가 어떻게 믿을 수가 있겠습니까. 제발…… 몸 좀 챙기세요. 아프면 아프다고 말하고 힘들면 힘들다고 내색해서도 됩니다. 도와줄 수 있는 사람도 많은데 어째서……. 이럴 게 아니라 솔직하게 말씀드리는 게 좋을 것 같습니다. 길드마스터에게도……."

"네?"

"모두 말씀드리고 다 같이 방법을 찾아야 됩니다. 그것밖에 방법이 없을 것 같아요. 정말로…… 정말로 전부 다 잊어버리면 어떻게…… 합니까. 정말로…… 다 잊어버리면 어떻게 해요. 이러다가…… 흐윽……."

"이러니까 제가 말씀을 안 드린다는 겁니다. 지금 당장 혜진 씨만 해도 이러는데, 다른 사람들은 오죽하겠어요. 말씀드렸지만 일에는 순서가 있게 마련이에요. 저는 제 기억보다 제 목숨을 우선순위로 놨으니 괜히 알릴 생각하지 마세요. 다들 해야 될 일이 있고 준비해야 될 일이 있습니다. 이상한 일에 휘말려 거기에 시간 허비할 시간 없어요."

"이게 어떻게 이상한 일입니까. 시간을 허비하는 게 아니지 않습니까. 이건 어디까지나……."

"그게 시간을 허비하는 게 아니면 뭐가 시간을 허비하는 걸 것 같아요? 현시점에서 치료 방법을 알아내겠다고 발버둥 치는 건 손으로 연기를 잡는다는 말이나 다름없습니다."

"그래도……."

"그러니까 아픈 게 아니라고 말했잖아요. 정말로 괴로웠다면 제가 먼저 나서서 아프다고 생난리를 쳤을 겁니다. 내 성격 아는 분이 왜 이러실까. 그러니 괜히 상황 심각하게 만드시지 마시고……. 일단 다른 파티원들이랑 합류하는 게 좋을 것 같습니다. 너무 자리를 오래 비우는 것도 좋지 않으니……."

"……."

"평소처럼 행동해 주세요. 얼굴도 좀 닦으시고 진정 좀 하세요. 이러다가 뭔 일 터진 거 아닌지 의심받겠습니다."

"……."

"빨리 나가요. 빨리."

"……멍청한 새끼……."

작게 중얼거리는 모습에는 오만 걱정이 묻어나왔다.

순식간에 욕을 얻었지만, 기분이 안 좋을 리가 없다. 일단 무한의 가방에 보관되어 있는 신화 등급의 마검만으로도 춤을 추고 싶을 정도로 기분이 좋다. 저도 모르게 발걸음이 가벼워지는 게 당연하지 않은가. 얻을 수 있다고 생각한 것보다 더 좋은 걸 얻어왔는데……

조혜진이 그 누구에게도 알리지 않았다는 것 역시 충분히 엄지를 치켜세울 만한 소식이다. 얘가 융통성이 없어서 문제이기는 하지만 이번에는 그게 호재로 작용한 모양이다.

지금은 살짝 불안한 모습을 보여주고는 있었지만 결국에는 내 뜻에 따르지 않을까. 남의 숨기고 싶은 비밀을 떠벌리고 다닐 성격은 아니었으니까. 장담하건대 꼭 비밀로 해달라는 말을 지금도 염두에 두고 있을 것이다.

'아이고…… 사려까지 깊네, 우리 혜진이가……'

약간의 걱정거리가 남아 있기는 했지만, 현시점에서 중요해진 것은 루시퍼 님이 내리신 성검의 주인을 결정하는 일.

정 쓸 사람이 없다면 내가 써도 상관없을 것 같기는 하지만, 이런 종류의 검은 제대로 사용할 수 있는 사람이 사용하는 게 낫다. 애초 선택받은 용사의 빈자리를 메우기 위해 시작한 프로젝트가 아니었던가. 도착지만 같다면 어디로 가든, 뭘 타고 가든 별 상관없다. 간단히 말해 베니고어 측에서 용사를 선택하든, 내가 용사를 선택하든 결과에는 문제가 없으니 그다지 켕길 게 없다는 거다.

오히려 문제는 과연 선택받은 용사를 찾을 수 있느냐에 대한 것 그리고 그 선택받은 용사가 내가 가지고 있는 성검에 적합할지에 대한 것. 마지막으로 이 성검의 성스러운 힘을 감당할 수 있느냐에 대한 것이다.

일반적이지 않은 방법으로 들어온 성검이니만큼 부작용을 떠안을 수밖에 없다. 이걸 파란 길드의 다른 이들에게 떠넘기지 못하는 이유 역시 그런 연유고…….

그 이전에 파란 길드원들 같은 경우에는 이 성검에게 선택받을 수도 없을 거라고 생각했다. 기껏해야 사용할 수 있는 사람은 내가 끝이 아닐까.

"저 부길드마스터."

"네?"

"아니요. 아무것도 아닙니다."

나름대로 진지한 고민을 하면서 발걸음을 옮기는 와중에도 조혜진이 입을 여는 모습, 아마 다시 한번 멍때리는 모습을 보고 걱정스러운 생각이 들었던 것 같았다.

"다시 한번 말하는 거지만, 뭐 알려야 된다는 말은 듣지 않겠습니다."

"그것 때문에 말을 건 게 아닙니다. 그냥…… 다른 파티원들한테 어떻게 반응해야 할지……. 또 길드마스터한테는 어떻게 말씀을 드려야 할지……."

"평소처럼 대하세요. 조금 위험하다고 생각할 때만 한 번쯤 나서서 도와주시고 그전에는 그냥 평범하게 행동하시면 됩니다. 방금 같은 일이 또 생기면 같이 수습하는 걸 도와주셔도 되고요. 갑자기 또 정신을 잃을 수도 있으니까."

"네."

"현성 씨한테는 최근 스트레스를 많이 받으신 것 같다. 정도로만 말씀해 주시면 될 것 같습니다."

"믿지 않으실 겁니다."

"아니요, 믿을 걸요. 장담컨대 제가 직접 말하는 것보다 혜진 씨가 직접 말하는 게 도움이 될 겁니다."

"네?"

"현성 씨가 혜진 씨를 얼마나 신뢰하고 있는지 알면 아마 놀랄 거예요. 혜진 씨가 생각하시는 것보다 훨씬 더 믿고 있거든요. 그냥 그런 것 같다고 보고만 해도 크게 뭐라고 말하지는 않을 겁니다."

'내 말이 맞다, 혜진아. 왜 네가 김현성 1픽이겠어.'

"그게 정말입니까."

"네."

'그러니까 괜히 나중에라도 말해야겠다 싶어서 입 열면 안 돼.'

그 와중에 기쁜지 슬그머니 미소 짓는 모습이 눈에 띈다.

"그러니까 그 신뢰, 저버리기 싫으면 잘 숨기고 계세요. 사실 별말 안 할 것 같기는 한데…… 그래도 조심하는 게 맞잖아요. 현성 씨한테는 사태가 조금 더 심각해진다 싶으면 제가 직접 말씀드릴 테니까요. 운이 좋으면 그 이전에 상태가 호전될 수도 있고요. 베니고어 님은 힘들다고 말씀하시기는 했지만, 혹시 압니까. 기적이 일어날지. 대륙이 원래 그렇지 않습니까."

"부길드마스터답지 않게 생각하시는 게 희망차시네요."

"그런 뜻으로 말씀드린 게 아니잖아요. 딱 말 그대로의 이야기예요. 어떤 방식으로는 분명히 방법이 생길 거라는 겁니다. 이런 장소에서 돌파구를 찾아낼 수도 있고……. 뭐…… 쓸데없는 이야기는 그만하고 아무튼 간에 평소대로 대해주시는 겁니다."

"돌파구라…… 돌파구……."

다시 한번 발걸음을 옮기기가 무섭게 박덕구의 목소리가 들려온다.

"거, 뭐 하다가 그렇게 늦은 거요?"

"이것저것 보고 챙길 게 있어서. 많이 늦었나 보네. 조금 어때?"

"나야 뭐 알 리가 있나. 그런 건 무녀님이랑 누님이랑 소라 후배한테 물어보쇼. 그나저나 혜진이 누님 안색이 안 좋은 것 같은데……."

"……."

"무슨 일 있었소?"

'이 새끼 눈치 빠른 거 봐.'

안심하고는 있지만 불안하기는 하다. 혹시나 '얘, 기억 상실일지도 모른대요! 치매 왔다니까?'라고 중얼거리지는 않을까 걱정한 찰나 그녀의 입이 열리기 시작했다.

"설마요. 그런 게 아닙니다. 아무 일도 없었어요. 생각보다 생체 실험실의 데이터를 정리하는 게 오래 걸려서 도움을 드렸을 뿐입니다. 네, 그렇죠? 부길드마스터? 맞다고 하지 않습니까. 도움을 드렸을 뿐입니다. 덕구 씨가 생각하시는 그런 일은 없으니 걱정하지 않으셔도 됩니다."

"으음……."

"그러지 말고 어서 들어가시죠."

다행히 예상했던 대로의 반응. 문제는 형편없는 연기력에 있었다. 열심히 해주는 것 같은 사실 자체는 고마웠지만, 누가 봐도 평소 같은 모습은 아니다. 무척 당황한 듯한 모습이었고 억지로 되지도 않는 걸 수습하려고 하는 것 같은 느낌이 강했다.

괜스레 먼 곳을 바라보게 된다. 아니, 이 정도면 뭔 일이 있다고 광고하는 거나 다름이 없지 않은가.

'아…… 얘 이거 위험한데.'

생각했던 것보다 더 형편없는 연기에 저절로 한숨이 나오는 상황, 절대로 몰래카메라 같은 걸 하지 못하는 타입일 거라고 느끼기는 했지만 이렇게까지 구릴 거라고는 예상하지 못했다. 차라리 그냥 입 다물고 있는 게 더 나을 거라고 생각할 정도였으니 무슨 말이 더 필요할까.

박덕구 역시 독촉하는 듯한 조혜진의 말에 상당히 당황하는 것 같은 눈치, 괜스레 이쪽을 의심스러워하는 눈빛으로 바라보는 모습이 눈에 보였다.

"아니, 그냥 한번 던졌는데 뭐 그렇게까지……. 정말로 아무 일도 없는 거요?"

"여기에서 무슨 일이 일어나겠어? 일단 안으로 들어가자."

"뭐 형님이 그렇다면 그런 거겠지만⋯⋯. 혜진이 누님 상태가 조금 이상한 것 같은데⋯⋯ 기분 탓인지 뭔지 모르겠네."

"최근에 스트레스받는 일이 많았던 것 같더라고⋯⋯. 기분 탓 맞아. 그리고 계속 거기 있을 거야?"

"같이 가쇼. 지금 갈라니까. 안 그래도 배고파서 죽는 줄 알았다니까. 조금만 더 늦게 왔으면 밥 언제 먹냐고 물어보러 갔을 거요."

"먼저 먹지 그랬어?"

"당연히 같이 먹어야 하는 거 아니요? 아암⋯⋯ 그렇고말고⋯⋯ 한 식구인데 당연히 같이 먹어야지. 형님도 배고플 때 아니요?"

"글쎄⋯⋯ 나는 아까⋯⋯."

무의식적으로 입을 열다 저도 모르게 입을 닫은 것은 당연지사. 한 발자국 앞서갔던 조혜진이 등을 돌려 입을 열어온 것은 바로 그때였다.

"아까 배고프다고 하셔서 간단히 요기할 수 있는 간식을 드렸습니다."

"아, 그런 거요?"

"네. 그래도 제대로 된 영양분은 섭취하는 게 맞으니 식사 준비를 하는 게 좋을 것 같군요."

"아암, 그래야지. 원래 열심히 일하려면 열심히 먹어야 되는 거 아니요. 형님도 너무 불량 식품 같은 것 좀 먹지 말고 골고루 꽉꽉 좀 먹어야 건강해진다니까."

아까의 트롤 짓을 무마시킨 뜻밖의 1도움. 사실 그냥 웃으며 넘길 수 있는 상황이기는 했지만 저런 도움이 달갑지 않을 리가 없다.

슬쩍 조혜진의 얼굴을 바라보자 신경 쓰지 말라는 듯 작게 고개를 끄덕이는 모습이 눈에 들어왔다. 여러 가지로 도와주겠다는 말은 들었지만 이렇게 실제로 케어해 주는 걸 보니 입꼬리가 절로 올라가기 시작했다.

'최소한 먼저 나서서 일을 크게 만들지는 않겠네.'

뭔가 아슬아슬하게 외줄 타기를 하는 것 같은 느낌이 없지 않아 있기는 했지만, 그래도 이 정도면 훌륭하다고 볼 수 있지 않을까.

배가 많이 고프기는 했는지 박덕구가 허겁지겁 더 안쪽으로 뛰어들어가기 시작했다.

시간이 얼마 지나지 않아 현장 조사에 몰두하고 있는 정하얀, 한소라, 카스가노 유노 역시 천천히 바깥쪽으로 나오고 있는 모습. 역시나 정하얀은 내 얼굴을 보자마자 환하게 미소 지으며 달라붙어 왔고 그런 우리의 모습을 보고 한소라가 희미하게 미소 지어왔다.

굳이 식사 준비라는 걸 할 필요도 없이 미리 가져온 전투 식량을 대충 늘어놓으니 어느새 파티원들은 각자 자리를 잡고 숟가락을 든다.

그 와중에도 조혜진은 뭔가 조심스러운 표정이다. 머릿속으로는 오만 가지 생각을 전부 다 하고 있는 것 같았다. 단순히 기억을 잃는 증상이 전부가 아니라고 판단한 게 분명했다. 확실하지는 않지만, 정신적 착란을 일으키고 있을 가능성에 대해 떠올리고 있는 것이 아닐까. 단순히 실수로 치부할 수 있는 말이기는 했지만, 듣고 본 게 있으니 간단하게 넘길 수 없는 모양인 것 같았다.

'그럴 만도 하지.'

1도움이 고맙기는 했지만 일이 더 커지기 전에 이 건은 해명하는 게 좋지 않을까. 내가 집어넣은 기믹은 기억을 잃는 것뿐이지 정신 착란을 일으키는 종류는 아니다.

"가, 가서 본 일은 어떠셨어요? 오빠?"

"아, 조금 있다가 다시 한번 가보려고. 자료가 워낙 방대해서 순식간에 정리가 되지는 않네. 여기는 조금 어땠어? 성과라고 볼 수 있는 게 있었나?"

"아, 아, 아니요. 막…… 엄청 신기하고 이런 건 별로 없었던 것 같았어요. 조금 흥미가 가는 건 있었지만…… 거의 다 연구가 중단된 것뿐이었고……."

"소라 씨도 그래요?"

"네…… 육체 강화에 대한 연구 자료가 있기는 했지만, 치명적인 부작용을 안고 있던 것뿐이라……. 가지고 있는 부작용에 비해 능력치에 상승 폭이 크지도 않았고요. 악마 계약자들이 사용한 수단은 아닌 것 같아서……. 그래도 소환 자체에 대한 자료들은 많이 입수할 수 있었어요."

"으음…… 그렇군요."

"카스가노 님도……."

"네, 송구하지만 저도 제대로 확인할 수 있었던 게 없었습니다."

"그래도 이런 종류의 자료들이 많, 많, 많은 것 같아요. 깊이 있었던 연구가 그리 많지는 않지만, 연구의 범위 자체는 무척 넓으니까요. 물론 쓸모없는 게 대부분이지만…… 위험해 보이기도 하고요……."

'그거야 네 기준이지. 네가 보기에만 그런 거야.'

"그래도 조사해 볼 만하지 않을까 싶은데…… 본래 바이러스를 알아야 백신을 개발할 수 있는 거니까. 잠깐 둘러보니까 흑마법에만 한정해서 연구한 것 같지도 않고……. 우리가 사용할 수 있는 것들도 분명히 있지 않을까."

조혜진이 다소 진지한 얼굴로 입을 열어온 것은 바로 그때였다.

"이를테면 후유증이나 정신적으로 고통을 받고 있는 이들 역시 치료할 수 있다는 겁니까?"

불안해질 수밖에 없었던 대사였다.

'혜진아, 그러지 마……. 통수 치지 마.'

"그게 무슨 뜻이요? 혹시 형님 말하는 거요?"

타이밍 좋게 날아 들어온 덩치 큰 돼지의 어시스트. 본인은 전부 다 알고 있으니 어서 썰을 풀어보라는 듯한 말투였다.

"나는 건강하다니까. 이제는 별로 아무렇지도 않아."

녀석의 말에 괜스레 조혜진의 반응을 살피게 된다.

"거, 아무렇지도 않다는 건 형님 생각 아니요. 이번에도 4일 동안 기절해 있었으니까 말 다 한 거지, 뭐……. 분명히 후유증이 남아 있을 거라니까. 말로는 아니라고 해도 형님 몸은 솔직한 거 아니요. 계속해서 기절해 있던 게 바로 그 증거가 아니면 뭐가 증거겠소. 그동안 말할 기회가 없어서 말을 못 했는데…… 형님은 조금 더 자기 건강에 신경 쓸 필요가 있다니까."

"기절이라면 예전부터도 했었고……. 계속 말하지만, 그 힘과는 별로 관련이 없어. 오히려 최근에는 조금 더 건강해진 것 같은 느낌도 들고……. 아무래도 체력적으로 조금 지치고 힘든 느낌이 있어서 그렇지. 다른 종류의 부작용 같은 신호를 느낀 지는 제법 오래됐는데……."

"그러니까 형님 머리는 그렇게 느낄지 몰라도 몸은 그렇지 않다는 거요. 원래 사람 몸이라는 게 그럽디다. 옛날에 우리 옆집에 살던 어떤 아재 한 명도 그렇게 건강했었는데 갑자기 무슨 병에 걸렸다고 하더니 3개월 만에 요단강 건넜다는 거 아니요."

"……."

"지금 내 말 듣고 있는 다른 사람들한테도 모두 들으라고 하는 소리요. 미리미리 건강에 신경들 좀 쓰는 게 좋을 거요. 벽에 똥칠할 때까지 살아야 하지 않나. 안 그래도 허약한 우리 형님은 더더욱 걱정이고……. 말이 나와서 하는 소린데…… 정말로 괜찮기는 괜찮은 거요?"

"엘레나 님이랑 희영 씨가 몸에 다른 이상이 없다고 했는데 왜 자꾸……."

"거, 그럴 수도 있겠다 싶어서 하는 소리지 뭐. 다른 뜻이 있나. 이렇게 과민 반응하는 것도 이상한데……. 정말로 뭐 숨기는 게 있는 건 아니요?"

'아니, 그런 거 없다고 이 새끼야.'

별다른 증거도 없는 억지 주장으로 밀어붙이고 있는 꼴은 가관이다. 그럼에도 불구하고 뭔가 반박할 수 없다고 느껴지는 것은 기분 탓일까.

슬쩍 주변을 둘러보자 모두 박덕구의 말에 귀를 기울이고 있는 모습이 눈에 들어왔다. 정하얀은 안 좋은 생각을 하는 건지 이미 눈물을 일발 장전하고 있는 중. 카스가노 유노도 혹시나 하는 얼굴로 나를 보고 있었고 한소라는 입술을 꽉 깨물고 나를 바라보고 있었다. 아마 내 몸이 잘못됐을 때의 여파에 대해 생각하고 있는 게 틀림없으리라. 만약 뭔가 이상이 있다는 사실이 밝혀진다면 가장 피해를 보는 건 다름 아닌 그녀일 테니…… 저런 반응을 보이는 게 당연하지 않을까.

그 와중에 조혜진의 흔들리는 동공이 시야에 들어왔다.

'쟤, 고민하고 있네.'

처음부터 말을 꺼낼지 고민하고 있었던 건지는 모르겠지만, 한순간의 유혹에 넘어가고 있는 것 같은 느낌이었다. 박덕구로 인해 형성된 분위기에 탑승하려는 모습에는 저절로 식은땀이 나올 지경.

사실 카스가노 유노나 박덕구, 혹은 한소라가 아는 것은 문제가 없지만 정하얀이 이 말을 들었을 때 보여줄 반응이 무섭다. 병아리 흑마법사는 벌써 두 손을 모으며 기도를 드리고 있었고, 정하얀은 이해할 수 없는 악력으로 내 팔을 쥐어뜯을 것처럼 부여잡고 있다.

'혜진아…… 그러지 마.'

그 옛날 내게 운명을 맡겼던 이토 소우타와 진청의 심정이 이러했을까.

슬픔을 가득 담은 눈으로 조혜진을 바라볼 수밖에 없었다. 말하지 말라는 듯이, 파란 길드원들에게 폐를 끼치고 않다는 듯이, 나 혼자 견뎌낼 수 있다는 얼굴로 그녀를 바라보자, 그녀가 내 시선을 피하는 게 눈에 띄었다.

설마 이대로 짧은 단꿈이 끝나는 것은 아닌가 하는 생각을 했을 때, 조혜진의 입술이 천천히 열려오기 시작했다.

"……아니요. 그런 뜻으로 말씀드린 건 아닙니다."

'그래, 혜진아. 나는 너를 믿었다. 믿음 하면 조혜진이고 조혜진 하면 믿음이지. 우리 믿음으로 가자, 진짜.'

"물론 부길드마스터의 건강이 걱정되는 것은 사실입니다만…… 급한 불은 껐다고 생각하고 있으니까요. 엘레나 님에게 말씀을 들은 것처럼 차도가 좋아지고 있고, 또 계속해서 좋아지실 거라고 믿고 있습니다. 저는 27군단 사태 이후에 생긴 일로 후유증을 겪고 있는 다른 이들을 말씀드린 겁니다."

"후유증을 아직도 겪고 있는 사람들이 있는 모양이구만……"

"신전 측에서 지원하고는 있지만, 인력이 턱없이 부족하니까. 정신 계통을 담당하는 사제들은 사제 중에서도 희귀한 편이고……."

"아, 그런 거요?"

"적게는 오백 명, 많게는 천 명 정도가 사제 하나가 감당해야 하는 환자의 숫자라면 이해가 돼? 일반적인 치료처럼 신성력 한번 외워주고 끝이 아니야. 나 같은 경우는 그나마 엘레나님 때문에 빠르게 안정을 되찾을 수 있다고 생각하는 게 맞지. 하지만 다른 사람들도 나처럼 좋은 환경에 있는 건 아니니까."

"……."

"외상 후 스트레스 장애를 가지고 있는 사람들부터, 악마의 기운에 노출된 이들이나 저주에 걸린 이들까지……. 이제 겨우 1년이 지났을 뿐이라는 걸 잊지 마."

"겉으로는 말끔히 복구된 것처럼 보여도…… 아직 상처가 아문 건 아니었구만. 무녀님 실리아도 비슷한 상황이요?"

"실리아는 그나마 다른 지역보다는 상황이 나을 겁니다."

박덕구에게 해준 말은 대충 지어낸 말은 아니다. 실제로 최근에는 이런 문제들이 더욱더 커다랗게 대두되고 있었다.

물론 마이너스 감정을 먹고 사는 군단이야 소리를 지를 만하다. 애초에 그 악마 녀석들이 노리고 있었던 것이 바로 대륙에 깊이 있는 상처를 남기는 것이 아니었던가. 벨리알의 '벨' 자만 나와도 자다가도 벌떡 몸을 일으키는 이들이 즐비할 정도로 상황이 좋지 않았다.

27군단의 대륙 내 인지도는 다른 모든 군단의 인지도를 합쳐도 따라잡을 수 없을 정도로 탄탄해졌다. 그만큼 군단 쓰레기 녀석들이 인류의 영혼 깊숙한 곳에 대미지를 건넨 상황. 정신 계통의 사제를 데려와도 확실하게 치료할 수 있다고 말할 수가 없을 정도였으니 다른 표현이 필요할 리 만무하지 않은가. 결국에는 세월이 해결해 주는 걸 기다릴 수밖에 없는 상황에 놓여 있었다.

"부길드마스터의 말이 맞습니다. 어쩌면 이 장소에 있는 것들로 고통받는 사람들을 치료할 수 있는 수단을 만들어줄 수도 있을 것 같다는 생각이 들어서……."

"가능성이 있는 이야기인 거요?"

가능성이 있다마다. 심지어 너무 원하고 있었던 전개였다. 애초 이렇게 조혜진이 먼저 다리를 놔줄 줄은 상상도 하지 못했다.

"글쎄…… 솔직히 확신할 수는 없지만…… 불가능하지는 않을 것 같은데……. 아직 이곳도 전부 다 둘러보지 못한 상황이니 뭐라고 속단을 내리기는 어렵지. 정신적인 부분 같은 경우에는 특히나 더 다루기 힘들 것 같기도 하고……. 하지만 마기에 노출된 피해자들은 치료할 방법이 있을지도 몰라."

"뭐긴 몰라도 이득이라고 볼 수 있다는 거구만."

"아마도."

살짝 주변을 바라보자 한소라가 고개를 끄덕이는 모습이 보였다. 운이 좋으면 여기로 전출 올 수 있다고 생각하는 것 같았지만, 정하얀도 이곳에 함께 지내게 되지 않을까.

'나도 여기서 지낼 테니까.'

"음…… 뭐 좋은 일이라니 다행이기는 한데……. 그나저나 형님은 안 드시는 거요?"

"다 먹었어."

"무슨 개미 똥구멍만큼 먹어놓고서 다 먹었다고 그러는 거요. 건강에 안 좋으니까 빨리 좀 드쇼."

"아니, 잘 안 들어가서 하는 소리야."

"그게 다 건강 버리는 거요."

"어서 드시죠."

"혜진이 누님도 빨리 먹으라고 하지 않소."

"어서 드세요."

"아니, 진짜."

"어서 전부 드세요."

"아…… 네."

대충 넘기려고 했건만 이쪽을 노려보며 또박또박 말하는 목소리가 신경 쓰였다. 정말로 아무것도 들어갈 것 같지가 않았지만, 그래도 몸은 꾸역꾸역 음식물을 받아들인다.

그렇게 짧은 식사가 마무리됐고 다시 한번 정체되어 있던 작업에 탄력을 받기 시작했다.

조혜진이 만들어준 그럴듯한 목표와 변명거리가 있다 보니 굳이 뭘 숨길 필요도 없이 차근차근 악마 계약자들이 남긴 흔적을 조사할 수 있었고, 애초 예상했던 것보다 더 커다란 것들을 성과로 얻을 수 있었다.

그 와중에 조혜진이 이쪽을 따로 불러 충고 아닌 충고를 하기는 했지만, 이미 조혜진에 대한 신뢰로 꽉 차 있는 머릿속은 고개를 끄덕이기에 여념이 없었다.

아무한테도 말하지 않겠다는 걸 다시 한번 확인한 대신 그녀가 제시한 조건은 기간에 대한 것. 만약 일정 기간이 지나도 차도가 없거나, 증상이 심화될 경우에는 적극적으로 개입하겠다는 뜻을 내비친 것이다.

정말로 이 장소가 돌파구가 될지도 모른다는 조혜진의 희망 사항에는 웃음이 나왔지만, 나로서는 전혀 나쁠 게 없는 이야기였다.

'일단 연구에 전념할 수 있으니까.'

나 자신을 치료한다는 걸 핑계로 이곳에 눌러앉을 수 있으니 무슨 말이 더 필요할까. 추가로 시간이 남아 호문클루스나 키메라를 연구하고 좌소라 우하얀과 함께 흑마법에 대한 심도 있는 탐구를 하는 시간을 가지게 될 것이다.

즉시 전력으로 써먹을 수 있을지 없을지는 연구의 차도를 지켜봐야 확인할 수 있겠지만, 인프라를 돌리는 인력 자체의 퀄리티가 다르다. 알려지지는 않았지만, 대륙 최고의 흑마법 권위자 한소라와 마법 그 자체의 화신이라고 불리는 정하얀이 아닌가. 내가 실패하더라도 얘네들이 뭔가 방법을 찾아줄 거라는 건 너무나도 당연했다.

'아이고, 좋아요. 우리 혜진이 칭찬해, 진짜.'

계속해서 글썽거리던 눈이 마음에 걸리기는 했지만……

찢어지는 가슴을 부여잡으며 그녀의 아픔을 견뎌낼 수밖에 없었다.

'나중에 잘해줄게, 혜진아. 아바타 한 번 더 해준다. 이번에는 진짜로 성공하자, 진짜.'

정확히 하루하고도 반나절을 이곳에서 지낸 시점, 대략적인 조사를 마치고 복귀할 준비를 하고 있었을 때 조혜진이 입을 열어왔다.

"그럼 지금부터 계속 여기에 계실 겁니까?"

"아니요. 사실 이 건 말고도 할 일이 많아서요. 일단 이곳은 소라 씨한테 맡기는 게 좋을 것 같다고 생각하고 있습니다."

"으음……."

"잘해줄 겁니다. 혜진 씨가 생각하는 것보다 훨씬 더 유능하거든요. 특히나 이번 분야에서는요. 전 주인들이 사용하던 연구 인프라가 복구되는 즉시 저도 합류할 거고……. 물론 중간중간에 다른 일도 하러 나가기도 할 테니…… 다리 역할을 해주시면 됩니다. 주변 사람들이 안심할 수 있게 최대한 조치해 주세요."

'특히 김현성.'

"그건 문제없을 겁니다…… 그러니 부길드마스터야말로 제가 한 말 똑똑히 기억하세요."

'암요, 잊을 리가 없지요.'

연구가 어느 정도 성과를 낸 시점에서 차도가 좋아지고 있다는 걸 표현하면 그만이다. 전부 다 나았다는 증거를 보여주는 것 정도야 일도 아니고…….

"그럼 지금부터는……."

"아, 일단 저도 신전에 먼저 들러야 할 것 같습니다."

"신전이요?"

"네, 베니고어 님께서 저를 강하게 부르시고 계신다는 느낌이 들어서 말입니다."

"좋은 소식이면 좋겠군요. 부디…… 좋은 소식이면 좋겠습니다."

혹시나 이쪽에 이로운 이야기가 나올까 기대하고 있는 것 같은 뉘앙스였지만, 아쉽게도 더 중요한 이야기일 것 같은 예감이 들었다. 인류를 구하기 위해서 결단을 내리신 게 분명하지 않을까.

결과는 예상했던 그대로.

정확히 다음 날 아침, 하늘에서 내려온 커다란 빛과 함께 마검, 아니, 성검이 신성한 대지에 꽂혀 그 주인을 기다리기 시작했다. 마치 전설 속에 엑스칼리버 같은 고고한 자태를 내뿜으며 말이다.

〰️

-대륙의 선택받은 용사가 성스러운 검을 그 손에 쥐고 거짓된 천사를 연기하는 악마들의 어둠에 대항할 것입니다. 노을빛의 검을 휘두르는 영웅의 왼편에 서, 인류를 어둠에서 구하

는 것에 이바지할 것입니다. 가장 순수한 영혼을 가진 연금술사의 적을 해치우는 검이 될 것입니다. 타락한 어둠에 대항하는 한 줄기 거대한 빛이 될 것입니다.

-…….

-이는 빛의 선물이요, 거짓된 이들에게 대항할 수 있는 수단으로써 여러분들의 희망입니다. 이 검은 오랫동안 대륙에 남아 대륙을 지키고 수호하는 검으로써, 수 세기 이후에도 대륙을 보호하며 대륙과 운명을 함께할 것입니다.

-…….

-베니고어의 이름 아래 싸우는 빛의 아들딸들이여. 이 부족한 여신은 그대들이 회색빛의 검이 주는 시험을 이겨낼 거라고 믿고 있습니다. 앞으로 다가올 거대한 시련과 어둠에도 굴하지 않을 거라고 굳게 믿고 있습니다.

-명심 또 명심하겠습니다, 베니고어시여.

-그대에게는 항상 감사하고 있습니다, 바젤 교황.

-어찌 이 아둔한 필멸자에게 그런 말씀을 하십니까.

-부디 이 순수한 영혼을…….

-아아아아…….

-…….

-아, 네. 지금까지 오늘 아침에 일어난 일을 다시 보고 오셨습니다. 아직까지 교황청에서는 공식적인 성명이 발표되지 않고 있는데요. 뭔가 새로 들어온 소식이 있습니까? 김성경 기자?

-네, 현재 현장에 나와 있는 채널 베니고어에 김성경 기자입

니다. 아쉽게도 아직 공식 성명이 발표되지 않고 있는 상황입니다. 많은 대륙인의 이목이 집중되는 가운데 여러 가지 소문들이 확산되고 있는데요. 이에 일부 교황청 관계자들은 이기영 명예추기경님께서 강림 후유증에 벗어나는 즉시 성명이 있을 것이라 전해왔습니다.

-예언과 성검에 대한 정확한 해석이 아직 끝나지 않은 것이라고 봐도 되는 겁니까.

-네, 추가로 이 성검의 주인을 어떤 식으로 선택할지에 대한 논의도 이루어지고 있는 것으로 보이는데요. 성검이 주는 시련이 어느 정도인지, 또 다른 조건이 있는지에 대해서도 격렬한 토론이 이어지고 있을 가능성이 높다고 판단되고 있습니다.

-어떻게. 그렇다면 언제 즈음에 논의가 끝날 것인지에 대해서도…….

-네, 아직 정확히 알려지지는 않고 있습니다. 현재 회색빛의 성검이 떨어진 위치에도 교황청의 신성기사단이 엄밀히 통제하고 있습니다.

'아…… 이거 도대체 몇 번이나 똑같은 장면을 보여주는 거야.'
하지만 멍하니 바라보게 된다.

지구에서도 비슷하지 않았던가. 방송사에서 보여줄 것이 없어, 보여준 부분을 또 보여주고 또 보여주는 일은 으레 흔하게 일어나는 일이다. 교황청에서 새로운 소식이 들리면 이제 그걸로 또 한두 시간을 우려먹을 게 너무나도 뻔했다.

그럼에도 불구하고 눈을 뗄 수 없게 된다.

거대한 빛과 함께 하늘에서 내려오는 회색빛의 검. 살면서 이렇게까지 장엄한 광경을 본 적이 있었던가. 모든 사제가 동시에 신성력을 뿜어대고 있다.

마침내 회색빛의 검이 대지에 자리 잡았을 때의 모습은 더욱더 장관이라 할 수 있으리라.

교황청의 인사들이 모두 입을 커다랗게 벌리고 있지 않은가. 누가 보면 정지 화면이라고 생각할 정도였으니 무슨 말이 더 필요할까.

그 한가운데서 정신을 잃은 채로 바젤 교황에게 부축받고 있는 명예추기경의 모습은 마치 신화 속의 한 장면이 아닐까 의심하게 될 정도였다.

베니고어 넷만 해도 폭발적이라는 반응이라는 표현이 무색해질 정도로 많은 관심이 쏟아지고 있다.

'이 경우에는 더하겠지.'

본인이 선택받은 용사일지도 모른다고 생각하고 있는 사람들이 많을 테니까.

습관적으로 여신의 손거울을 꺼내 들자 역시나 이미 불타고 있는 게시판이 눈에 들어왔다.

[제목: **명예추기경님은 괜찮으실지 모르겠네.** (댓글: 23)]

[작성자: **천연사러버**]

[제목: 교황청 실황 방송 불판. (댓글: 5,023)]

[작성자: 린델마을주민]

[제목: 베니고어 예언, 해석해 봅니다. 앞으로 어떻게 진행될지도 대략 유추해 볼 수 있음. (댓글: 443)]

[작성자: 꽃님이]

[제목: 친구가 기억 상실증에 걸렸습니다. 알리지 말라고 하는데…… 저는 어떻게 하는 게 좋을까요? (댓글: 122)]

[작성자: ㅍr랑색이 좋아]

거의 모든 게시판이 오늘 일어난 사건으로 도배된 상황이다.

그 와중에도 베스트 게시물에 한 지분을 차지하고 있는 기억 상실증 썰이 괜스레 신경 쓰여 기계처럼 손가락을 놀렸다.

[친구가 기억 상실증에 걸렸습니다. 초창기 때부터 같은 파티에 들어가 동고동락하던 동료였는데, 며칠 전에 충격적인 소식을 들었습니다.

27군단이 대륙에 침공했을 때 생긴 후유증이라고 하는데, 이야기를 들은 이후로는 온종일 눈물만 나오고 일이 손에 잡히지 않네요.

마음 같아서는 파티원들한테 알려서, 다 함께 해결할 방법이 없는지 알아보고 싶은데…… 이 친구가 폐가 되기싫다고 알리지 말라고 합니다.

본인이 혼자 감당해 낼 수 있다고 하면서요…… 답답하기는 하지만, 일단은…… 알겠다고는 했는데 계속해서 정신을 잃는 일이 잦아져 신경이 쓰입니다.

여러분들이라면 어떻게 하시겠습니까? ……후략.]

[아이디미정: 뭘 어떻게 함? 자기 혼자 치매 걸려서 뒈지고 싶다는데, 그럴 때는 그냥 내버려 두는 게 답임.]

[천연사러버: 위에 분탕종자 또 왔네. 저런 놈 댓글은 무시하시는 게속 편하실 듯요, 작성자님. 일단 힘내시라는 말을 먼저 드리고 싶네요. 안 그래도 침공 후유증을 겪고 있는 사람들이 많아지고 있는 걸로 알고 있는데, 그런 분 중에 한 분이라고 하니 무척 가슴 아파지네요. 제가 뭐라고 말씀드리기는 애매한 입장이지만…… 일단은 친구분의 의견을 존중해 주시는 게 좋을 것 같습니다. 가장 힘드신 분이 친구분이실 거예요. ……후략.]

[아이디미정: 어쩌면 주작일 수도 있음. 요즘에 자기 정신적으로 아프다고 말하면서 대륙 연금 받는 놈들이 좀 많음? 그리고 천연사러버는 매일 반말하더니 꼭 이런 글에서만 위로하는 척, 가식 오짐.]

[린델마을주민: 대륙 연금 받고 싶으면 공개적으로 알리지 왜 혼자서 숨기고 끙끙 앓고 있겠음. 내 주변에도 비슷한 경우가 있는데…… 솔직히 있을 법한 일임.]

[흙수저: 이야기 자체가 주작인 것 같은데…… 군단 침공 후유증을 겪고 있는 사람들이 많기는 한데. 내가 알기로 기억 상실 증상을 보이는 사람들은 없음. 그냥 추천받고 싶어서 관심병 걸린 환자가 주작으로 쓴 것 같은데.]

[ㅍr랑색이 좋아: 저도 차라리 주작이었으면 좋겠습니다.]

[아이디미정: 비추나 드셈.]

[ㅍ랑색이 좋아: 정말 주작 아닙니다. 진지합니다.]

'아이디미정, 애는 여기서도 어그로 끌고 있네.'

쓸데없는 생각을 하며 곧바로 뒤로 가기에 손을 가져다 댄다. 지금 중요한 건 이름 모를 모험가의 가슴 아픈 사연이 아니었으니까.

[제목: 아무래도 내가 선택받은 용사인 것 같음……. (댓글: 423)]

[작성자: 엮은이김경식]

[그 말 그대로임. 어젯밤에 꿈에 베니고어 님이 나왔는데…… 꿈이 조금 특이했음. 직접 다가오셔서 천천히 검을 내려주셨는데, 온몸이 신성해지는 기운이 느껴졌다고 해야 하나. 어디에 사는 누구라고는 정확히 말은 못 하는데 아무튼 내가 신성 계열이거든…… 그렇게 꿈에서 깨어나서 보니까 신성력 스탯이 무려 5포인트나 올라가 있더라. 이 정도면 선택받은 용사 각 인정? 오늘 곧바로 짐 챙겨서 검 뽑으러 간다. 3일 후에 성지 순례하는 게시물이 될 예정.]

[흙수저: 이거 진짜 되면 대박이겠다…… 미리 성지 순례합니다.]

[붉은용병취준생: 무슨 말도 안 되는 똥글에 왜 이렇게 리플이 많이 달림. 말도 안 되는 소리 하지 말고 들어가서 취업 준비나 하세요.]

[아이디미정: 정말로 회색빛의 성검을 일반인들한테 공개할 것 같음? 그거야말로 더 말도 안 되는 소리임. 아마 이기영 명예추기경이랑

교황청의 높으신 분들, 또 대륙 보호 관리 위원회에 높으신 분들끼리 후보들 물색하고 있을걸. 말로만 선택받았다 하는 거임. 분명히 회의 끝나면 '용사가 뽑혔습니다' 하면서 언론 플레이할 게 뻔함.]

[천연사러버: 뭐 알지도 못하는 놈이 여기서 뇌피셜로만 떠드는 거 보니까 웃겨서 어이가 없네. 아마 일반부터 공개할 거임. 물론 자격 심사 정도는 하겠지만, 전 대륙인 대상이라고 들었음.]

[린델마을주민: 파란 길드 직원님…… 정말이에요?]

[천연사러버: 자세한 건 못 말해줌. 그리고 파란 길드 직원이라고 말하지 마세요. 걸립니다.]

[아이디미정: 자격 심사가 뭔데? 결국, 지들끼리 해 처먹겠다는 거 아님?]

[천연사러버: 베니고어 님이 하는 말씀은 똥으로 듣. 회색빛의 검이 내려준 시련이라는 말 기억 안 나는 건 아니지? 일반인들 같은 경우에는 검에 손대는 순간 마력 탈진되면서 영혼 나감.]

[아이디미정: 또 지가 그걸 봤단다. ㅋㅋㅋㅋㅋ 이번에도 인증하는 척하고 글삭튀하려고?]

[역천사홍보위원회장: 천연사러버 님 말이 맞아요. 교단 내 성기사가 자기도 모르게 손 뻗었다가 신성력 다 빨리고 기절했다고 하더군요. 용사를 어떤 식으로 발견해야 하는지 그것 때문에 지금도 말 많아요. 뭣 모르고 일반인이 잡으면 그대로 죽을 수도 있다는데…… 이걸 자유롭게 공개하기는 아무래도 조금 힘들겠죠…….]

[아이디미정: 그걸 네가 어떻게 앎. 이 방에는 능력자 아닌 사람들이 없나 봐. 뭐, 다 지들이 보고 지들 말이 맞다고 하는데, 어이없네.]

[천연사러버 님이 역천사홍보위원회장 님을 차단하셨습니다.]

[역천사홍보위원회장: ??]

[흙수저: 차단 잘못 누르신 것 같은데…… 아이디미정 님 차단하시려다가 손 미끄러지신 듯하네요.]

[천연사러버: ^^;;]

'이 사람들은 평범하게 댓글이 끝난 적이 없네. 맨날 저렇게 서로 으르렁거리고……'

어디 사는 누구인지는 모르겠지만, 한 번쯤은 실제로 얼굴을 봐도 좋겠다는 생각이 들 정도였으니 무슨 말이 더 필요할까.

주의 깊게 읽었던 것은 역시나 천연사러버의 댓글. 곧바로 글이 삭제되기는 했지만, 분명히 파란 길드의 휘장과 사원증을 인증하지 않았던가.

물론 그게 진짜라는 확증은 없지만, 적어도 아이디미정이 한 말보다는 확률이 높다고 느껴졌다.

'확실히……'

베니고어 님께서 실제로 시험이라는 표현을 사용했으니, 일반적인 각오로는 집어 드는 것이 불가능하지 않을까. 실제로 성기사가 검을 집어 들다 혼절할 정도라면 평범한 시험이 아닐 확률이 높다.

역시나 댓글창에서는 이 건에 대해 양쪽으로 나뉘어 갑론

을박을 벌이는 중이다.

한순간에 물타기가 완료되어 주제가 변질되는 흐름이 눈에 보일 정도. 당초에 글을 올린 엮은이김경식과는 아무런 연관이 없는 토론의 현장이라 할 수 있으리라.

심지어 아직까지 댓글이 올라오는 도중이다.

[아이디미정: 애초에 성검을 집었다고 혼절하는 게 말이 되나? 님들 논리대로면 저건 성검이 아니라 마검이라고 불러야 하는 물건임. 치명적인 부작용을 떠안고 있다는 거나 마찬가지인데…… 베니고어 님이 미쳤다고 저런 걸 내림? 안 그럼?]

[린델마을주민: 말이 안 되지는 않지. 애초에 베니고어 님께서 가장 강조하신 게 자격 아니었나. 그럼 저 검을 그냥 동네 마을 주민한테 줘야 됨?? 악마에 대항하려는 검에게 선택받는 사람이니 적어도 이 정도 기운은 아무렇지도 않아야 하는 게 맞지 않음?]

[아이디미정: 또 뇌피셜이죠? 말에 반박하려면 좀 제대로 된 증거 좀 들고 와주세요.]

[린델마을주민: 만약에 정말로 선택받은 용사가 나온다면 검을 집어도 아무렇지도 않을 거임. 분명히. 나는 무서워서 시험 못 해볼 듯. 궁금하면 아이디미정이 직접 인증해 보면 되겠네.]

'나도 한번 가볼까?'

조금 무섭기는 했지만, 혹시 아는가. 정말로 자신이 선택받은 사람일지.

'가긴 어딜 가…… 당장 5현장 작업하느라 바쁜데.'

박 씨 아저씨, 아니, 박덕구 아저씨한테 연락하면 자세하게 물어볼 수 있지 않을까 싶기도 했지만 역시나 무서움이 더 크다.

괜스레 침을 삼키며 다시 한번 여신의 손거울을 바라봤을 때였다.

-네, 김성경 기자입니다. 몰려드는 인파로 주변이 점점 혼잡스러워지고 있는 가운데, 교황청 대변인이 공식 발표를 위해 몸을 움직이고 있는데요. 아…… 네. 제이나 대주교님께서 직접, 직접 나와주셨습니다.

드디어 윗분들의 입장이 정리된 것이다.

179장
일생일대의 고민

　-이러한 의견들을 종합해서 저희 교황청에서는 대륙민들의 건강과 안전을 위해 회색빛의 성검이 있는 지역을 전면 통제하는 것으로 결정을 내렸습니다.

　-그 말씀은 교황청과 대륙 보호 관리 위원회에서 일반인들이 시험에 도전할 권리를 빼앗는다는 말씀이십니까?

　-아아, 기자님들 죄송합니다만…… 질문은 모든 발표가 끝난 이후에…… 따로 질의응답 시간을 마련하겠습니다.

　-아니요. 괜찮습니다, 글랑 주교님. 이후 드릴 말씀과도 일맥상통하는 면이 있으니 곧바로 답을 드리는 게 좋을 것 같네요. 거짓 없이 말씀드리건대 저희 교황청과 대륙 보호 관리 위원회에서는 대륙민 여러분들이 시험에 참가할 권리를 빼앗으려고 하는 게 아닙니다. 자격의 심사를 원하시는 분들께서는 전 대

류에 있는 주요 길드나 베니고어 넷을 통해 정식으로 시험을 요청할 수 있으며, 요청하신 모든 분을 대상으로 교황청에서 제시한 간단한 사전 시험을 통해 인원을 선별할 것입니다.

-만약에…….

-시험은 투명하게 공개될 것이며 모든 분이 참관할 수 있도록 조치할 것입니다. 회색빛 검의 시험에 도전하는 모든 이들 역시 여신의 거울을 통해 공개적으로 진행될 것입니다. 추가로 일정 기간을 두고도 적합자가 나타나지 않는다면 무작위로 인원을 선발하도록 하겠습니다.

-…….

-회색빛의 검의 주인을 선별하는 데 들어가는 모든 비용을 교황청에서 지불할 것입니다. 나이도 출신도 묻지 않겠습니다. 어디에서 무슨 일을 하고 있든, 어떤 일을 하시고 계셨든 간에 상관하지 않겠습니다. 모험가 타이틀이나 기존에 있었던 명성으로 적합자를 판단하지 않겠습니다. 진정으로 대륙을 위하고 선한 마음을 가지고 있다면, 그 어떠한 자격도 필요하지 않습니다.

-…….

-대륙 보호 관리 위원회와 교황청은 수단과 방법을 가리지 않고 동원할 수 있는 모든 이용해 선택받은 용사를 선별하도록 노력할 것이라는 걸, 이 자리에서 다시금 여러분께 약속드리겠습니다. 이상입니다.

-…….

-네, 지금까지 제이나 대변인의 입장 발표가 있었습니다. 지금부터는…… 짧게 질문을 받도록 하겠습니다. 기자님들께서는…….

-방준우 기자입니다! 현재 이기영 위원장님의 상태가 궁금합니다. 여신님을 직접 몸에 받으신 후유증이 어떤 것인지, 정확히 어떤 증상을 가지고 계신지 말씀해 주셨으면 합니다.

-이기영 명예추기경님께서는 현재 적절한 휴식을 취하고 계신 상태입니다. 체력적으로 조금 힘들어하시기는 하지만 몸에는 별 이상이 없는 것으로 판단하고 있습니다.

-베니고어 님의 말씀을 교황청을 비롯한 타 교단들이 어떻게 해석하고 있는지 말씀해 주십시오! 이기영 위원장님께서는 그에 대해 어떻게 반응하셨습니까.

-지금 이 자리에서 말씀드릴 사안이 아닙니다. 비교적 가까운 시일 내에 언론에 공개할 수 있도록 노력하겠습니다.

-회색빛의 용사에 대한 대륙인들의 관심이 커지고 있습니다. 만약 적합자가 나타난다면 정확히 어떤 지원을 받을 수 있는지, 또 어떤 혜택을 받을 수 있는지 알고 싶습니다. 교황청의 소속으로 들어가는 것인지, 아니면 대륙 보호 관리 위원회의 소속되는 것인지에 대해서도 답변 부탁드립니다.

-아직은 아무것도 정해진 것이 없는 상황입니다. 현재 교황청에서는 회색빛의 검을 뽑을 수 있는 용사를 찾는 데 모든 신경을 기울이고 있는 상태입니다. 이후의 일에 대한 논의 역시 계속해서 진행되고 있으니 조금만 더 기다려 주셨으면 합니

다. 소속에 대해서는 최대한 용사님의 의견을 존중할 생각입니다. 답변이 되었다면 좋겠군요.

-회색빛의 검의 정확한 명칭이 무엇입니까.

-현재로서는 검의 정보를 확인할 수 없는 상태입니다.

-검의 기능과 관련이 있는 겁니까?

-성검의 정보에 대해서는 발표하지 않기로 결정을 내렸습니다. 관련 질문은 받지 않도록 하겠습니다.

-그런…….

-모든 대륙민의 관심이 집중되고 있습니다. 짧게나마 부탁드립니다!

-시간 관계상 질의응답 시간은 여기서 마치도록 하겠습니다.

-한 말씀만 더 부탁드립니다!

-조금만 더 부탁드립니다! 혹시 이번에 5현장에서 나타난 악마 계약자들과 관계가 있는 일입니까!

-악마 계약자 사태에 대해서도 한 말씀 부탁드립니다! 교황청은 어디서 무엇을 하고 있었습니까!

-이기영 위원장님의 현재 상태가!

-가까운 시일 내에 다시 말씀드리겠습니다.

-글랑 주교님! 제이나 대주교님! 한 말씀만 더!

'무슨 좀비 떼거리 같네.'

동의한다는 듯 옆쪽에서 목소리가 들려왔다.

"기자들이 무섭네요."

"어쩔 수 없지 뭐."

그만큼 관심이 쏠려 있는 사안이었으니까.

"저거 요즘 너무 날뛰는 것 같은데…… 한번 잡는 게 좋지 않을까요?"

"아니, 예상했던 반응인데 뭐. 오히려 저 정도 반응이 없으면 이쪽에서 섭섭했을걸."

"하긴…… 그렇기는 하네요."

전 대륙의 이목이 쏠리고 있는 걸 생각해 보면, 반응 자체가 이상한 것은 아니다. 무려 인생을 바꿀 찬스가 아니던가. 교황청에서는 용사 지원 계획을 발표하지 않았지만, 아마 모두 비슷한 걸 상상하고 있지 않을까.

'인생 역전! 로또! 성검코인!'

선택받는 순간 쏟아질 관심과 명예, 힘과 권력. 상급 모험가들의 튜터링, 영웅 등급 이상의 아이템들. 장담하건대 전장의 최전선에서 싸워야 한다는 건 잊고 있을 것이다.

책임보다는 얻을 수 있는 것들에 집중하는 일반인들을 비난하는 것은 아니다. 당연히 그들의 마음도 이해할 수 있다. 만약 이런 자리에 앉아 맛 좋은 커피를 마시고 있지 않았다면 나 역시 비슷한 생각을 하지 않았을까. 아마 신청자들의 대부분이 그런 뜬구름 잡는 생각을 하며 도전할 것이 분명했다.

"그나저나 오빠. 이거…… 그쪽에서 받아온 거 맞아요?"

"응, 그쪽에서 받아온 성검 맞아."

"너무 절차가 귀찮을 것 같은데……. 이거 제대로 쓸 수 있는 사람 나타나는 게 확실하죠?"

"아마 그렇지 않을까 싶은데……."

"대답이 너무 자신감이 없는 거 아니에요?"

"아니, 나도 진짜 모르겠으니까 하는 소리야. 그래도 대륙에 한두 명 정도는 적합자가 있지 않겠어? 왠지 누나한테도 반응할 것 같은데…… 한번 선택받은 용사 해볼래?"

"무슨 말도 안 되는 소리를……."

"아니야. 진짜 가능성 있다니까. 최소한 거부 반응은 안 보일 것 같은데……. 살짝 손댔다가 정신을 놔버리는 성기사보다는 오래 버틸 수 있을 거야."

"쓸 수 있는 사람이 써야죠. 전력 하나가 아쉬운 상황인데. 그리고 그게 문제가 아니라 정말로 찾을 수 있을지 모르겠다니까요. 이거 너무 범위가 넓다고요. 사막에서 바늘 찾기고 대륙에서 김 서방 찾는 것 같은 느낌인데……. 만약에 정말로 선택받은 사람이 안 나타나면 어떻게 해요?"

"누나가 생각하는 것처럼 사람을 심하게 가리지는 않을걸."

신화 등급의 무엇 무엇들은 대개 입맛이 무척 까다롭다는 게 학계의 정설이기는 했지만, 요 녀석은 그 정도까지는 아닐 거라고 생각했다.

1회차의 성검처럼 심혈을 기울여 주인을 결정하는 성격이 아니라는 거다. 아마 입맛에만 맞으면 곧바로 달려들지 않을까.

문제는 적합자가 필요한 게 녀석뿐만이 아니라는 것에 있다. 선택받은 용사가 중요한 것은 나 역시 마찬가지. 단순히 1회용이 아니라 여러 번 사용할 인재다. 기왕이면 이쪽과 맞는 인원을 선별하는 게 편하다는 건 두말할 필요도 없는 이야기다.

성향 자체는 어떻든 별 상관없지만…… 이를테면…….

'나이가 어리고 쉽게 휘둘리는 성격.'

쓸데없는 책임감에 똘똘 뭉쳐 있으면서도 사고의 전환이 자유로운 인재.

'권력이나 물욕에 관심이 없고…….'

순수하기까지 하다면 더할 나위 없다.

이 회색빛의 성검은 타락한 천사가 사용했었다는 설화가 붙어 있기도 하니, 순수한 인간을 타락시키는 종류의 기믹을 가지고 있을 수도 있지 않을까. 만약 그게 아니라고 해도 이쪽에서도 어느 정도 합의해 줄 용의가 있다.

결국, 이번 일에서 가장 중요한 것은 녀석이 원하는 적합자와 내가 원하는 적합자의 교집합이었다.

물론 쉽다고는 볼 수 없다. 내 조건에 맞는 이들을 찾았다고 해서 녀석이 쉽게 응해준다는 보장이 없었으니까.

적당한 합의점이 필요했고 그렇기에 필요한 것이 대국민 시험이었다. 최대한 내 조건에 맞는 인원을 선별한 이후에 물량으로 때려 박는 방법을 선택한 것이다. 사전 시험으로 비적합자를 골라내고, 쉴 새 없이 인원들을 밀어붙이다 보면 한 명 정도는 걸리지 않을까 싶어 내놓은 특단의 조치이기도 했다.

'그럴듯해.'

"일단 홍보 효과가 기막히다는 건 인정할 수밖에 없겠네요."

이지혜의 말처럼 홍보 차원에서도 나쁘지 않았으니까.

"또 새로운 일로 갈릴 걸 생각하면 치가 떨리기는 하지만요."

"웬만하면 나도 계속 부여잡고 싶기는 한데…… 사실 나도 그럴 여유가 없거든……. 정말로 여러 가지로 준비해야 할 게 많아서 당분간은 5현장에 틀어박혀 있을 거야. 자주 들릴 테니까 너무 걱정하지 마, 누나. 연락도 매일 할 거고. 거의 반반 비율로 왔다 갔다 할 거야."

"그 약속 지켜야 해요. 진지해요. 요즘 정말로 너무 힘들다고요. 내일이면 합동 훈련소에서 병력 들어오는데…… 각 전진 기지에 병력 배치하는 것도 일이에요. 그 와중에 이번 일까지 터지니까, 몸이 열 개라도 부족하고요."

"이번 일만 지나면 푹 쉬고 어디 가서 바캉스나 즐기고 오자."

"기다리고 기다렸던 말이네요."

"아니면 한 일주일 정도 쉴래? 그동안은 김미영 팀장한테……."

"그건 좀……. 사실 일을 안 하면 불안하거든요. 뭔 말 같지도 않은 이유로 지금까지 쌓아놓은 게 전부 망가지게 생겼는데 제가 가만히 있을 수 있겠어요? 아무것도 없는 입장이었으면 콱 망해 버려라 하는 심정으로 침이라도 뱉었겠지만……. 지금은 잃을 게 너무 많아요."

'얘는 진짜…….'

"내 권력, 내 남자, 내 돈, 이걸 어떻게 얻었는데…… 전부 포기할 수 있겠어요?"

리스펙 할 수밖에 없는 사고방식. 괜스레 엄지를 추켜세우고 싶어졌다.

"뭐, 이야기 끝났으면 저는 다시 일하러 돌아갈게요. 오빠도 일어날 거죠?"

"응, 나도 시작해야지."

"문제없는 거 확실하죠?"

"아마도."

'사실 아예 없지는 않지만.'

이지혜한테는 굳이 언급할 필요가 없는 이야기였다.

조혜진이 통수를 친 것도 아니고 정하얀이 사고를 친 것도 아니었다. 오히려 한소라와 정하얀은 그쪽 연구에 힘써주고 있었으니, 가장 베스트 포지션이라고 할 수 있지 않을까.

카스가노 유노 역시 혹시 모를 변수가 있는지 알아보기 위해 미래를 들여다보고 있었고, 김현성 역시 조혜진이 전해준 소식으로 인해 조금이나마 마음의 안정을 되찾은 시점이었다.

정말로 완전히 의심을 거둔 것인지는 애매하지만, 일단 경과를 두고 보자고 이야기가 나온 것이다. 어쩌면 성검 쪽으로 시선이 쏠린 걸지도 모르겠다.

김창렬, 김예리에게는 따로 임무를 내렸고 엘레나, 선희영, 황정연은 길드 업무에 집중하는 중이다.

적어도 현시점에서는 절로 고개가 끄덕여지는 상황이었다. 희라 누나도, 디아루기아도, 교황청과 전 대륙에 퍼져 있는 네임드들도 알아서 잘 성장하며 맡은 자리에서 최선을 다해주고 있었으니 다른 말이 필요할까.

문제는 대륙이 아니라 하늘 위에 있었다.

'베니고어, 얘는 또 왜 연락이 안 돼?'

성검 주작 이후로 베니고어에게 그 어떠한 피드백도 오지 않은 것이 문제.

슬쩍 뒤통수가 싸해졌지만…….

'얘는 믿을 만하지.'

빛 폭탄 물약 좀 먹고 예언을 대신 말해줬다고 해서 베니고어가 내게 등을 돌릴 리가 없지 않은가.

애초에 벨리알과의 계약 문제 때문이라도 베니고어와 나는 떼려야 뗄 수 없는 관계에 있다. 다만 강신도 나 혼자 해결했겠다. 신성을 내려달라고 청한 것도 아니니 신력이 딸려 피드백을 하지 못한다는 것도 영 설득력이 없는데.

여러 가지 추측들이 머릿속에 맴돌기는 했지만, 괜스레 대뇌 전두엽을 스친 생각이 하나.

'얘, 혹시 상급자한테 털리고 있는 거 아니야?'

근거는 없다. 하지만 영 설득력이 없는 이야기는 아니라고 생각했다.

'뭐, 구금되고 이런 건 아니지? 내 말 맞지?'

애초에 베니고어에게는 따로 연락하지 않았다. 루시퍼의 검을 내린다고 말하면 반대할 것 같기도 했고, 이미 확정된 일로 논쟁을 벌이고 싶지 않기 때문이다.

결과적으로 공화국과의 마지막 전쟁 때처럼 빛 폭탄 물약 2개를 들이켠 후에 예언을 지껄인 것이 전부. 위쪽의 의견을 완전히 배제한 독단적인 행동이었다.

곧 피드백이 따라올 것이라고 생각했건만 시간이 꽤 지난 현시점에서도 아무런 말이 나오지 않는다는 것에 의구심을 품을 수밖에 없었다.

따로 퀘스트가 내려오지도 않았고 조각상 쪽에서도 아무런 반응이 없다. 이제는 자신의 무능을 인정하고 모든 걸 이쪽에 맡기려고 한 것은 아닌가 하기도 했지만…….

'말도 안 되는 소리지.'

무려 루시퍼의 검이 성검으로 둔갑한 상황이 아니던가. 긍정의 표현이든 부정의 표현이든 간에 말이 나오는 게 옳다고 생각했다.

'어쩌면 입장 정리를 하고 있을 수도 있고…….'

본인들이 판단할 문제가 아니라고 생각해 상층부에 연락을 넣었을 수도 있다.

그것도 아니라면 뭐라 할 말이 없어서 입을 다물고 있을 수도 있다. 엘룬 쓰레기가 전체적인 판을 망치기는 했지만 결국 베니고어 사단의 책임이 아니던가. 부끄러움이라는 감정을 가지고 있다면 현 상황에 대해 따질 수도 없을 것이다.

하지만 여러 가지 추측 중에서도 가장 마음이 가는 선택지는 상급자에게 깨지고 있을지도 모른다는 선택지였다.

'제일 그럴듯하지…….'

대기업 회장이나 임원이라 한들, 모든 걸 알고 모든 걸 볼 수는 없다. 윗분이 베니고어가 맡은 이 차원뿐만 아니라 다른 차원들도 함께 관리하고 있다는 걸 생각해 보면 내 추측이 조금 더 맞아떨어진다는 거다.

열정적인 회장님이라고 한들 수많은 계열사에 일일이 신경을 다 쓸 수가 있겠는가.

'당장 루시퍼만 해도 최근에야 이 대륙에 관심이 있다고 말했을 정도였으니까……'

루시퍼 쪽보다 상대적으로 할 일이 더 많은 빛 진영은 취미 생활도 제대로 즐길 수 없을 정도로 바쁠 것이 당연했다.

어쩌면 베니고어를 믿고 대륙을 맡긴 사이 루시퍼의 검이 나타났다는 소식을 들은 것이 아닐까.

내부 고발? 그것도 아니면 우연히 감찰하러 온 사이에 충격적인 광경을 목도한 것일 수도 있다. 베니고어의 입장에서는 갑작스러운 상황에 대처할 시간이 없었을 테고 결국에는 지금까지 쌓아온 업보들이 모두 드러나며……

'궁지에 몰리게 된 건가……'

일이 도대체 어떻게 흘러갔는지 그 전말을 듣고 싶은 심정이었지만……. 일단은 베니고어를 믿는 것밖에는 할 수 있는 일이 없다.

"조각상 쪽에 한 번 더 가보는 게 좋으려나……."

그래도 같이 일을 오래 한 정이 있는 만큼 한 번 정도는 더 안부를 물어봐야 하지 않을까. 떠나기 전에 한 번 들리는 것도 나쁘지 않게 느껴졌다. 위쪽에서 일이 잘 풀리지 않는다면 통수를 맞을 가능성도 있으니 미리미리 대비하는 것이 옳기도 했고…….

쓸데없는 생각을 하며 곧바로 발걸음을 옮기자 나를 맞이한 것은 역시나 바젤 교황이다. 멀리서부터 이쪽을 발견한 직후 허겁지겁 달려오는 모습에는 저도 모르게 입꼬리가 올라갔다.

"이기영 명예추기경!"

"바젤 교황님! 여기 계셨군요. 안 그래도 인사를 드리려고 했었습니다."

"명예추기경이 직접 올 필요가 있는가. 미리 연락을 넣었다면 내가 직접 찾아갔을 텐데……. 아직 몸도 성치 않은데 이리 오게. 내가 부축해 주겠네."

"하하하. 괜찮습니다, 바젤 교황님. 걱정해 주신 덕분에 아주 건강합니다."

"으음…… 그렇다면 다행이다만…… 요즘 명예추기경이 너무 무리하는 것 같아 내 마음이 편치가 않아."

"이 모든 게 대륙을 위한 일이고, 베니고어 님을 위한 일이 아닙니까. 지금은 조금 힘들기는 하지만 언젠가는 제 노력을 알아주실 거라고 믿고 있습니다."

"베니고어 님이 명예추기경의 노력을 모른다면 그 누가 명예추기경의 노력을 이해할 수 있겠는가. 여기서 이럴 게 아니라 차 한잔하는 것이 어떻겠는가."

"아…… 아쉽지만 바쁜 일이 있어서 5현장으로 돌아가 봐야 될 것 같습니다."

"며칠 더 있다가 가는 것……."

"저도 베니고어 님과 바젤 교황님이 계시는 이곳에 있고 싶기는 하지만…… 아시다시피 주어진 책임이 막중하다 보니……."

"베니고어 님께 인사를 드리러 온 것이었구만……."

'아니, 바젤 교황님이 섭섭해하시면 어떻게 해요.'

"안 그래도 자주 들리게 될 테니…… 그리 아쉬워하지 않으셔도 됩니다, 교황님."

"아, 그랬지…… 그럴 수밖에 없겠구만."

"예, 온전히 일에 집중할 수가 없어 죄송한 마음뿐입니다."

"너무 미안해하지 말게, 명예추기경. 위원장으로서의 역할도 중요하다는 것을 내가 어찌 모르겠는가."

"정확히 일주일 뒤에 들르도록 하겠습니다, 바젤 교황님."

"아암, 그래야지. 이거 내가 너무 방해한 건 아닌지 모르겠군. 어서 들어가게. 베니고어 님께서도 명예추기경을 기다리고 있을 테니."

"네."

아까보다는 조금 나아지기는 했지만 확실히 얼굴에 아쉬움이 감도는 모습이 보였다. 차 한잔 같이해 주는 게 좋지 않을까 싶기도 했지만, 바젤 교황과의 차 한잔은 그날 하루의 절반을 날리는 일이나 다름없기에 이런 방법으로 피할 수밖에 없었다.

물론 관리해 준 지도 오래됐으니…… 자리를 한번 만들어야겠다는 생각도 든다. 기왕이면 제이나 대주교와 헬레나 이단심문관도 함께 말이다.

'내 일이 아무리 바쁘다고는 해도……'

이런 건 시간을 내서 해줘야지. 서서히 멀어질 인맥이라고 판단했다면 애초에 만들지도 않았을 것이다.

조각상이 모셔져 있는 곳으로 향하는 도중에 바젤 교황과 나눈 스몰 톡에 내 마음도 편해졌다는 것은 두말할 필요도 없었다. 일단 빛 측에서 아직 이쪽을 적대하지 않는다는 것에 가장 안심이 된다.

'아니지, 그건 아니지.'

다른 사제들은 몰라도 바젤 교황과 빛기영은 믿음으로 똘똘 뭉쳐 있다. 만약 바젤 교황이 하늘 위에서 이기영 명예추기경은 거짓된 자라는 목소리를 듣는다고 해도 오히려 그 목소리를 악마의 속삭임 취급하지 않을까.

어쩌면 베니고어를 비롯한 다른 이들도 비슷한 생각을 하고 있을 수도 있다. 이미 베니고어 교단을 비롯한 대륙의 종교 체계 자체가 이기영이라는 인간을 거치지 않고서는 성립이 되지 않는다는 것을 일찍이 깨닫고 있는 것이다.

그렇기 때문에 그들은 내게 호의적일 수밖에 없다. 스카웃 건을 제외하고서라도 대륙의 운명이 빛의 손에 달려 있다는 걸 실감하고 있는 것이다.

"아무리 그렇다고는 해도 이번에는 제가 조금 심했습니다. 그러니까 잠깐 이야기 좀 해요."

삐져서 목소리가 들리지 않는 경우는 아니겠지만 저지른 게 있는 만큼 밑밥은 깔고 들어가자.

'우리 사이 문제없는 거 맞지? 아니, 그전에 지금 위에서 무슨 일이 일어나고 있는지부터 설명 좀 합시다. 피드백이 없으니까 답답하잖아.'

조용히 조각상을 바라보며 말을 잇지만 목소리는 들려오지 않는다.

'이거 뭔가 문제가 터진 게 확실하네.'

모르긴 몰라도 곤란한 상황에 빠졌다는 내 가설에 한층 더 힘을 실어주는 정황이었다. 결국에는 입맛을 다시며 발걸음을 돌릴 수밖에 없는 상황이지 않은가.

조각상에서부터 환한 빛이 뿜어져 나온 것은 바로 그때였다.

'뭐야?'

조금은 당황스러울 수밖에 없었다. 점차 형태를 갖추고 있는 모습이 내가 아는 베니고어의 모습과는 거리가 멀었기 때문이다.

한쪽으로 머리를 땋아 어깨 위에 걸친 여신의 모습은 대륙에 있는 그 어떤 신의 모습과도 일치하는 면이 없다. 생전 처음 보는 모습에는 어안이 다 벙벙해질 지경이었다.

'너무 초면인데.'

[처음 뵙겠습니다, 이기영 님.]

'아…… 네.'

조금은 뻘쭘한 상황이기는 했지만 머쓱한 마음보다는 궁금한 마음이 더 크다. 도대체 베니고어나 로렌, 바리안 같은 놈들은 전부 어디로 가고 생전 처음 보는 여신이 여기 있는지, 어째서 저렇게 호의적인 미소를 띠며 나를 바라보고 있는 건지, 궁금한 게 당연했다.

'적어도 뒤통수는 아니고…… 이건 상급자인 건가? 윗분이야?'

[이기영 님께서 생각하시는 종류의 상급자는 아닙니다. 아, 제가 실례했군요. 인사가 너무 늦은 것 같습니다. 이렇게 먼저 찾아주시리라는 예상을 하지 못해서……. 자기소개부터 먼저 드리겠습니다. 저는 베니고어를 대신해 앞으로 이 대륙을 담당하게 될 여신 넬리아라고 합니다.]

'네?'

[베니고어를 비롯한 로렌, 바리안 등의 기존 신들은 현재 여러 가지 사건에 연루되어 있다는 정황이 포착되어 조사 중에 있습니다. 위에서는 그동안 대륙을 관리할 여신이 필요하다고 판단하게 되어 제가 베니고어의 업무를 대신하게 되었습니다. 갑작스러우시겠지만 앞으로 잘 부탁드립니다.]

'뭐라고요?'

[그동안 답답하신 면이 많으셨을 거라고 생각합니다.]

'답답하기는 답답했는데…… 그래서 당신이 왔다고요?'

[능력이라면 걱정하지 않으셔도 됩니다. 자랑하는 것은 아닙니다만 제 실적은 위쪽에서도 손에 꼽히는 수준으로…….]

'아니, 그건 알겠는데…… 당연히 능력 있는 분이 와주셨겠죠. 그런데 제가 궁금한 건 넬리아 님의 실적이나 월말 평가 때 얼마나 우수했느냐가 아닙니다. 얼마나 공부를 잘했는지도 아니고요. 베니고어 님께서는 도대체 무슨 조사를 받고 계신

겁니까? 그리고 왜 당신이 튀어나온 거예요? 나는 분명히 베니고어를 찾았는데…….'

[복합적으로 연관된 일이 많아 전부 다 자세히 말씀드리기 힘든 사항입니다만……. 아마 이기영 님께서 예상하시는 문제에 대해 조사받고 계실 겁니다. 무엇을 걱정하고 계시는지 알고 있습니다, 이기영 님. 하지만 당장 대륙의 국교를 바꾸는 것이 아닙니다. 당분간 베니고어를 비롯한 대륙의 신들이 받아들이는 신성은 모두 강제 몰수되어 제가 대륙을 위해서 직접 사용할 수 있도록 조치하겠습니다.]

'그다음은? 종교 개혁해야겠네. 베니고어 교단을 비롯한 대륙 위의 모든 교단이 싹 물갈이되는 겁니까? 중간에 종교 물갈이를 할 수밖에 없게 만드는 사건 하나 터뜨려 주고……. 사람들의 기억 속에서 베니고어 교단이라는 이름이 사라질 때 즈음에 넬리아 교단이 출범해서 기존 신도들 전부 흡수한다는 거 아닙니까.'

[이해가 빠르시군요. 역시나 윗분들에게 들었던 대로입니다. 만약 이기영 님께서 원하신다면 2,000년 후에는 이기영 교단을 직접 만들어 이 대륙을 운영하는 방향도……. 물론 여기에는 여러 가지 조건이 옵션으로 붙어 있으며 가장 대표적인 조건은 김현성 님의 합류가…….]

예상하던 게 현실이 됐다.

'와…….'

그러지 않을까 싶었지만 실제로 현실이 되니 무척 당황스러울 수밖에 없었다. 신나서 떠들고 있는 넬리아의 목소리가 잘 들려오지 않을 지경이다.

위쪽으로 올라오면 받을 수 있는 메리트와 혜택 그리고 조건에 대해 열변을 토하고 있는 모습을 보니, 이게 현실이 되었다는 게 조금 더 명확해지는 것만 같았다.

[저희 쪽에서 보장해 줄 수 있는 것은 이것뿐만이 아닙니다. 루시퍼 쪽에서 어떤 조건을 제시했든 간에…….]

당연하지만 루시퍼를 만나고 있었던 것 역시 파악하고 있다.

'우등생이 맞기는 맞나 봐.'

무능력의 아이콘이었던 베니고어와는 레벨이 다른 합리적인 제안. 명확한 데이터를 기반으로 한 발표를 선보이고 있는 모습은 마치 계약을 따내기 위한 대기업 직원의 프레젠테이션처럼 느껴진다. 이 자리의 중요성을 제대로 파악하고 있는지 책임감이 깃든 눈빛은 가관이다.

사실 저 여신의 제안도 나쁘지는 않다. 모든 일이 성공적으로 잘 풀린 이후에 베니고어 교단을 자연스럽게 쇠퇴시키고 넬리아 교단을 박아 넣는다는 것도 실제로 가능하다. 시간이 조금 걸리고 귀찮아지기야 하겠지만, 극단적인 경우에는 종교 전쟁을 일으키는 방향으로 일을 진행해도 되고…….

어쨌든 수단이야 많다. 문제는 베니고어 대신 넬리아를 받아들일 것인가에 대한 것. 뭐가 옳은지 잘 가늠이 되지 않는다.

물론 베니고어가 무능력한 것은 사실이지만 그동안 이쪽의 비위를 맞춰주며 열심히 해오지 않았던가.

눈앞에 있는 여신은 능력이 있는 것 같지만, 여러모로 말이 안 통할 것 같은 느낌. 마음의 눈으로도 정보를 확인할 수 없었지만, 겉모습만 봐도 느껴지는 게 있는 법이다. 지금 저렇게 떠들고 있는 모습만 봐도 곧 죽어도 원리 원칙을 따질 것 같지 않은가.

사실 고민할 건더기도 없다고 생각하기는 했지만, 눈앞으로 선택지 두 가지가 떠오르는 것 같은 기분이었다.

[A. 베니고어를 버린다.]
[B. 베니고어를 안고 간다.]

괜스레 허벅지를 두드리게 될 정도였다.

'아…… 이거 생각보다 더 고민되네.'

솔직히 이게 고민할 거리가 될 거라고는 생각지 못했다.

물론 하나하나를 자세히 다 따지고 들어가면 베니고어가 여러모로 유리한 면이 많다. 일단 나와 함께 오랫동안 호흡을 맞춰왔다는 것이 가장 커다란 메리트가 아니었던가. 대류의 일을 처리하는 방식에 대해서도 공감해 주고 있었고, 필요한 상황에서는 적당히 휘둘려지기도 한다. 가끔은 어쩔 수 없이 내가 원하는 방향으로 움직여 주기도 했으니 무슨 말이 더 필요할까.

지금까지 다사다난한 일들을 함께 겪어오기는 했지만, 지금에 와서 떠올려 보면 모든 일이 잘 풀렸다고 말할 수 있을 정도로 완벽하게 정리되지 않았던가. 친분 쪽에 중점을 둬 생각해 보면 무조건 베니고어 측에 손을 들어야 함이 옳다.

하지만 조금 다른 측면에서 생각해 보면…….

'베니고어랑 같이 일하는 게 정말 맞을까'라는 생각을 하게 되는 것도 무리가 아니리라.

친하다고 해서 무작정 편을 들어줄 수 있을 정도로 이 업계는 만만하지 않다. 아직 넬리아라는 신에 대해서 제대로 파악한 것은 아니지만 대충 보기에도 유능한 것처럼 보이지 않은가.

[일정량 이상의 신성을 사용해 대륙에 영향력을 끼칠 경우에는 최소한 사전에 통보해 드리려고 합니다. 추가로 저희가 할 수 있거나 도울 수 있는 일이 생긴다면 최선을 다해 지지해 드릴 것을 미리 말씀드리고 싶습니다. 물론 이는…….]

베니고어가 곤란한 상황에 처해 있는 것은 나 역시 가슴이 아팠지만, 모두가 본인의 잘못이지 않은가. 악마와의 계약에 도장을 찍은 것도 결국에는 베니고어였고, 루시퍼가 대륙 안에 들어온 것을 캐치해 내지 못한 것 역시 베니고어의 잘못이었다.

'도대체…… 어떤 신이 악마랑 계약을 해?…… 이건 베니고어 잘못이 맞지.'

어디 그것뿐이랴. 일일이 다 열거할 수는 없지만 베니고어가 규율을 깬 것만 해도 수십 가지가 넘는다. 그중에서도 파산 사건은 나조차도 실드를 쳐줄 수가 없을 정도로 당황스러운 일. 다른 차원에서 신성을 빌려 쓰다 파산한 것은 무조건 그녀의 잘못이다. 비교적 사고가 유연하다는 장점이 있기는 하지만, 그게 넬리아가 가지고 있는 유능함이라는 이점을 어찌 이겨낼 수 있을까.

'베니고어가 결국 어둠에 물들어 버렸나……'

저도 모르게 나온 혼잣말에 곧바로 대답해 오는 넬리아의 모습이 눈에 들어왔다.

[현재 확인 중에 있습니다. 자세하게 말씀드릴 수는 없지만, 가능성이 높을 거라고…… 상층부에서는 판단하고 있습니다.]

'후우……'

[상심하시는 것도 이해가 갑니다, 이기영 님. 오랫동안 손발을 맞춰오셨으니까요. 하지만 시간이 얼마 지나지 않아 금방 잊으실 수 있으실 겁니다. 아니, 제가 잊을 수 있도록 최선을 다해 노력하겠습니다.]

'종교 개혁하려면 또 시간도 오래 걸리지 않나.'

작업 자체가 힘든 것은 아니다. 아쉽지만 어둠에 물든 베니고어와의 작별 인사를 준비해야 하지 않을까. 베니고어를 위해서도, 나 자신을 위해서도 그게 옳은 선택처럼 여겨졌다.

'이기영 신도…… 이기영 신도……'라는 목소리가 들려오는 것만 같은 기분.

[등급 이하의 강제 퀘스트가 발동합니다.]

[꼭…… 꼭 보답할게, 이기영 신도. 내가…… 이기영 신도 사랑하는 거 알지? 사, 사랑하는 거 알지? 우리 좋았잖아. 나 버리는

거 아니지? 그렇지?(0/1)]

실제로도 들려오고 있었다.

'뭐야.'

[네?]

저도 모르게 주변을 둘러보게 되는 것도 무리가 아니었다.

자연스레 눈앞에 있는 넬리아를 바라보게 된다. 아무래도 베니고어가 내게 따로 연락을 넣었다는 사실을 인지하지 못하는 모양.

얘는 또 어떻게 연락한 건지 모르겠다. 구치소 비슷한 곳에서 몰래 전화하고 있는 것 아닐까. 정확히 뭘 줄 수 있는지는 모르겠지만, 어둠에 빠진 베니고어를 내 힘으로 구하기에는 역부족…….

[전, 전부 줄게…… 원하는 건 전부. 그러니까 나 버리면 안 돼. 히끅…… 이기영 신도, 버리면 안 돼. 원하는 건 전부 다 준비해 줄게.(0/1)]

역부족…….

[그, 그리고 이대로 가면 이기영 신도에게도 좋지 않을 거야. 선, 선례가 생기면 이기영 신도가 이후에 올라올 때도 문제가 생길 수도 있……(0/1)]

⋯⋯이겠지만 최소한의 노력은 해보는 것이 옳다.

그동안 함께 쌓아온 추억이 있는데 내가 어떻게 베니고어에게 등을 질 수가 있을까. 베니고어와 나는 단순히 신도와 신의 관계에 있는 게 아니다. 그 누구보다도 서로가 서로를 위하고 아껴주는 이해자였다.

넬리아의 뒤에서 보이고 있는 베니고어의 조각상, 그 조각상에서 떨어지고 있는 눈물 한 방울. 편안했던 넬리아의 미소가 가증스러워 보이기는 게 당연하리라.

[제가 마음에 들지 않으신다면 다른 분으로 교체해 드릴 수도 있습니다, 이기영 님. 하지만 제 이름을 걸고 말씀드리건대 저는 절대로 이기영 님을 실망케 하지 않을 것입니다. 저는 믿어주시고 일을 맡겨주신다면 몸이 바스러지는 한이 있더라도⋯⋯.]

'제게 필요한 건 베니고어 님뿐입니다.'

[네⋯⋯?]

'가만히 보고 있자고 하니 지금 도대체 무슨 말씀을 하시는 겁니까. 아니, 애초에 이런 식으로 일을 처리하는 게 말이 된다고 생각하십니까? 저는 베니고어 님이랑밖에 일 안 하렵니다.'

[아⋯⋯.]

'백번 양보해 조사하는 건 이해할 수 있지만 그게 꼭 지금 같은 시기여야 하는 겁니까? 베니고어 님께서 과한 면이 있다는 건 저도 익히 알고 있는 부분이지만, 베니고어 님께서도 대류을 지키기 위해 어쩔 수 없는 선택을 하신 겁니다. 엄밀히 말하면 지금까지 대륙을 위해 희생하셨던 분이 아닙니까. 어둠에 오염됐다는 판단이 되면 그 어둠을 정화하는 게 먼저인 게 당연한 수순인데…… 어떻게 곧바로 쳐낼 생각을 하시는지……. 이게 그쪽의 방식인 겁니까?'

[아니, 그게 아니라…… 일단은 조사를…….]

뭔가 잘못된 것 같다는 얼굴, 본인이 기대했던 반응과는 다르다는 표정이 시야에 비쳤다. 당황하기보다는 어떻게 대화를 이끌어 나가야 하는지 고민하는 것 같다는 게 올바른 표현이리라. 아마 '이쪽의 방식인 겁니까?'라는 대사가 결정적이지 않았을까. 영입을 고려하는 만큼 고민할 여지가 생길 수밖에 없을 테니까.

'지금 대륙의 상황이 어떤지 모를 것이라고 생각하지는 않겠습니다. 모두가 힘을 합쳐 위기를 벗어나도 모자랄 시기가 아닙니까. 정확히 위에서 어떤 일이 벌어지고 있는지는 모르겠지만, 파벌 내 힘 싸움이 아예 없을 것이라는 생각은 들지 않습니다.'

그러니까 베니고어 돌려줘.

'베니고어 님께서는 대륙을 위해 많은 것을 포기하신 분이십니다. 자신의 자존심과 신념과 믿음, 그녀가 저지른 모든 일이 자기 자신을 위한 것이 아닙니다.'

[뭔가 오해가 있으신 것 같습니다, 이기영 님. 힘 싸움이나 파벌 때문이 아니라……. 그리고 베니고어의 신성 사용 내역

을 자세히 살펴보시면 현 대륙의 상황과는 연관성을 찾을 수 없는 사용 내역······.]

'듣고 싶지 않습니다. 베니고어 님을 불러주세요.'

[한 번만 더 생각해 보시고······.]

'더 이상 생각할 게 있습니까? 베니고어 님과 이야기하겠습니다.'

[지금은 조사 중이라 베니고어를 불러오기가 힘든 상황입니다.]

'아직 정확히 죄가 있다고 밝혀지지도 않은 상황입니다. 무죄 추정의 원칙도 따지지 않고 무작정 죄인으로 몰고 가는 것은 불합리합니다. 베니고어 님은 정식으로 변호사를 선임하신 게 맞습니까? 혹여나 압박 수사를 받고 있지는 않을지, 한 명의 신도로서 걱정이······ 후우······.'

[조사가 끝난 이후에 정식으로 다시 복귀하시도록 조치하겠습니다.]

'그 조사가 억류된 상태에서의 조사가 아닙니까. 그녀는 아직 죄인이 아니에요. 조사를 받을 것이 있다면 대륙의 일을 병행하면서 받으셔야 할 겁니다. 물론 변호인을 선임하실 수도 있고요. 아무리 혐의가 있다고 한들 이런 처우와 대우라니······. 제 눈에는 인간들의 방식이 더 이성적으로 보입니다.'

[뭔가 오해가 있으신 것 같습니다, 이기영 님.]

'지금 당장 베니고어 님의 억류를 풀어주지 않으면 단언컨대 제 협조를 얻기 힘드실 거라고 미리 말씀드리겠습니다. 이건 협박하는 게 아니에요, 넬리아 님. 신성하신 분들이 품고 계신 생각이 저희 인간들의 방식과 다를 거라고는 알고 있습니다. 제가 하는 말들을 이해할 수 없으시다는 것도 알고 있고요. 하지만 이 방법은 옳지 않습니다. 미천한 제 눈에도 지금의 방식은 옳지 않은 것으로 보입니다.'

진심으로 환멸이 난다는 표정을 담아보자.

고생하고 있을 베니고어 님의 모습을 떠올리자 저도 모르게 순수한 눈물방울이 바닥을 적시기 시작했다. 어느새 눈 안을 가득 채운 눈물이 마치 폭포수처럼 흐르던 중, 한숨을 쉬던 넬리아가 천천히 고개를 끄덕였다.

그러자 화악 하는 소리와 함께 튀어나온 베니고어의 모습이 시야에 비쳤다.

[이기영 신도…… 이기영 신도오…….]

달려오자마자 안기는 모습, 무척이나 감동적인 장면이라고 할 수 있으리라. 정확히 윗분들이 어떤 선택을 내리셨는지는 알 수 없지만 일단 한고비는 넘겼다.

[이기영 신도오…… 어허어어엉…… 이기영 신도오…… 믿었어…… 믿고 있었어. 이기영 신도가 나를 버리지 않을 거라고 믿고 있었다구우…….]

'제가…… 어떻게 베니고어 님을 버릴 수 있겠습니까.'

자기 세뇌를 하도 박아대서인지는 모르겠지만 베니고어의 얼굴이 아름다워 보인다.

서둘러 이성을 되찾으니 쓸쓸한 눈빛으로 나를 바라보고

있는 넬리아의 모습이 시야에 비쳤다.

'모두 해결된 겁니까?'

[아닙니다. 이기영 님의 주장에 의거해 일단은 베니고어를 비롯한 이 대륙 신들의 억류를 무효화했을 뿐입니다. 아직도 베니고어에게는 여러 가지 혐의들이 붙어 있으며 이 이후의 조사와 처우는…… 조금 더 깊이 깊은 대화와 토론을 통해 결정될 것 같습니다.]

'이해해 주셔서 감사합니다, 넬리아 님.'

[아니요. 저는 그저 윗분들의 말씀을 전해 드린 것뿐입니다. 조만간 이번 일과 관련해 다시 한번 인사드리도록 하겠습니다. 베니고어 역시 함께 말입니다.]

[…….]

[그럼 안녕히. 꼭 다시 뵙기를 기다리겠습니다, 이기영 님.]

'저 역시 좋은 모습으로 다시 뵙기를 기다리고 있겠습니다.'

천천히 고개를 끄덕이는 모습을 끝으로 넬리아는 자취를 감췄다.

베니고어는 그저 눈물을 짓고 있는 표정, 뭐라고 물어보고 싶었지만 뭘 먼저 물어봐야 할지 감이 오지 않는다. 오히려 불안해하는 얼굴을 보니 내가 다 불안해질 지경이었다. 일생일대의 교차로에서 옳은 선택을 한 건지 궁금해진 것은 당연지사.

물론…… 선례를 남기지 말아야 한다는 베니고어의 주장은 옳다. 나 역시 켕기는 게 아예 없는 것은 아니었으니까.

세상일이라는 게 어떻게 될지 모르는 것이 아니겠는가. 루시퍼 쪽으로 가는 게 맞겠다는 생각이 들기는 했지만, 혹시나 일이 꼬여 빛 쪽으로 합류하게 될지도 모른다. 김현성과 함께 간다고 가정한다면 이쪽이 더욱더 가능성이 높아지지 않을까.

만약 그때가 왔을 때 다른 파벌 쪽에서 이것저것 걸고넘어진다면 내게는 상당히 귀찮은 일이 될 수도 있으리라.

'지금 상황에서도 조심하는 게 맞기도 하고……'

만약 베니고어가 유죄 판결을 받는다면…….

'시바…… 점점 머리 아파지는데.'

5현장을 연구해야 하는 판국에 성검의 주인까지 찾아줘야 하고, 심지어는 베니고어의 뒤까지 봐줘야 한다. 첫 번째와 두 번째와는 다르게 세 번째는 시간과 공간에 영향을 받는 것은 아니지만…….

'기억 상실증 기믹을 유지하고 있으니까.'

시도 때도 없이 픽픽 쓰러진다면 조노보노가 가만히 있을 리가 없지 않은가. 대륙의 일만으로도 머리가 터질 것 같은 와중에 들어온 한 방.

내 기분이 구리다는 것을 인지했는지, 눈치를 보고 있는 빛 덩어리의 모습이 눈에 들어왔다.

[미안해…… 미안해, 이기영 신도.]

시바.

"고개 드세요, 베니고어 님. 당신 아직 죄인 아닙니다."

[정말?]

"아직은. 아직은 죄인 아니라고요……. 일단 저는 현장으로 가보겠습니다. 이쪽 일은 대충 수습이 된 것 같으니……."

[가, 가지 마. 이기영 신도…… 가지 마. 여기 같이 있어야지. 도대체 어딜 가려고 그래. 나 또 조사받으러 가면 어떻게 해.]

"뭘 어떻게 해요. 변호사가 오기 전까지는 대답할 수 없다고 잡아떼세요. 그리고 이렇게 금방 다시 올 일 없습니다. 이미 상급자한테 보고 들어간 사항이고, 위쪽에서 입장 정리하기 전까지는 시간이 제법 걸릴 테니 안심하시고 할 일 보세요. 이제 아실 만한 분이 왜 이러실까. 이토 소우타 때도 보고 있었잖아요."

[버리려는 거 아니지? 그런 거지?]

"이제 와서 버리긴 뭘 버립니까. 이미 한 배를 탄 거나 마찬가지인데. 어차피 멀리 떨어져 있어도 대화할 수 있는 수단이 있잖아요. 여기서 시간을 생각보다 많이 끌어서 빨리 일하러 가야 해요."

라고 말하기는 했지만, 저 불안한 표정이 신경 쓰인다. 이런 말 하기는 조금 뭣하기는 했지만, 전형적인 범죄자의 얼굴과 어울리는 듯한 얼굴이다. 본인이 뭔가 켕기는 게 없다면 절대로 나올 수 없는 표정.

빛무리에 휩싸인 채로 저런 모습을 하는 게 우습기는 했지만, 아쉽게도 마냥 웃을 수 있는 상황은 아니었다.

장내에 찾아온 짧은 침묵에 불안함을 느낄 즈음. 베니고어가 다시 한번 말을 이어왔다.

[그, 그래도 조금만 같이 있으면 안 될까? 대책을 강구하기

도 해야 되고……. 여러 가지로 논의해야 될 일이 많으니까.]

"그러면 한번 물어나 봅시다. 아니, 도대체 뭣 때문에 이 사달이 난 겁니까?"

말을 막상 내뱉으니 가슴 한쪽이 쿡쿡 찔려오기는 한다. 이미 루시퍼의 성검 자체가 문제라는 사실을 알고 있었으니까.

하지만…….

'넬리아가 성검에 대해서 언급하지 않은 걸 보면 꼭 그렇지는 않은 것 같은데…….'

분명히 문제가 된 게 있다면 한마디 정도는 언급했을 게 분명했다. 확실하지는 않지만 악마 계약 건이 가장 크게 잡히지 않았을까.

'그러게. 덜컥 악마랑 계약하면 어떻게 해.'

내 질문에 베니고어는 살짝 긴장하는 듯한 모양새. 어서 빨리 썰을 풀어보라는 듯 재촉하자 조심스레 입을 열어오는 모습이 시야에 비쳤다.

[사, 사실 마검 때문에 문제가 생긴 건 아니야.]

"그래요?"

[으응…… 이기영 신도는 아직 우리 쪽 소속이 아니고 대륙에서 활동하는 인간의 입장에 있으니까. 우리 같은 경우에는 이기영 신도에 대한 물리력을 행사할 수는 없거든. 상부 측에서도 그 사실을 인지하고 있고……. 이기영 신도의 잘못은 아니라는 거야. 이기영 신도가 벨리알이나 루시퍼와 친하게 지낸다는 것도 문제가 되지는 않고…… 물론 정도가 심해진다면

이기영 신도를 마왕으로 판단해 성검이나 용사를 내보내기는 하지만…….]

"뭐?"

[당연히! 우리가 그럴 리가 없지! 누가 감히 이기영 신도를 마왕으로 보겠어?! 결국, 이기영 신도는 우리와 함께한다는 걸 알고 있으니까! 그런 걱정은 하지 않아도 돼!]

'…….'

[이번 경우에도 루시퍼의 꼬임에 넘어간 거니까…… 그러니까 문제가 뭐냐면.]

"네, 말씀해 보세요."

[내가 눈치채지 못했다는 것 때문에……. 1차적으로는 그게 문제가 돼서…….]

"네? 겨우 그거예요?"

물론 그 뒤에 연쇄적으로 터진 2차적 문제가 컸겠지만, 발단 자체가 고작 그거라는 것에는 당황할 수밖에 없었다.

'와, 이 새끼들도 진짜 너무하네.'

1차적으로 문제가 된 게 겨우 루시퍼의 침입을 눈치채지 못한 것 때문이란다. 물론 대륙을 관리하는 관리자로서 책임을 회피할 수는 없겠지만…….

'이렇게까지 몰아붙일 사안이 아니지. 지들도 눈치 못 챘을 거면서……. 애초에 상급자 아니면 그 정도나 되는 위인을 감지할 수나 있나?'

만약 넬리아가 관리했더라도 눈치채지 못했을 거라고 100%

장담할 수 있다. 일반적인 악마라면 추적이 가능했겠지만, 무려 그 루시퍼가 아니었던가. 루시퍼 본인도 큰 문제를 일으키기 싫어 작정하고 몰래 들어왔다고 표현했으니, 베니고어의 능력으로는 그녀를 캐치하지 못한 것도 무리가 아니리라. 어떻게 생각해도 그녀의 무능력을 탓할 사안이 아니라는 거다.

아직 확실하지는 않지만 뒤가 엄청나게 구린 듯한 느낌. 상투적인 표현이었지만 구린 냄새가 진동을 하고 있었다.

겨우 저 정도로 감찰단이 들어와서 베니고어 사단을 뒤집어?

'파벌 내 알력 다툼이나 타 파벌의 견제가 있었다고 생각하는 것이 맞지.'

하늘 위도 인간들이 사는 것과 별반 다르지 않다는 걸 알고 있었지만 내가 생각하는 것보다도 더 기이한 형태의 권력 구도를 가지고 있는 모양이다. 베니고어가 어떤 적을 만들었는지는 알 수 없지만, 이렇게 감찰단을 움직여 대륙을 들쑤셔 놓을 정도라면 상당한 거물을 적으로 만들었다고 봐도 될 것 같았다.

당초에 내가 예상했던 것보다 상황이 더욱더 복잡해지고 있는 느낌에 괜스레 한숨이 튀어나온다. 어쩌면 일이 더 커질 수도 있다는 생각이 들었기 때문이다. 최악의 경우 대륙의 똥을 투척한 이후 베니고어를 데리고 루시퍼 쪽으로 이적하는 게 어떨까 하는 생각이 들 정도였으니 다른 표현이 필요할 리가 없다.

"누구를 적으로 만든 겁니까?"

[적…… 적 같은 건 없어……. 나는 모두와 사이가 좋은 편

이니까.]

'그건 네 생각이고, 이 사람아.'

내가 하늘 위에 직접 올라가고 싶은 심정이었다.

차라리 바리안이나 로렌 같은 애들이랑 대화해 보는 게 낫지 않을까. 정말로 적이 있다면 그쪽에서도 이야기가 나오고 있을 테니까. 사안이 보통 사안이 아니다 보니 입술을 깨물며 오만 가지 생각을 전부 하게 된다.

"정말 그 새끼들도 너무하는데……."

[역시…… 이기영 신도라면 그렇게 이야기할 줄 알았어. 일하다 보면 조금 쉴 수도 있는 거잖아…… 그렇지?]

왠지 모르게 안심했다는 얼굴이 괜스레 신경 쓰인다.

[내가 휴식을 취하고 있어서 보고가 조금 늦었거든……. 사실 그것 때문에 여기에…… 조금 문제가 생긴 거야.]

'그건 아닐 거야'라고 생각했지만 언제나 슬픈 예감은 틀린 적이 없다.

'연락이 없었지.'

루시퍼의 성검을 획득한 그 순간부터, 하늘 위에서 성검이 내려 떨어지는 그 순간까지 베니고어에게 따로 연락을 받은 적이 없었다.

허벅지를 손가락으로 툭툭 두드리는 순간에도 불안함이 가시지를 않는다.

대륙 전체가 완전히 뒤집힐 만한 사건임에도 불구하고 피드백이 없었던 게 이상하다고 생각했다. 27군단 소환 당시에는 파산 상태였기 때문에 개입하지 못했었지만 벨리알 때는 곧바로 개입해 오지 않았던가. 박물관 때도 마찬가지였다. 신화적 존재와의 마찰이나 접전이 있었을 때 베니고어는 항상 이쪽에 먼저 말을 걸어왔다. 왜 이번에는 먼저 피드백을 해오지 않았을까.

'시바…… 몰랐던 거야.'

애초에 모르고 있었던 것이다.

'아니, 미친. 거의 48시간 이상이지 않았나. 어떻게 시바, 모르고 있을 수가 있지?'

베니고어는 시바 도대체 그 긴 시간 동안 어디서 무엇을 했나. 40시간 동안 어디서 무엇을 하고 있었던 걸까. 성검이 대륙에 나타나고 하늘을 날아 땅에 꽂히고, 심지어 입장 발표까지 끝냈을 동안 이 여신은 도대체 어디서 뭘 하고 있었나. 문제가 되지 않는 게 오히려 이상한 상황이다.

"그래서 얼마나 쉬고 있었어요?"

목소리가 떨려온다. 베니고어 역시 목소리가 떨린다는 걸 인지했는지 계속해서 내 눈치를 살폈다.

[잘 모르겠는데…… 이번에는 조금 오래…… 인간의 시간을 기, 기준으로 하면 40시간…… 언저리 정도일 것 같은데…….]

'파벌은 개뿔…… 시바.'

단두대처럼 힘 있게 내려온 통렬한 한 방. 조금 과장해서 말하면 둠기영 상태일 때 김현성에게 맞았던 한 방보다 더 묵직했다.

'개 미친······.'

순간적으로 화가 머리끝까지 올라갔지만, 불안해하는 저 얼굴을 보니 뭐라고 말을 꺼내야 할지도 모르겠다. 그냥 넬리아와 함께 일했어야 했나 하는 생각이 저도 모르게 들어와 꽂힌다.

상식적으로 말이 안 되지 않는가. 루시퍼가 들어온 것은 눈치채지 못하는 게 당연하다고는 해도······.

'너 진짜, 시바······.'

[물론 그냥 쉬기만 한 건 아니야. 여러 가지 문제들을 처리하느라 나도 조금 바, 바빴어. 저번에도 말했듯이 조금 할 일이 많아서······. 물론 잠깐 내가 시선을 돌린 건 맞지만, 이기영 신도가 생각하는 그런 상황은 절대로 아니야. 단지······ 단지 최근에 나도 많이 힘들었었잖아. 여러 가지 일도 많았고······ 엘룬의 일도 있어서······ 걱정이 조금 많아지고 정신적으로도 많이 힘들었거든······. 그래서 잠깐 일에 집중하지 못했나 봐.]

"아무리 그래도······."

[아무튼 문제는 거기서부터 시작됐어. 이기영 신도가 예상하는 것처럼 그 이후에는 내가 떠안고 있는 문제들이 공론화됐고······. 물론 내가 잘못하지 않았다는 걸 부정하는 건 아니지만······ 조금 억울한 면도······.]

"아니야, 너 억울해하면 안 돼. 너 잘못한 거 맞아."

[그래도······ 버리지 않을 거지?]

마음 같아서는 곧바로 팔아넘기고 싶어진다.

[악, 악마 계약 건이 제일 문제가 됐단…… 말이야.]

'나는 모르는 일이야.'

[정말 이대로 가는 건 아니지? 네, 네, 네가 계약하라고 꼬드 겼잖아.]

'내가 언제.'

[이기영 신도가 공증인이 되어준다고 했잖아. 정말 이렇게 끝내려고 하는 건 아니지. 살살 꼬드길 때는 언제고. 이렇게 헌신짝 버리듯이 버리는 건 아닌 거지? 나 진짜 의지할 곳이 이기영 신도밖에 없어. 버리면 안 돼. 우리는 운명 공동체, 운 명 공동체잖아.]

정말로 마음 같아서는 운명 공동체고 나발이고 튀어버리고 싶은 상황이다.

하지만 베니고어의 말대로…….

'운명 공동체가 맞아.'

이미 떼려야 뗄 수 없는 관계에 있다.

베니고어의 주장으로 인해 억지로 계약의 공증인이 되기도 했고, 여러 가지로 얽힌 게 많다. 베니고어가 모든 걸 안고 몇만 년만 옥살이를 하고 나온다면 모든 문제가 해결되겠지만, 얘 성 격에 그렇게 할 리 만무하지 않은가. 본인이 총대를 메고 들어 간다고 하더라도 분명히 중간에 문제가 생길 게 분명했다.

'어쩌겠어, 이게 내 업보인데.'

결과야 어떻게 됐든 간에 안고 갈 수밖에 없는 상황이었다.

아무 말 없이 발걸음을 옮기자 내 바짓가랑이를 붙잡고 늘어지기 시작하는 베니고어의 모습은 가관.

'얘는 도대체 어디까지 추해지려고 그러는 거야.'

속으로는 투덜거렸지만 자연스럽게 입은 벌어졌다.

[흐어어어엉…… 가지 마! 버리지 마! 이기영 신도……]

"버리는 거 아니니까 진정 좀 합시다. 진짜 바빠서 일 좀 하려고 가는 거예요. 베니고어 님은 제가 가는 즉시 조사받았던 내용 전달해 주세요. 정확히 어떤 혐의가 있는지 전부 다요. 그리고 최근 신성 사용 내역도 전부 다 전해주시고요. 일단은 정확히 무슨 죄가 적용됐는지 좀 봐야겠습니다. 그래야 뭐라도 해볼 수 있죠."

[이기영 신도오……]

"혹시나 해서 말씀드리는 겁니다만 장난칠 생각하지 말아요. 숨기는 거 없이 정확하게 말씀해 주셔야 합니다. 엘룬 쓰레기의 신성 사용 내역도 정리해서 가져와야 합니다, 꼭."

[알겠어. 할 수 있는 데까지는 최, 최선을 다해서 해볼게. 정말로…… 정말로 고마워…… 내 평생 이기영 신도를 만난 게 얼마나 행운인지…… 알타누스의 안배가 아닐까 하는 생각이 들 정도라니까……. 이기영 신도가 아니었다면 정말로 여기까지 오지도 못했을 거야. 내가 많이 사랑하고 아끼고 있다는 거 알고 있지?]

"……"

[너무 고마워. 너무…… 그러니까 제발 버리면 안 돼. 우리 계속 같이 가는 거야. 여기 올라온 다음에도…… 알겠지?]

"신성이나 잘 모아놓으세요. 분명히 어떤 부탁이든 들어준다고 말씀하신 겁니다."

[어?]

"분명히 약속한 거예요."

[아…… 으응…… 그, 그렇지. 그래…… 그래야지. 그, 그럼 나는 열심히 할 일 하고 있을게. 사랑스러운 이기영 신도 파이팅!]

그다지 달갑지 않은 응원에 저도 모르게 인상이 찌푸려졌지만, 일단은 입술을 꽉 깨물 수밖에 없었다. 여기서 손해를 봤으니 다른 곳에서 이득을 꼭 보고 싶다는 투자자의 마음에 불이 붙은 것이다.

성검이든, 5현장이든 둘 중 하나는 꼭 괜찮은 결과가 나와 줘야 하는 상황.

개인적으로 전자에 가능성을 걸고 있었지만, 뜻밖에도 먼저 터진 쪽은 후자였다.

본격적인 연구에 들어간 지 시간이 얼마 지나지도 않은 시점. 두 번째 직업으로 결정한 생체연금소환사 덕분인지는 모르겠지만……. 키메라 연구가 이상할 정도로 빠른 진전을 보이기 시작했다.

'이러다가 호문클루스라도 만드는 거 아니야?'

설레발치는 걸 좋아하는 성격은 아니었지만 그나마 기분이 나아졌다.

180장
천사 만들기

성검의 주인을 찾는 일이 무척 순조롭게 진행되고 있었던 시점이었다. 예상하던 것만큼 빠르지는 않았지만 베니고어 넷이 마비될 정도로 열렬한 호응이 있었으니 오죽할까. 처리 과정에서 마음에 들지 않은 부분이 있기는 했지만, 그것 역시 웃어넘길 수 있는 수준이었다.

교황청에서 내놓은 시련을 통과한 이들이 성검이 꽂힌 장소로 시험대를 옮기기 위해 전 각지에서 모여들기 시작했고, 하루라도 더 빨리 선택받은 용사를 찾아내기 위해 대륙 전체에 퍼져 있는 그리폰들이 매일 같이 하늘을 날아다녔다.

물론 대륙인들에게 약속했던 것처럼 이 모든 과정은 여신의 거울을 통해 전 대륙으로 퍼져 나갔다. 집계된 시청률은 두말할 필요도 없이 역대급. 내가 봐도 재미있을 정도였으니 무슨 말이 더 필요할까. 대륙 전체에 관심이 쏠리는 것을 증명하듯 밤낮 가리지 않고 시행되는 시험이 수도의 명물로 자리 잡을 정도였다.

여신의 거울이나 손거울로는 만족하지 못한 것인지 여러 도시에서 갤러리들이 모여들어 기묘한 집단을 형성하기도 했는데, 그 갤러리들은 여신의 손거울을 통해 다시 한번 실황 중계를 시작했다.

각각의 방송에 모여든 인원들이 저마다 이야기를 나누며 의견을 주고받는 것은 으레 자연스럽게 일어난 일이었다.

'주목해야 할 루키들이 누구다', '어떤 지방에 괜찮은 녀석이 있더라', '북에서 내려온 검사 한 녀석의 기세가 요즘 심상치 않더라', '어떤 놈이 강하다더라', '사전 시험부터 지켜보던 녀석이 하나 있었는데 성검의 주인이 될 자격이 충분하더라……' 등등 여러 여론이 형성됐고 급기야는 작은 팬덤이 생겨나기 시작했다.

여신의 거울로는 이 여세를 몰아 특집 방송을 편성, '선택받은 용사는 누구?' 따위의 말을 지껄이며 루키에 대한 인터뷰와 정보들을 쏟아냈다. 가슴 아픈 과거를 드러낸 전직 소작농 현직 검사 지망생 소년의 눈물 없이는 볼 수 없는 인터뷰 등, 모두가 저마다의 사연을 가지고 있었고 확고한 목표와 신념을 가진 녀석들 역시 커다란 인기를 끌었다. 당연히 나 역시 1픽으로 낙점하고 있는 이들이 있었고, 이들은 특혜 아닌 특혜 받아 더 많은 미디어에 노출되고 있는 상태였다.

이 기묘한 상황에서 가장 득을 봤던 것은 역시나 이쪽. 물론 경제적인 이득이 아니다. 대륙 각지에 숨어 있었던 원석들을 발견하게 된 것이다.

아무리 내가 대륙을 관리하고 있다고 한들 눈에 보이지 않는 원석들을 찾을 수는 없지 않은가. 솔직히 내가 예상했던 상황과는 거리가 멀었지만, 이 커다란 이벤트는 전혀 다른 쪽으로 내게 힘을 실어주고 있었다. 테이밍에 천부적인 재능을 지니고 있었던 산골 마을 양치기 소녀도 있었고, 마검사 정진호처럼 마법과 검 둘 모두에 재능을 드러낸 소년 역시 존재했다.

당연하지만 김현성 역시 이런 원석들의 등장에 기꺼워하는 반응이었다. 1회차에서도 발굴할 수 없었던 인재들이 간혹 튀어나오니, 즐겁지 않을 리가 있겠는가. 몇몇은 본인이 직접 영입하고 싶다는 의사를 표현할 정도였다.

이런 인재들은 아쉽게도 최종 시험에서 떨어지기는 했지만, 눈이 옹이구멍일 리가 없는 대형 길드나 국가들이 인재들에게 접선을 시도했고, 루키들은 떨떠름한 표정으로 제안을 받아들였다. 오죽하면 분기마다 전 대륙을 대상으로 오디션을 시행해도 괜찮을 것 같다는 생각을 했을까.

'지구에 있는 콘텐츠가 괜히 먹히는 게 아니야.'

이유가 있으니까 먹히는 거다.

딱 그 짝이라고 생각했다. 루키들은 계약을 받아들이고 길드는 인재들에게 모든 지원을 아끼지 않을 테니 써먹을 수 있는 전투원을 공짜로 키우고 있는 상황.

그 와중에 합동 훈련소에서 도착한 병력이 각 현장에 배치

됐고 곧바로 수성 훈련을 시작했다. 김현성과 조혜진이 일을 똑바로 처리했다는 걸 알 수 있을 정도로 훈련이 잘되어 있는 상태였다. 이때 최근 유지했던 컨셉을 버리고, 아주 오랜만에 김현성에게 포근한 미소를 보냈던 것으로 기억한다.

물론 그 이후에는 다시금 떨어져 서로의 업무에 집중하는 나날. 베니고어의 일이 여전히 불안했지만, 조혜진의 조율에 힘입어 5현장의 복구 작업이 탄력을 받기 시작했다.

이곳에서 체류하는 우리 3인의 연구 역시 마찬가지였다.

"써먹을 수 있겠는데……."

시험관 안에서 눈을 감고 있는 전혀 새로운 생명체들을 바라보고 있었던 한소라가 조용히 입을 열었다.

"대단하시네요, 확실히……."

'사실 그렇게 대단한 건 아니야.'

한소라가 보기에는 확실히 놀랄 만하겠지만 내 입장에서 보면 그다지 놀라운 일도 아니다.

'그래, 내가 그렇게까지 멍청하지는 않지.'

[라무스 터커의 연금학 개론-영웅 등급-연금술사 전용]

[대 연금술사 라무스 터커는 한 시대를 풍미했던 대표적인 연금술사 중 한 명입니다.

공화국의 군부 연금술사로 소속되어 생체 연성과 물약 연성 분야의 1인자로 그 명성을 날렸지만 어떠한 이유에서인지 숙청당했다고 알려져 있습니다.]

'애초에 이걸로 연금술 입문을 시작했는데…… 이 정도도 못하면 안 돼…….'

기본기를 생체 연성으로 쌓았다고 해도 과언이 아니지 않은가.

당시에는 물약 연성 분야에 조금 더 집중해 시간을 투자하기는 했지만, 이기영이라는 캐릭터가 조금 더 균형적으로 성장했다면 이쪽 분야의 권위자가 되어 있었어도 이상하지 않다. 생체연금소환이라는 독자적인 직업까지 만들지 않았던가.

그동안 키메라를 건드릴 수 없는 이유였던 흑마법 지식의 부재 역시 벨리알의 선물로 완벽하게 해결이 끝난 상황이다. 마치 퍼즐을 맞추거나 레고를 만드는 것처럼 뚝딱 성공해 버렸을 때는 나 자신도 입을 벌리며 내 손을 바라보게 될 정도였다.

대륙에서의 키메라는 마수의 합성, 혹은 재배열과 창조를 기본으로 한다. 넓게는 몬스터의 팔다리 같은 신체 일부분을 떼어내고 다시 합체시키는 작업, 세밀하게는 세포를 이식하거나 마수의 장기, 혹은 코어가 되는 촉매들을 이식시키는 작업이다.

기본적인 작업은 크게 어렵지 않다. 사자의 머리를 떼어내 염소의 머리 옆에 가져다 붙이는 장난감 만들기와 다름이 없다는 거다.

물론 이후에 녀석이 살아 있을까에 대한 것은 완전히 다른 문제. 혹시 살아 있다고 하더라도, 무조건 부작용을 가지게 되어 있다. 일부는 포악해지기도 하고, 일부는 기력을 잃기도 한다. 비틀비틀거리다 며칠 만에 급사하거나 컨트롤 자체가 불가능해진다.

　연금술만으로는 이런 현상을 겪고 있는 키메라들을 통제할 방법이 없다. 이게 생체연금술이 실패한 이유이기도 하고…….

　"흑마법으로 컨트롤하신 건가요?"

　"네, 비슷합니다."

　"몸에 좋지 않으실 텐데……."

　"소라 씨도 가능하지 않습니까? 가능할 것으로 알고 있는데."

　"네, 물론 아예 불가능하다고는 말할 수 없지만…… 키메라는 통제하는 것보다 만드는 게 더 힘이 드니까요. 등급이 올라가면 올라갈수록 더 통제하기 힘들고……."

　"그거야 흑마법사의 입장에서나 그렇죠. 저 같은 경우는 반대가 더 쉽게 느껴집니다."

　"첫 시도에 바로 이 정도의 키메라를 조합해 내시고 곧바로 컨트롤하시다니 재능이 부럽네요."

　"사실 전설 등급 정도는 나와줘야 돼요."

　"……."

　"당연히 전설 등급 정도는 나와줘야 합니다. 들어간 촉매가 어느 정도인지 아마 상상도 하실 수 없을걸요. 물론 베이스가 되는 몬스터의 질이 저질이기는 했지만, 상상할 수 없을 정도의 고급 촉매가 들어갔다고요. 전설 등급의 촉매만 해도 수십 가지가 넘게 들어갔습니다. 물론 너무 생각 없이 조합하기는 했지만……."

　"어느 정도 연결점이 있는 몬스터들을 조합해 보는 게 좋지 않을까요. 아무래도 배열이 망가지면 그만큼 확률이 줄어드니 효과는 있을 것 같아요."

"흐음……."

"그럼 이건 얼마나 만드시려고요?"

"글쎄요. 꾸준히 쉬지 않고 만들려고요. 일단 어느 정도 윤곽이 잡혔으니 본격적으로 시작하는 건 지금부터라고 봐야 할 것 같습니다."

"그런데…… 이거 정말 괜찮은 건가요?"

"무슨 말씀이십니까."

"그러니까…… 그게 부길드마스터의 위치상 키메라를 사용하는 건…… 조금…… 눈에 띄지 않을까 싶어서……."

"이게 어딜 봐서 그런 종류의 키메라처럼 보이세요."

눈을 씻고 쳐다봐도 흉악한 모습 따위는 찾아볼 수가 없다. 기본적인 형태는 우리가 이야기로만 전해 들어왔던 천사의 모습. 살라트의 가죽과 피부를 이식했고 그 위에 다시 한번 피부를 덮었다. 쉽게 찾아볼 수 있는 조류형 몬스터들의 날개를 8장이나 달았으니 이론적이라면 날 수도 있다. 심지어 날개 근육까지 손을 따로 보고 하얀색으로 변환까지 끝내놓았으니 어떻게 봐도 천사로 보이지 않는가.

외모 자체는 제법 이질적이기는 했지만 바질리스크의 시신경을 집어넣었고, 최대한 신성하게 보이게 커스터마이징 했다. 천사가 인간과 같아서야 되겠는가. 오히려 이질적이지 않다면 더 이상하게 느껴질 것이다.

저 초안을 짜는 데 들어간 비용 자체는 가히 천문학적이라고 말할 수 있을 정도. 하지만 충분히 그 값어치를 한다고 자신 있게 이야기할 수 있다. 마비, 석화 속성을 갖춘 눈을 가지고 있고, 비둘기들에게 직접 대항할 수 있는 날개를 가지고 있어 공중전이 가능하다.

가장 마음에 드는 부분은 빛까지 뿜을 수 있다는 것.

"심지어 빛까지 뿜을 수 있다니까요. 이거 보세요."

"……."

"저거 진짜로 찾기 힘들었다니까요."

실제로도 무척 찾기 힘들었다. 몸을 스스로 밝힐 수 있는 몬스터는 적어도 내 기억에는 없었으니까. 하지만 뒤져보니까 나오기는 나오더라.

"남쪽으로 쭈욱 내려가다 보면 바다에 사는 어류 몬스터가 몇 종 있는데 그중 한 놈이 빛으로 인간이나 다른 몬스터들을 유인한다고 하더라고요. 아귀가 가지고 있는 등불처럼요. 그 기관을 촉매화시켜서 이식에 성공했다는 것 아닙니까."

'저게 가장 시간이 오래 걸렸지.'

"커다란 효과가 있는 건 아니지만, 은근슬쩍 매혹 효과도 붙어 있었고요. 마력에 저항이 없는 이들은 아마 빛을 바라보는 순간 홀리지 않을까 싶은데……. 물론 전체적으로 살짝 인위적인 느낌이 들기는 하지만 뭐 이 부분도 보완할 테니 나쁘지 않을 겁니다. 그냥 다시 한번 물어보는 건데…… 저거 정말로 키메라 같은 거로 보여요?"

"아…… 물론…… 물론 그렇지는 않죠. 네, 천사…… 누가 봐도 천사네요."

"천사처럼 보이죠?"

"네."

"한 6기 정도는 조금 더 힘을 줘서 만들 생각입니다. 특징도 살릴 수 있을 만큼 살리면 좋고요. 제가 모두를 컨트롤하는 것보다는 대장기가 컨트롤하는 게 더 효율적일 겁니다."

"아……."

"666이라는 숫자가 요즘 눈에 밟히던데……. 그 정도까지는 무리겠지만 그래도 최대한 숫자는 맞춰보고 싶네요. 일단 바로 한 기 더 제작할 생각인데 열심히 봐두세요. 같이 만들면 좋을 것 같으니까."

"네? 같이요?"

"네, 한소라 교육생은 우등생이지 않았습니까. 연금술도 성적 우수자였으니까 금방 이해할 수 있으실 겁니다, 분명히요."

무조건 도움이 될 거라고 확신할 수 있었다.

정하얀에게 눌려 살며 기를 펴지 못하고 있지만 엄연히 탑 티어 마법사 중 하나다. 일반적인 마법사였다면 한계가 있었겠지만, 흑마법사라는 직업이 그녀와 상승 작용을 일으킨 케이스였다.

연금술을 미리 알려줘 얼마나 다행이라고 생각했는지 모른다. 만약 그녀가 없었다면 이 연구실을 빠져나가는 것은 고사하고 작은 취미 생활도 즐길 수 없었을 것이다.

본인은 곧바로 불안한 표정이 되기는 했지만……

"뭐 별일 없을 테니까. 너무 걱정하실 필요 없습니다."

"그…… 정하얀 님은 괜찮으실까요?"

"별문제 없을 거예요. 이제 하얀이랑 친한 것 아니었어요? 뭐 그렇게 걱정하고 그러십니까. 다른 건 신경 쓰지 말고 편하게 일이나 하세요. 아 그리고 인원들 추려서 보내 드릴 테니 후학 양성도 부탁드립니다."

"……"

"흑마법이니 뭐니 그런 말 하지 말고 조금 다크 히어로 같은 느낌 팍팍 뿌려서 대충 이빨 털면 될 겁니다. 어둠이 있어야 빛이 있을 수 있다. 그런 상투적인 대사 있잖아요. 우리는 교단에서 운영하고 있는 어둠의 사제들입니다, 이런 거. 어둠에 대해 잘 이해하고 있는 자들만이 어둠에 대응할 수 있습니다. 우리는 이름을 버린 이들입니다. 이해되죠?"

"그건 그런데……"

"네?"

"키메라 만들기는 정하얀 님이랑…… 세 명이 같이하면 안 될까요?"

절박한 표정에 두려워하는 것 같은 얼굴, 당장에라도 울 것 같은 눈을 하고 있었다. 솔직히 얘가 뭘 두려워하는지 알 것 같았지만……

'쟤는 따로 할 일 있는데……'

고급 인력을 3명이나 같은 곳에 투입하는 게 가능할 리가 없었다. 특히나 우리 대마법사 같은 경우에는 더욱더 말이다.

기다렸다는 듯이 쾅쾅 문을 두드리는 소리가 들려왔다. 화들짝 놀란 한소라가 짧은 비명을 지르며 내게서 거리를 벌리는 것은 순식간이었지만, 그녀의 용건은 한소라가 아니다.

"생각하시는 그런 거 아니에요. 생각하시는 그런 게……."

"……."

"오, 오, 오빠. 오늘 테이머, 알프스 시험 치는 날이에요. 지금 시작할 것 같아요!"

정하얀 역시 최근에 하고 있는 방송에 빠져 있었다.

"그래?"

"정말 아무 생각도 안 했어요. 그런 생각은 절대로 안 했어요. 믿어주세요. 제발……."

'아니, 넌 그만 좀 해…….'

"지, 지, 지금 시작 10분 전이래요. 빨리 보러 가요, 빨리."

"그럼 조금만 쉴까. 소라 씨도 같이 보러 가시죠."

"아? 아…… 네, 네……."

매일매일 공방에 처박혀 있는 3인의 연구원들의 유일한 휴식 시간이었다. 다 함께 모여 팝콘을 뜯으며 방송을 보는 것이 유일한 낙이라고 할 수 있으리라.

사실 정하얀이 이 프로그램에 빠질 줄은 예상하지 못했다. 내가 좋아하니 좋아하는 척하는 건지, 아니면 이 휴식 시간에 비교적 오래 붙어 있을 수 있기 때문인 건지는 알 수 없지만, 적어도 겉으로 보기에는 흥미 있어 하는 것 같다.

이 시간을 기다리고 있는 것은 한소라 역시 마찬가지. 우울하고 칙칙한 장소에서 온종일 바깥 공기도 마시지 못하고 작업만 하고 있으니, 이런 종류의 휴식 시간이 달가운 것이 당연하리라.

잠깐 쉬어도 된다는 주문이 들어온 이후에는 곧바로 손을 탁탁 쳐내고 대충 뒷정리하기 시작했다. 정하얀 역시 준비하러 간다는 말을 남기고 휴게실로 뛰어 들어가는 모습이 보였다. 이쪽 역시 돌아왔을 때 곧바로 작업에 들어갈 수 있게 세팅해 놓고 나서야 비로소 나갈 준비가 끝났다. 전에 있었던 작은 해프닝 때문인지 한소라는 아직까지 눈치를 보고 있었지만…… 별다른 일이 일어날 리가 없다.

'하얀이가 너를 얼마나 아끼는데, 이제 그만 좀 걱정해.'

만약 정하얀이 한소라를 적대했었다면 그녀는 한참 전에 싸늘한 주검으로 발견됐을 것이다. 정하얀의 입장에서 한소라는 2명이 함께 지내는 보금자리에 끼어든 불청객이었을 테니까. 확실히 친구라는 인식이 박혀 있으니 나조차도 놀라울 정도의 변화였다.

물론 한소라가 나와 함께 대화하거나 같은 공간으로 들어갈 때는 아네모네의 눈 같은 수단을 쓰며 경계했지만 비교적 너그러워졌다. 지난 시간 동안 동고동락한 효과였고, 한소라가 보여준 처세술의 성과였다. 본인은 아직도 외줄 타기를 하고 있다고 생각하고 있는 것 같았지만…….

"저한테…… 너무 가까이 오시면 안 돼요……. 부길드마스터."

"네?"

"며칠 전에 정하얀 님이 아픈 곳이 없냐고 물어보셨…… 제발…… 제발……."

"……."

"같이 연구하실 때도 위험한 일만 시키고 계세요. 제가 다치는 걸 바라는 사람처럼……."

아직도 외줄 타기를 하고 있기는 한가 보다. 하지만 적어도 생명을 위협하지는 않으니 커다란 변화라고 할 만했다.

괜찮을 거라고 말해주고 싶었지만 입이 잘 떨어지지는 않는 상황. 더 이상 해줄 말이 없다는 듯 침묵을 유지하며 자리로 발걸음을 옮기자, 정하얀의 옆자리가 비어 있는 모습이 보였다.

탁탁 자리를 치는 모습을 보고 자연스럽게 착석하자, 거기서 약간 떨어진 자리에 팝콘이 놓여 있는 게 보였다. 매일 앉던 자리에 앉아 있을 뿐이었지만, 오늘따라 이 포지션이 기묘해 보이는 것은 한소라의 발언 때문일까. 멀리 떨어져 팝콘을 먹고 있는 한소라의 모양새가 애완동물과 같은 포지션 같지 않은가.

'에이, 이건 너무 갔다.'

너무 지나친 생각이다. 정하얀은 확실히 한소라를 소중한 친구라고 생각하고 있다. 분명히 그렇게 생각하고 있을 것이다.

더 이상 생각하면 머리 아파질 것 같은 느낌에 일단은 고개를 흔들며 여신의 거울을 바라볼 수밖에 없었다.

일단은 방송에나 집중하자. 기다리고 기다려 왔던 시간이었으니까.

'테이머, 알프스.'

이기영 베스트 픽 TOP 100위 안에 랭크되어 있는 인재. 무려 14위에 랭크되어 있었으니 다른 말이 필요 없다.

순위가 깎여 나간 이유는 역사나 직업적인 한계가 뚜렷하기 때문이다. 하지만 검술에도 남부럽지 않은 재능을 가지고 있다는 걸 생각해 보면 그게 단점이 되지도 않는다. 아마 메인 클래스를 검사로 한다면 순위가 10계단 정도는 상승하지 않았을까.

무엇보다 산골에서 양치기 소녀로 살던 본인은 자신의 재능을 깨닫지 못하고 있던 상태였다는 것이 가산점이다. 사전 시험 역시 양치기 개와 함께 등장하며 세간의 시선을 사로잡지 않았던가. 아무것도 모르는 상태에서 가뿐하게 어두운 기운을 뿌리쳤고, 그 이후에 시작된 팀별 과제에서도 인상적인 모습을 보여줬다.

무엇보다 테이머로서의 재능을 아낌없이 드러내고 있었다.

'강아지 한 마리가 무대를 박살 내버렸지.'

그녀의 모자란 검술을 보조해 주는 것은 그녀가 데려온 강아지였다.

물론 고난이 없었던 것은 아니다. 기초가 아예 잡히지 않다 보니 사전 시험에서 여러 가지 논란이 될 모습을 자주 보여줬고, 실제로 용사가 될 수 있겠느냐는 여론의 뭇매를 많이 맞았다. 개인적으로 응원하고 있었기 때문에 최대한 실드를 쳐주려고 했지만, 본인도 심적 부담이 컸는지 점점 더 자신을 내려놓은 상태.

특별 심사 위원, 우리 꼬맹이 김예리가 내질렀던 한마디는 이후에 그녀를 완전히 바뀌놓게 된다.

-알프스야, 용사가 하고 싶어?
-네.
-열심히 좀 해봐. 힘줘서 해봐.
-네…… 흐윽…… 네.

때마침 여신의 거울에서는 모두를 울렸던 명장면을 다시 보여주고 있는 중.

꼬맹이 주제에 빡센 화장을 하고, 카리스마 있는 모습을 보이고 있는 김예리의 모습에는 빵 터질 뻔했다.

하지만 그 옆에 자리한 박덕구가 뜨거운 눈물을 흘리는 모습을 보니 박수를 치고 싶어 몸이 움찔거렸다. 이미 한번 봤던 장면임에도 불구하고 사람의 가슴을 간질거리게 만드는 무언가가 있다.

'혁명 삼 남매 쟤들 진짜 저런 쪽으로 너무 재능 있는 것 같은데…….'

미디어에 자주 노출시켜 보는 것도 나쁘지 않을 것 같았다.

-너무…… 죄송하고…… 너무 민망했어요. 잘할 수 있다고 생각하고 왔는데……. 흐윽…… 너무 실망하셨을 것 같아요.

이후에 따로 따낸 인터뷰마저 감동적이다. 슬쩍 옆을 보니 한소라가 고개를 끄덕이고 있었고, 정하얀은 소소하게 웃고 있었다.

과거의 활약상과 인터뷰를 계속 보여주며 점점 분위기를 고조시키는 편집이 인상적이었지만, 이미 지나간 걸 보고 싶어 하는 사람은 없다.

이윽고 양치기 개와 함께 등장해 조용히 웃고 있는 그녀의 모습이 시야에 비쳤다.

[기영 씨, 지금 시작하고 있습니다.]

우웅거리는 소리와 함께 진동이 살짝 울려 여신의 손거울을 꺼내보자 역시나 김현성이 보낸 메시지.

"누, 누구예요?"

"현성 씨, 지금 시작한다고 메시지가 왔네."

[저도 지금 보고 있습니다. 재미있게 보세요. ^^]

정말로 김현성이 맞는지 확인하려는 듯 정하얀이 고개를 거북이처럼 쭉 뺐지만, 위에 나열된 로그를 보여주기는 힘들다. 1회차에 대한 이야기가 나열되어 있었으니까. 실제로 잠금까지 걸어놓은 상태였으니 오죽할까.

티 안 나게 슬쩍 손거울의 각도를 뒤집으며 바지춤에 집어넣으니 정하얀의 눈빛에 조금 짜증이 묻어나왔지만, 딱히 되

물어 오지는 않았다.

옆에서 목소리가 들려온 것은 바로 그때.

"길드마스터도 재미있게 보고 있으신 것 같더라고요."

처세술의 극에 달한 한소라가 자연스럽게 물타기를 시도한 것이다. 분위기가 안 좋아질 것이라는 걸 눈치챘는지, 베니고어 톡의 상대를 김현성으로 확정 짓는 뉘앙스의 대사였다.

'와…… 얘, 진짜 기가 막힌다.'

너무나도 자연스러운 물타기에 저도 모르게 탄성을 내뱉을 정도. 간단한 한마디였지만 타이밍이 절묘했다. 내게 이후의 말을 요구하는 듯한 눈빛도 완벽하다.

솔직히 이렇게까지 해명할 문제는 아니라고 생각했지만 완벽하게 들어온 킬 패스에는 저도 모르게 발을 뻗게 된다. 미리미리 예방해서 좋은 건 나 역시 마찬가지였으니까.

"네. 본래는 바빠서 볼 시간이 없었는데…… 다들 보고 있다고 하니 조금씩 보는 것 같더군요."

"아……."

아마 김현성은 이런 프로그램을 하고 있는지도 모르지 않았을까.

물론 뒤늦게 안 이후에는 녀석 역시 궁금해지지 않을 수가 없었을 것이다. 모르긴 몰라도 나보다 더 관심을 가지고 있을 게 분명했다. 나야 전장으로 밀어 넣으면 그만이었지만 김현성의 입장에서는 함께 합을 맞춰야 하는 상대였으니까.

대륙의 문물을 잘 다루지 못하는 녀석이 이렇게 찾아보는 것만 봐도 알 수 있다. 실제로 김현성답지 않게 '누가 됐으면 좋겠다', '누구였으면 좋겠다'라는 메시지를 보내올 정도였다. 구체적인 이유와 함께 말이다.

개인적으로는 녀석의 이런 모습이 제법 재미있게 느껴지기는 했다. 실제로 그럴 리는 없겠지만 마치 반 친구들 모두가 함께 시청하는 방송을 무리에서 뒤처지지 않기 위해 보는 것 같았기 때문이다.

파란 단체 연락망으로 종종 이야기를 나눌 때 갑툭튀 하며 등장해 한마디 하는 모습은 초반의 김현성과도 완전히 다르다. 본인이 이걸 인지하고 있을지는 모르겠지만, 아주 작은 부분부터 천천히 변하고 있었다.

'좋은 변화지, 좋은 변화야.'

동료를 잃었을 때의 충격이 무서워 무의식적으로 거리를 뒀다는 것이 학계의 정설이 아니었던가. 이제는 거기서 한 발자국 더 나아가려고 하고 있는 게 눈에 보인다.

'그래, 동료는 소중히 해야지. 현성아. 그중에서도 형을 제일 소중히 해야 하고.'

본래 우리 현성이 같은 종류의 인간은 지킬 게 있어야 더 강해지는 법이 아니겠는가.

혼자 만족스럽게 고개를 끄덕이며 다시 한번 화면을 바라보자 테이머 알프스가 길고 길었던 인터뷰를 마무리하는 모습이 눈에 들어왔다.

-저를 믿어준 모든 분의 성원에 보답할 수 있도록 노력하겠습니다. 겉으로는 차가우셨지만, 끝까지 저를 지지해 주셨던 김예리 선생님 그리고 남몰래 할 수 있다며 응원해 주셨던 박덕구 선생님. 마지막으로 이런 기회를 주신 베니고어 님과 저를 응원해 주신 대륙민들께 감사의 말씀을 전하고 싶습니다.

'그래, 가라. 슬슬 저것도 뽑힐 때 됐다.'

-제가 성검에게 선택받을 수 있을지 없을지는 모르겠지만…… 기대에 부응할 수 있도록 노력하겠습니다.

'노력하는 거로 끝나면 안 돼.'
말은 '노력하겠습니다'였지만 눈빛은 무조건 뽑고야 말겠다는 강력한 의지를 보이고 있었다.
고조되는 분위기와 응원을 보내는 갤러리들의 목소리가 여신의 거울을 통해 들려온다.

-힘내라! 알프스!
-선택받은 용사는 너밖에 없다.
-언니, 너무 예뻐요!

입술을 꽉 깨물고 손을 움켜쥐며 당당히 발걸음을 옮기는 모습을 보니, 정말로 오늘 일을 치러도 제대로 치를 것 같은 느낌이 든다.

때마침 태양 빛이 반사되어 그녀를 비추는 모습. 함께하는 강아지 역시 왕왕 짖으며 용사 후보에게 힘을 보내준다.

'가라, 시바…… 가즈아!'

"될, 될, 될 것 같아요. 이번에는 진짜로……."

"나도 왠지…… 느낌이 좋은데."

"나오는 건가요."

마침내 성검에 앞에 선 알프스가 무겁게 발걸음을 옮긴다.

웬만한 녀석들은 저 시점에서 아웃이다. 베니고어가 시험을 위해 준비한 마기의 반발력을 이기지 못하고 튕겨 나가는 놈들이 대다수.

하지만 알프스는 그것마저 버텨낸다. 힘들기는 하지만 분명히 한 걸음, 한 걸음 몸을 움직이고 있었다.

-왕! 왕!

멈추려고 하는 순간 어디선가 들려오는 개 짖는 소리. 당연하지만 개 짖는 소리 좀 안 나게 하라고 외치는 사람은 없다. 모두가 한마음 한뜻이 되어 응원을 보내고 있다.

마침내 그녀가 성검에 손을 뻗었을 때, 조용한 침묵이 장내에 감돌기 시작했다.

'이거 진짜 되겠는데…… 진짜 될 것 같은데!'

곧바로 튕겨 나가지 않는다. 부들부들 떨면서도 틀림없이 버텨내고 있다.

　팔과 손이 회색으로 변하고 있는 상황, 그 반발력을 견디고 성검과 대화를 시도하고 있는 것이라고 여겨졌다.

　'가자! 가즈아!!'

　하지만 기대가 너무 컸던 것일까.

　-우웨에에에엑!

　하는 소리와 함께 헛구역질하며 괴로워하는 알프스의 모습이 시야에 들어왔다.

　마치 이 세상 모든 더러운 것들을 한꺼번에 경험한 것과 같은 얼굴. 그녀 역시 성검의 시련을 이겨내지 못한 것이다.

　'아……'

　응원을 보내고 있었던 한소라와 정하얀이 동시에 조용해졌다.

　'시바.'

　"천사나 만들러 갑시다."

　"네."

　"희영 씨한테 저거 영입 준비해 달라고 전해주시고요."

　"아…… 네, 부길드마스터."

　"하얀이도 할 일 해야지."

　"네, 오, 오빠."

　아쉬움이 없다면 당연히 거짓말이리라.

　하지만 아직 괜찮다. 그녀는 고작 랭크 14위에 불과했으니까. 이쪽에게는 아직 13위의 베스트 픽이 남아 있다.

'조금만 더 참을성 있게 기다리면 돼. 어차피 금방 끝낼 수 있을 거라고는 생각 안 했잖아, 그렇지?'

이후에 연달아 13위와 12위, 믿고 있었던 5위와 8위까지. 모두가 광탈했을 때에도 그다지 초조하지는 않았다. 아직 도전할 도전자들이 많다는 걸 알고 있었기 때문이다. 초조해하면 지는 거다.

'시바…… 될 거야. 성검코인…… 존버하다 보면 무조건 떡상할 거야. 무조건 떡상할 거라고…….'

보통 주식 좀 하신다는 분들은 한 곳에 투자금을 몰빵하지 않는다. 굳이 그 분야의 전문가가 아니더라도 알 수 있는 이야기가 아니던가. 여러 곳에 분산 투자를 하는 것이 그나마 리스크를 줄일 수 있는 행동이라는 건 기본적인 상식이다.

이 경우에 내가 투자한 것은 시간과 돈이었다.

사실 재화가 떨어져 나가는 건 아깝지 않다. 아니, 솔직히 조금은 아까웠지만, 시간만큼 아까운 것은 아니다. 이미 가만히 있어도 돈이 굴러 들어오는 시스템을 마련해 놓기도 했고, 어느 시점부터는 길드나 개인이 가지고 있는 돈에 연연하지 않았기 때문이다.

하지만 시간은 다르다. 내 몸은 딱 하나였고 밀린 일은 많았다. 오죽했으면 옛날 파란 길드가 성장했을 때보다 최근이 더 바쁘다는 생각을 했을까. 김현성이 모든 일감을 이쪽에 몰아줬을 때보다 정신이 없다.

그때와는 다르게 맡은 일은 딱 3개뿐이었지만, 그 중요성이 이루 말할 수 없을 정도로 크다 보니 스트레스를 받을 수밖에 없었다.

아무튼, 이쪽이 투자한 세 개의 일 중 적어도 하나는 잘 풀리고 있다는 것은 기분 좋은 소식이었다. 성검코인은 존버 중이고 베니고어코인 역시 휴지 조각이 되기 일보 직전이기는 했지만, 그나마 키메라는 잘 돌아가고 있었으니까.

문제는 이 키메라코인 하나가 성검코인과 베니고어코인에서 일어난 손실을 메워줄 수 있느냐는 것.

'그렇게 되면 좋겠지만……'

그렇게 일이 잘 풀릴 리가 없지 않은가.

애초에 키메라코인은 리스크가 적은 종목이었다. 떡상했을 때의 이득 역시 두 종목에 비해 적다. 한 가지 종목이 잘 풀리고 있다는 사실에는 그나마 고개를 끄덕여 줄 수는 있지만, 그렇다고 해서 마음 놓고 있을 수는 없는 상황이라는 거다.

'두 종목이 떡락하면……'

게임은 거기서 끝이다. 두 종목에서 일어난 손실을 이 키메라 하나로 메우려면 적어도 천사 6,000기에 호문클루스 3기 정도는 만들어야 하지 않을까.

당연하지만 가능한 일이라고 볼 수 없다. 당장 666기를 만드는 데 들어간 시간과 비용만 해도 어마어마한 수준이었으니까.

심지어 호문클루스는 아직 단서조차도 찾지 못했다. 이런 상황에서 내가 할 수 있는 행동은 역시나 믿음으로 버텨내는 것.

'떡상할 거야. 떡상할 거라고……'

존버밖에는 답이 없는 상황이었다.

가끔 교황청을 들르기는 하지만 내가 할 수 있는 일은 한정되어 있었고 성검은 여전히 반응하지 않고 있었다.

'아직 두 달도 안 지났으니까……. 이런 기세면 무조건 떡상 각이지.'

수작업으로 천사를 찍어내는 데 집중해야 하지만, 무의식적으로 자꾸만 다른 일 쪽에도 시선을 돌리게 된다.

'시바, 더 이상 생각해서 뭘 하겠어. 작업이나 집중하자.'

애써 고개를 저으며 본격적인 작업에 들어가려고 했던 바로 그때였다.

"저……."

한소라의 목소리가 들려온 것이다.

굳이 따로 작업실을 쓰게 해달라고 말하기까지 했으면서 언제 또 여기에 들어와 있었는지 모르겠다. 궁금한 듯이 이쪽을 힐끔힐끔 바라보는 얼굴은 가관.

물론 어째서 이쪽을 찾아온 것인지는 대충 예상이 간다.

'지가 안 궁금하고 배기겠어?'

한소라는 교육생 때부터 배움에 대한 열망이 강한 학생이 아니었던가. 오늘은 네임드 개체를 만들 거라고 미리 말해놓은 상황이다. 작업을 하다 보니 배움에 대한 열정이 스멀스멀 올라온 것이 분명하리라.

'스타일이 유사하니까 배울 게 더 많겠지.'

파란 길드 안에서 나와 가장 스타일이 비슷한 파티원. 차이점이 있다면 나는 베이스를 연금술사로 잡았고, 그녀는 베이스를 흑마법사로 잡았다는 것뿐이다. 연금술에 대한 이해도도 웬만한 연금술사 뺨치는 수준이었고, 심지어 흑마법까지 가미된 작업이었으니 궁금하지 않을 수가 있을까.

수강료라도 받아야겠다는 생각을 하며 기분 좋게 입을 열었다.

"뭐가 궁금한가요, 한소라 교육생?"

"아뇨…… 그냥 도와 드릴 일이 없나 해서요……. 오늘 그…… 네임드 개체를 만드신다고 하셔서……."

"진행 중이기는 한데……. 소라 씨는 잘되고 있어요?"

"일단은 최선을 다하고는 있어요. 한번 봐주시면 도움이 될 것 같은데……. 같이 가보시겠어요?"

"아니요. 그럴 것까지도 없어요. 제가 지시한 대로만 해주시면 별문제는 없을 겁니다. 일단은 작업 진행 계속해 주세요. 그리고 오신 김에 조금 있다가 저 좀 거들어주시고요. 아무래도 이건 손이 많이 가서……."

"네, 물론이죠."

민망해하고 있는 것 같으니 슬쩍 운을 띄워주자. 딱히 숨길 필요도 없는 이야기였으니까.

"아무래도 개성을 부여하려다 보니 조금은 힘든 부분이 많은 것 같더군요."

"네?"

"네임드 개체 말입니다."

"아…… 네."

"……."

"……정확히 어떤 부분이…… 어렵고 힘드신 건가요?"

"베이스가 되는 신체에 조미료를 뿌려주는 과정 말입니다. 저희 모험가들의 방식으로 생각하면…… 특성이나 고유 능력을 만들어주는 과정이라고 생각하면 될 것 같네요."

"아……."

"사실 기본적인 개체에도 특성이 들어가 있기는 해요. 아직 정확한 네이밍이 정해진 것은 아니지만…… 단단한 피부라든지, 매혹의 빛이라든지, 마비의 눈이라든지…… 굳이 등급으로 표현하자면 영웅 등급 근처의 특성이라고 생각하면 되겠네요. 개체마다 차이점은 있지만, 특성 효율이 낮아서…… 질이 좋은 개체는 전설 등급을 받았지만, 그렇다고 하더라도 별 효과가 없는 게 사실이고요. 기본 개체는 그냥 신체 능력과 마력에 집중하고 있다고 생각하시면 편할 것 같습니다."

"이해했어요, 부길드마스터."

"네임드로 만들어질 6개체는 기본 개체가 가지고 있는 것 외에 다른 특성을 부여해 주는 게 관건이라고…… 아! 조금 더 가까이 와서 봐도 됩니다. 아니, 이럴 게 아니라 아예 지금부터 같이 만들어봅시다. 저도 막 준비가 끝났으니……."

"네, 그전에 질문 하나만 드려도 될까요?"

"물론입니다."

"혹시 어떤 종류의 개성을 부여해 주시려고 하시는지……
그리고 어떻게 그게 가능한 건지…… 물어보고 싶어요."

당연히 대답해 줄 수 있다.

"일단은 직접 공략한 던전들이나 직접 겪어본 레이드 몬스
터를 베이스로 잡아보려고 생각했습니다."

"……."

"여러 가지 측면에서 봐도 가장 좋을 것 같아서 말입니다.
제가 직접 겪어보기도 했고, 무엇보다 그쪽 촉매를 다루는 게
익숙하니까요."

"공략한 던전이라고 말씀하시면 희귀 등급의 던전들 같은
경우도 포함되는 건가요?"

"네."

"촉매의 질 같은 문제는 어떻게 해결하려고 하시는지 궁금
한데…… 대안이 있나요?"

확실하게 배워가겠다는 느낌. 질문이 점점 많아지고 있었다.

"걱정하고 있는 부분이기는 합니다만 그렇게 어렵지는 않아
요. 조금 더 귀찮은 부분이야 있겠지만 감수하고 있는 부분이
고…… 고급 촉매와 저급 촉매를 섞어 쓰는 건 흔하게 있는 일
이니까요. 이를테면 이런 재료 아이템은 단독으로 사용하기
쉽지 않거든요."

슬쩍 준비된 연금 재료를 꺼내자 고개를 끄덕이는 모습이 눈에 보였다.

"세계수의 잎?"

"네, 세계수의 잎입니다. 사실 이 재료는 고급으로 분류되기는 하지만…… 사용하는 용도가 정해져 있는 물건입니다. 다루기도 쉽지가 않아서 키메라를 만드는 곳에 단독으로 사용하는 건 불가능하고요. 말인즉슨 사용하기 위해서라면 어차피……"

"성질 변환을 시켜야 하는 물건이라는 말씀이시네요."

"정답. 성질 변환은 연금술의 기본이니까요. 물론 이 정도 되는 물건이면 그리 쉬운 문제가 아니기는 하지만…… 직업 보정이라는 게 좋은 이유가 뭐 있겠습니까."

무려 준신화 등급의 직업, 빛의 연금술사가 가지고 있는 기본 직업 보정이다. 정확한 수치가 나와 있지는 않지만, 대성공 확률 200% 따위의 부가 효과가 붙어 있지 않을까.

계속해서 말로 설명하는 것보다는 직접 보는 게 좋을까 싶어 곧바로 정제기에 자재를 넣은 후 마법진을 활성화하자 맹렬히 움직이는 연금 키트의 모습이 시야에 비쳤다. 한소라도 조금은 놀랐다는 듯이 바라보는 중이고…….

아마 알아도 본인은 할 수 없을 거라고 생각하지 않을까.

전설 등급의 연금술사 보정을 받아도 불가능하다. 직업 자체가 다른 그녀가 넘볼 수 있는 영역이 아니다.

'그래도 쓸모없다고 생각하지는 않나 보네.'

좋은 자세가 아닌가. 아마 본인 역시 나름대로 접목할 방법이 있다고 생각하고 있을 것 같았다.

"그럼 세계수의 잎을 베이스로 하는 네임드 개체를……."

"아뇨. 아까 말씀드렸잖습니까. 정확히 말하면 베이스가 되는 촉매는 이거예요."

"아……."

"세계수의 잎과 이걸 합칠 거고…… 이후에는 완성된 촉매를 키워 코어 핵에 맞출 겁니다. 우연인지는 몰라도 제가 처음 대륙에 넘어와서 공략한 던전의 몬스터들이 식물의 모습을 베이스로 하고 있었거든요. 네, 식물형이요. 세계수의 잎과는 그나마 궁합이 좋을 겁니다."

"아…… 던전 일지에서 읽은 적이 있었던 것 같아요. 분명히……."

푸쉬시시시식…….

'아, 시바…… 폼 안 나게 실패했네.'

정제 과정에서 문제가 있었나 보다. 하지만 그다지 당황하지는 않았다. 자주 있는 일이었으니까.

아무 일도 없다는 듯이 슬쩍 몸을 돌려 다시 한번 비율을 맞추고 키트를 돌리자 환한 빛을 뿜어내는 모습이 시야에 비쳤다. 물과 기름처럼 융합하지 않을 것 같던 두 가지 촉매가 서로 뒤엉키는 모습은 대충 봐도 아름다워 보인다.

마법진에서는 계속해서 불이 들어오고 있는 상황. 조금은 집중해야 한다는 걸 한소라도 알고 있는지 조용히 이쪽을 바라봤다.

이윽고 액체처럼 공중을 유영하는 녀석의 모습이 눈에 들어왔다.

"도와 드려도……."

"네, 도와주세요. 혼자 하기 빡세다고 말하지 않았습니까."

다음 단계는 짧은 시간 안에 액체를 큐브 조각 모양으로 굳히는 과정. 곧바로 액체를 틀에 넣고 온갖 연금 시약들을 투여하자, 치이이이익 하는 소리가 들려온다.

완전히 굳어버리기 전에는 준비된 마법진을 큐브 조각 겉면에 새기고 다시 한번 마력을 집어넣는다.

'괜찮은데.'

진행 상황이 나쁘지 않다. 품질도 좋게 나온 것 같았고 어디흠잡을 때가 없다.

"부길드마스터……."

"코어가 되는 핵에 조각을 끼워 맞추면 됩니다. 계산하기로는 아마 될 것 같기는 한데……. 부작용이 있을 수도 있으니까…… 주의해야죠."

코어가 되는 핵 역시 조각조각이 모여 한 모양을 이루고 있다. 가운데 티가 날 정도로 비어 있는 공간은 지금 내가 집게로 붙잡고 있는 조각이 들어갈 공간, 조금은 긴장되는 것이 당연하리라. 기껏 완성했는데 원인을 알 수 없는 오류로 실험이 제자리로 돌아가는 건 싫었으니까.

"준비된 마법진에 마력 좀 넣어줘요."

"네, 부길드마스터."

마법진으로 이루어진 시험관으로 천천히 다가가 조각을 집어넣자 딸깍하는 소리와 함께 딱 맞게 하나가 된 핵의 모습이 시야에 비쳤다.

잠깐 녹색 빛이 서린 것 같은 느낌. 입꼬리가 올라갈 수밖에 없었다.

물론 아직 갈 길은 멀다. 코어에 맞는 신체도 준비해야 하고 다른 오류가 확실히 없는지 살펴봐야 했으니까. 심지어 생각만큼의 출력을 보여줄 거라는 보장은 없다.

하지만 기분이 좋은 것은 어쩔 수 없다고 생각했다.

"와아아아아……."

한소라도 넋 놓고 녀석을 바라보고 있지 않은가.

첫 번째 네임드 개체. 내가 대륙에 들어온 이후, 처음 공략한 던전.

아직도 그곳에서 동료들과 함께 우정을 나누며 공략에 임했던 기억이 새록새록 생각난다.

빛의 연금술사가 직접 만든 첫 번째, 네임드 천사. 1호기. 버전, 공포의 정원이 완성을 눈앞에 둔 순간이었다.

'이 기세를 몰아서 성검코인도 떡상 가나.'

일단 다음 모델 하나를 더 만들 때까지 지켜보도록 하자. 조금 더 존버해도 성검코인은 떡락하지 않는다.

'일단 이것부터 마무리해야지.'

181장
성검코인

  버전 공포의 정원의 마력 코어는 식물 타입이었다. 거대한 꽃과 줄기를 다룰 수 있게 설계되어 있었고, 그 밖에도 분진을 활용한 공격이나 세계수의 영향을 받은 거대한 마력을 가지고 있는 것이 특징이었다.

  내부가 아닌 외부에도 공을 들인 것은 당연지사. 핵뿐만이 아니라 신체 대부분을 같은 촉매로 버무렸고, 액체화시킨 촉매를 다시 한번 정제해 탄력 있는 피부를 만들었다.

  덕분에 살라트의 피부와 가죽을 이식하지 못해, 단단한 피부 특성을 얻을 수는 없었지만, 어차피 후위 타입으로 개발한 녀석이었기 때문에 크게 신경 쓰지 않았다.

  핵을 만드는 것보다 몇 배는 더 섬세하게 신체를 디자인했고 공포의 정원 촉매뿐만이 아니라 서부에서 흔하게 볼 수 있는 드라이어드의 촉매 역시 접목하기 시작했다.

시간이 약간 더 지나기 시작한 이후에는 정하얀까지 합류, 사실 정하얀은 더 중요한 일을 하고 있었지만 만들다 보니 욕심이 나서 조금 더 힘을 실어줄 수밖에 없었다. 아마 정하얀 본인이 하루에 부여된 할당량을 끝마치지 못했다면 이런 생각도 하지 못했을 것이다.

정하얀의 역할은 코어가 되는 내부 기관과 핵에 마법진을 그려 넣는 것. 강한 마력을 가지고 있는 핵을 효율적으로 활용하기 위해서 꼭 필요한 선택이었다. 이런 종류의 영역은 정하얀이 나보다 몇십 배는 더 유능했으니 다른 말이 더 필요할까. 어마어마하게 세밀함을 필요로 하는 작업에 나조차도 손이 떨리기는 했지만, 정하얀은 묵묵하게 본인의 할 일을 해내고 있었다.

키메라코인이 생각했던 것보다 더 상한가를 치고 있었고, 이에 조금 더 시간을 투자해도 괜찮을 거라고 판단을 내린 것이다. 계속되는 용사 후보생들의 어처구니없는 탈락도 이쪽에 집중할 만한 요소 중 하나였다.

그 와중에 베니고어가 신성 사용 내역과 위에서 무슨 일이 일어나고 있는지 가끔씩 전해오는 상황. 행복한 소식이었으면 싶은 마음이었지만 당연히 기분 좋은 소식들은 아니었다.

'시바…… 아니, 무슨 다른 차원으로 새어나간 게 왜 이렇게 많아? 미친…… 조금이라도 더 아껴야 하는 상황 아니었어?'

정확한 신성 사용 내역이 공개된 것이다.

이마저도 전부 정리가 안 돼 일부만 보내온 거란다. 파산 상태에서 복귀한 시점부터 사용한 씀씀이에는 입이 다 벌어질 정도였으니 무슨 말이 더 필요할까.

[일반 등급의 강제 퀘스트가 발동됩니다.]
[조, 조금 도움이 필요한 곳들이 많아서……. 미안해, 이기영 신도…….(0/1)]

'와…… 시바. 진짜 시바…… 네가 시바, 불우 이웃인데 불우 이웃 돕기는 왜 하고 다녀? 그래서 이율을 얼마나 받은 건데. 이건 언제 다 회수할 수 있는 건데.'

[빌려준 게 아니라 기부한…… 거야. 직접 찾아와서 너무 힘들다고 조금만 도움을 달라고 하는데 어떻게 내가 거절할 수 있었겠어. 그때 당시에는 신성도 넉넉한 상황이니까. 또 후…… 후배가 그렇게 다가오는데 내 체면도 있고 해서……. 상황이 나아지면 꼭 갚는다고 말했거든. 믿을 만한 후배들이니까. 믿을 수 있어. 분명히 다들 돌려주러 올 거야. 으응…… 분명히 다시 돌려주러 와 줄 거야. 분명히…….(0/1)]

'시바…… 진짜 시바.'

[나 버리지 않을 거지? 그렇지? 위쪽 분위기가 점점 안…… 좋

아지고 있단 말야……. 어제도 검사관들이 조사하러 왔었고……
언제 다시 그쪽으로 끌려갈지 몰라…….(0/1)]

　　[영웅 등급의 강제 퀘스트가 발동됩니다.]

　　[베니고어 버리지 않기. 제발…….(0/1)]

　　[보상: 여신의 사랑.]

　　호구도 이런 호구가 없다는 생각이 들 정도였다. 약속된 떡락
의 흐름이었다는 것에는 그 누구도 이견을 제시하지 못하리라.

　　그 밖에 문제가 된 부분들 역시 이마를 짚을 수밖에 없는
사안들이 대부분이었다. 정말로 진지하게 재판을 준비해야 하
는 게 아닌지 고민이 들 정도였다.

　　베니고어의 재판을 준비하는 와중에도 꿋꿋이 천사 만들기
에 목숨을 걸었던 것은 이런 배경이 깔려 있었다. 믿고 비빌 구
석이 이쪽밖에 없다는 걸 그 누구보다도 잘 알고 있었기 때문
이다.

　　'얘는 없는 거라고 생각해야 해. 도움받을 생각하지 말자, 기
영아. 시바, 믿지 않으면 배신당할 일도 없어.'

　　버전 공포의 정원은 잠도 제대로 자지 않고 일에 몰두한 결
과였다.

　　물론 녀석이 끝났다고 해서 가만히 있을 수 있을 리는 없다.
네임드 개체 하나를 마무리 이후에 들어간 것은 네임드 개체
2호기. 버전 균열 박물관이었다.

　　쉽지 않을 거라고, 많은 난관이 있을 거라고 생각했지만 예

상했던 것보다는 진도가 빨라 만족스럽게 고개를 끄덕일 수 있었다. 일단 던전 자체의 퀄리티가 높다 보니 불필요한 과정을 겪을 일이 없었다는 게 가속도가 붙은 이유라 할 수 있으리라. 균열 박물관을 유지하고 있는 거대한 던전 코어의 불필요한 부분을 떼어와 촉매화시켰고, 박물관을 구성하고 있는 물질들을 이용해 신체를 구성했다. 이 과정에서 우리 막 아들의 도움이 있었고 그만큼의 효과를 얻을 수 있었다.

하지만 문제가 아예 없었던 것은 아니었다. 세계수의 잎과는 다르게 균열 박물관의 던전 코어는 한정되어 있었고, 현재 균열 박물관을 유지하고 있는 동력을 더 이상 줄일 수가 없었기 때문이다. 한번 실패하면 끝이라는 생각으로 작업에 들어가니, 무척 집중할 수밖에 없었다.

'믿을 건 이것뿐이야.'

그렇게 완전히 깜깜했던 버전 균열 박물관 역시 조금씩 조금씩 모양새를 찾아가기 시작했다.

후위를 담당하는 버전 공포의 정원과는 다르게 버전 균열 박물관은 올라운더형 천사. 정확하게 말하자면 모든 것이 무작위라고 할 수 있으리라.

'처음부터 의도한 상황은 아니었지만……'

균열 박물관의 던전 코어의 일부를 그대로 가져오다 보니 그런 종류의 기믹이 붙어버린 것이다. 전투 프로그램을 입력하면 관람객이 들어온 것처럼 던전 코어의 핵이 맹렬히 돌아간다.

-돌림판이 돌아가는 것 같네요. 아…… 아버지.

"뭘 그렇게 부끄러워하고 그래, 막 아들. 이제 익숙해질 때도 됐잖아. 아예 아빠라고 불러 아빠라고……."

-네…… 넵. 말씀하신 것처럼 몬스터를 제외하고 한 번의 전투 시 전설급의 아이템들을 1정 소환할 수 있는 시스템으로 바꿔놨어요. 우리 박물관의 골렘들도 이런 식으로 바꾸면 정말 좋을 것 같은데……. 역시 아버지는 대단하시네요. 이런 생각을 하시다니. 이 생체 골렘은 작은 균열 박물관이라고 불러도 손색이 없을 정도예요. 이동형 균열 박물관 같은 느낌인 것 같아요.

"이게 다 막 아들 덕분이지. 나 혼자였으면 어디 이런 걸 만들 수나 있었겠어. 메텔도 널 자랑스러워하실 거다."

-네.

절대로 의도한 것은 아니었지만 막스의 어머니라고 할 수 있는 메텔의 이름을 불러주자 동기 부여가 됐는지 더욱더 열심히 한다.

애초에 무난하게 진행될 수밖에 없었던 흐름이었다. 막스도 막스였지만 내 자신이 박물관 4급 관리자가 아니었던가. 던전 코어의 시스템을 일부 바꾸는 것은 일도 아니다. 키메라를 베이스로 하는 물건이라 프로그램을 짜는 데 조금 골머리를 썩였지만, 아직까지는 훌륭하게 만들어지고 있는 상태였다.

-전투 프로그램도 입력해 놓는 게 좋을까요?

"물론. 많은 무기를 다룰 수 있어야 하니까. 최대한 많이 때려놓는 게 좋겠네. 그것 외에도 기본적인 기능은 살리는 게 좋을 것 같은데……. 한번 같이해 보자."

-네.

커다란 던전 코어를 아주 작은 것으로 미니멀화 하는 데는 약간의 어려움을 겪었지만, 던전 관리인 두 명이 작정하고 달려드니 코어 기관의 시스템을 구성하는 시간은 그리 오래 걸리지 않았다.

남은 개체는 4기.

사실 이 두 네임드 개체도 완성한 것은 아니다. 머리끝부터 발끝까지 세세하게 작업할 부분이 남아 있었고, 테스터도 제대로 거치지 못했다.

물론 공포의 정원 같은 경우에는 상황이 더 좋기는 했지만, 그래도 시간이 부족하다는 건 부정할 수 없는 사실이었다.

남은 개체 중 하나는 버전 튜토리얼 던전. 또 나머지 하나는 저주받은 신단. 컨셉이 확실하게 정해져 있는 건 이 두 가지가 끝이다.

사실 시간이 안 되면 딱 4호기까지만 만들 생각이기도 했지만…….

'아니야. 시바 그렇게 물렁해지면 안 돼. 무조건 만들어놔야 해. 일이 어떻게 돌아가게 될지 모르니까. 적어도 성검코인이 떡상할 때까지만이라도 만들어놔야 해.'

현재 일이 돌아가는 걸 봤을 때는 무조건 2개체를 더 뽑아내야 했다. 후보로 생각하고 있는 것은 버전 리무르아의 둥지. 나머지 하나도 머릿속으로 구상하고 있는 도중이었다.

튜토리얼 던전은 아귀와 마수 살라트를 조금 더 쓰는 방식으로 접근하고, 저주받은 신단은 조금 더 개성 있는 모습으로 디자인해 보자.

잠깐 쉬는 시간 이외에는 정말로 일만 하고 있는 상황이었다.

"힘들어? 막 아들?"

-아니요. 괜…… 찮아요, 아버지.

"그러지 말고 조금 쉬면서 해. 아니, 쉬면서 하는 게 좋겠다. 안 쉰 지도 제법 오래됐으니까. 여신의 거울이나 볼까. 오늘도 확인해야지."

아니, 심지어 쉬는 시간에도 일만 하고 있다. 믿음으로 존버하고 있는 코인들이 하나둘 떨어지고 있으니 솔직히 저 방송을 마음 편하게 즐길 수가 없다. 막스와 정하얀, 한소라는 무척 즐거워하는 것 같았지만 어떻게 내가 이걸 생각 없이 바라볼 수 있겠는가.

잠깐 쉬자고 하는 소리에 화색을 띠는 얼굴을 보니 녀석도 쉬고 싶기는 한 모양이었다.

-오늘은 누가 메인이에요?

"북부에서 소년병으로 활동하던 가레스. 아직 나이도 17살밖에 안 됐고……."

심성도 곱다. 얼굴도 귀엽게 생긴 편이었고 무엇보다 베니고어를 향한 따뜻한 마음을 가지고 있었다. 검술 실력 역시 수준급, 우리 현성이도 녀석에 대해 이런 코멘트를 남기지 않았던가.

'제대로 검을 배웠다면 지금보다 더 무서워졌을 겁니다.'

본인이 한번 키워보고 싶다고 말을 내뱉기도 했다. 재능으로는 남부럽지 않은 능력을 갖춘 김예리 역시 기립 박수를 쳤을 정도였고…… 마음의 눈으로 보기에도 신체적 재능은 최상위에 가까웠다.

하지만 그다지 설레지 않는다. 애초 실망하는 게 싫어 기대 자체를 하지 않게 된 것이다. 엄청난 숫자의 사람들이 매번 구역질을 내뱉으며 광탈하는 것을 보면 누구라도 나처럼 무감각해지지 않을까.

"그래도 어차피 떨어질 텐데 뭐……."

-…….

"프로그램 자체는 재미있으니까. 계속 보자."

-오늘은 왠지 평소보다 분위기가 더 무겁네요.

그야 갤러리들도 긴장하고 있고…… 무엇보다 가레스에게는 기대가 클 테니까. 이기영 개인 픽 3위에도 랭크되어 있는 녀석이었으니, 다른 말은 필요 없으리라.

이윽고 녀석의 활약상을 담은 형식의 편집과 함께 놈의 얼굴이 시야에 들어왔다. 눈물 없이는 들을 수 없는 처참한 소년 병의 현실, 그 속에서 쌓아왔던 우정과 사랑, 대륙의 풍파에 여기저기 휩쓸리면서도 결코 신앙심을 버리지 않은 참된 신도가 아닌가.

'시바…… 방송이라는 게 신기하기는 신기해.'

별 관심이 없다가도 웅장한 음악과 함께 등장해 주니 가슴이 쿵쾅거린다.

'이번에는 진짜 되는 거 아니야?'

라는 헛된 설렘이 잠시나마 몸에 깃든다.

막스는 흥분했는지 다리를 떨면서까지 화면에 집중하고 있다. 녀석의 작은 어깨에 손을 올리고 있었기 때문에 이 자식이 얼마나 고조감을 느끼고 있는지 전해져 온다. 그 설렘은 전염되고, 이윽고 업무를 마치고 거실로 튀어나온 정하얀과 한소라도 손을 모으고 화면을 바라본다. 개인적으로 팬이었는지 한소라는 조금 더 기대하는 게 눈에 보인다. 그렇게 녀석이 베니고어에게 짧은 기도를 드리고 천천히 팔을 옮겼을 때였다.

콰아아아아앙! 하는 소리와 함께 검을 잡은 녀석이 반발력에 튕겨 나간 것이다. 그걸로도 모자랐는지 성검에서 나온 충격으로 일대가 아수라장이 된다.

'뭐야. 뭐야…… 이거 뭔데. 성검코인 떡상하는 거 아니었어? 떡상하는 거 아니었냐고……'

도대체 상황이 어떻게 흘러가고 있는지 알 수가 없었다. 한 가지 확실한 것은…….

'야…… 너 왜 이렇게 빡쳤어.'

고고하게 자리 잡고 있는 성검이 웅웅 떨리며 분노를 표시하고 있었다는 것. 기분 탓이겠지만, 왠지 나를 바라보고 있는 것처럼 느껴졌다.

[베니고어 님의 시험, 일시적 중단. 성검의 주인은 어디에 있는 것일까. -교국일보 김성경 기자.]

[예언의 해석이 잘못된 것은 아닌지 우려의 목소리가 깊어지고 있어. -딴지 일보 박단지 기자.]

[제이나 대주교 대변인. 시험은 계속될 것, 성검의 상태에 대해서는 현재 파악 중에 있어…… 최대한 빠르게 시험을 속행할 수 있도록 모든 지원과 노력을……. -교황청 일보.]

[북부, 소년병 가레스, 몸에는 커다란 이상이 없지만, 정신적으로 문제가 있는 것으로 파악. 시험을 거친 용사 지망생들이 공통적으로 호소하고 있는 증상은 무엇일까. 어째서 그들은 이러한 증상들을 호소하고 있나. -딴지 일보 박단지 기자.]

[바젤 교황, 깨끗하지 못한 자들이 성검에 손을 댄 것이 문제임이 분명, 오늘 내로 소년병 가레스를 소환, 이단심문관들에게 심문을 맡길 예정. -교국일보 김성경 기자.]

[소년병 가레스, 전쟁 중 저질렀던 잔악한 행동이 밝혀져 파문. 순진한 모습으로 팬들에게 많은 사랑을 받았던 소년병 가레스의 두 얼굴이

란? -용병 길드.]

[성검이 소년병 가레스를 부정한 이유는 무엇일까. 용사 지망생들에 대한 엄격한 심사를 필요로 할 때. -교국일보 김성경 기자.]

'시바…… 떡상 각 잡히고 있는 거 아니었냐고……'

책상에 아무렇게나 널려 있는 신문들을 바라보고 있자니 괜스레 입안이 쓰다.

"후우……."

사고가 터져도 이렇게 터질 줄은 상상도 하지 못했기 때문이다. 덕분에 5현장에서 시행되는 모든 작업을 중단하고 올 정도였으니 무슨 말이 더 필요할까.

한소라가 남아 일반 개체를 만들고 있지만 폭주 기관차처럼 달려가던 작업에 제동이 걸렸다는 것은 부정할 수 없는 사실이었다. 차라리 성검코인을 손절하는 게 더 나은 선택이 아닌가에 대해 진지한 고민해 볼 정도였다.

'그렇게 쉽게 손절할 수 있었으면 좋겠네, 시바.'

물론 그저 한번 해본 상상에 불과했다. 성검을 아예 써먹지 않는다는 건 선택지에 존재하지 않는다.

가장 큰 문제는 시험 자체가 일시 중지됐다는 것. 녀석이 뿜어내고 있는 반발력 덕분에 시험 자체를 진행하지 못하는 상황이었다. 심지어 언론과 교황청을 비롯한 갤러리들도 갑작스러운 성검의 이상 신호에 혼란스러워하고 있었으니 충분히 당황할 만했다.

내 입장에서도 똥줄이 탈 수밖에 없었다는 거다.

'이 새끼는 도대체 왜 이러는 거야? 도대체 뭐가 문제야. 주인 찾아준다는데…… 어우……'

용사 후보자들의 대부분은 순진한 놈들을 잡기는 했지만, 성격이 조금 꼬인 녀석들을 아예 배제한 것은 아니었다. 녀석의 입맛이 까다롭지 않을 거라는 내 예상이 빗나간 것이다.

타입별로 종류별로 네가 원하는 음식을 먹으라고 뷔페를 차려줬지만, 아예 손을 대지를 안고 강짜를 부리니 속이 편할 리가 있겠는가. 갑작스러운 떡락에 욕설을 입 밖으로 내뱉을 수밖에 없었다.

"씨바, 진짜……"

"왜요? 마음에 안 들어요? 역시 언론 통제 들어가는 게 좋겠죠?"

고요한 목소리에 대답한 것은 현장을 관리하고 있던 이지혜였다.

"아니, 꼭 그렇게 할 필요는 없어. 흘러가는 분위기도 나쁘지 않고 나름대로 자정 작용이 되는 것 같으니까. 베니고어 넷반응도 크게 나쁘지는 않고……"

"갑자기 사고가 터져서 깜짝 놀랐네요, 진짜. 그냥 가레스 애도 희생양으로 몰아세우고 치우는 게 좋으려나."

"아냐, 누나. 걔도 잘 키우면 쓸 만할 것 같은데…… 버리기 조금 그렇지. 전력 하나가 아까운 상황인데…… 전쟁터에서 저질렀던 잘못 회개했다고 방송 한번 때려주고 눈물 좀 흘리게 해줘. 당분간 자숙하겠다고 입장 발표한 다음에 복귀하는 것도 도와주고…… 댓글 좀 관리해 주면 식는 거 금방이라는 거 알잖아."

"뭐…… 그렇기는 하지만……. 그나저나 얘도 참 운 없네요. 당시에 전쟁터에서 잔악하지 않았던 사람이 어디 있었다고…… 엉뚱한 거로 몰리네요. 오히려 어쩔 수 없이 전쟁터로 몰린 불쌍한 애 같은데…… 순식간에 이단으로 몰리게 생긴 거 아니에요?"

"누나 말이 맞아. 저래 보여도 독실한 신자니까 케어할 수 있을 때 케어하는 게 좋지. 가장 존경하는 사람을 이기영 명예 추기경으로 해놨다며. 나중에 만나서 사진 한번 찍고 언론에 뿌려서 여론 진정시키는 게 좋겠네. 상황은 조금 괜찮지?"

"나름 잘 정리되고 있기도 해요. 솔직히 오빠가 이렇게 곧바로 달려올 정도의 사건은 아닌 것 같은데…… 저 검에 문제 생긴 거 맞죠?"

"응, 아무래도 한번 봐야 할 것 같은데……."

"네, 네. 어련하시겠어요."

"누나 정말 선택받은 용사 해볼 생각 없어?"

"생각 없습니다. 저는 뒤에서 꿀이나 빨려고요. 부작용이 있을지 모르는 물건에 뭣 하러 손을 대요? 오빠도 그냥 하는 소리잖아요? 진짜로 제가 저 검 들고 나가면 좋겠어요?"

미안하지만 그냥 하는 소리가 맞다. 저 검은 쓸 수 있는 사람을 위해 가져온 검이지 손에 들고 있는 장식품이 아니다.

"거 봐요. 표정 보니까 딱 답이 나오는구만……. 아 그리고 바젤 교황님이 기다리고 있는 것 같으니까. 일 끝나면 같이 차나 한잔 마셔요. 바쁘다는 건 알지만, 슬슬 관리할 때 됐잖아요. 지난번에 왔을 때 오빠가 그냥 와서 이쪽 분위기 완전 개판이었다고요. 그 영감이 오빠 좋아하는 거 알면서……."

"안 그래도 그러려고 하기는 했는데……."

"그러니까 실천 좀 하라고요. 누구는 안 바빠서 인맥 관리에 집중하는 줄 아나. 조금 귀찮겠지만 이게 전부 다 피가 되고 살이 되는 행동 아니겠어요?"

이지혜의 말이 백번은 옳다.

"주변을 둘러볼 여유도 없을 정도면 바쁘다는 건 알지만……. 뭐 더 이상 잔소리해 봤자 뭐가 달라지겠어요. 그쪽 작업은 잘되고 있는 것 맞죠?"

"뭐 크게 나쁘지는 않아. 어느 정도냐를 묻는다면 제법 순조로운 편이고…… 최소한 여기보다는 상황이 훨씬 좋은 편이지. 일단 가봐야겠네. 오늘 안에 바젤 교황이랑 수다까지 떨려면 시간이 좀 빠듯할 것 같은데……."

"그럴 줄 알고 미리 준비해 놨답니다."

"고마워, 누나."

얘 없었으면 진짜 어쩔 뻔했냐. 저도 모르게 그런 종류의 생각을 하게 된다. 디테일한 것 하나하나까지 챙겨주는 섬세함과 세심함. 괜히 아무 능력도 없는 몸으로 여기까지 온 게 아니라는 생각이 든다.

군이 이쪽에서 먼저 부탁하지 않아도 미리미리 필요한 것들이 준비되어 있으니 오죽할까. 심지어 본인이 맡은 일을 하는 와중에도 이쪽에 신경을 쓸 정도였으니…… 그 수완이 엄청나다는 생각밖에는 들지 않았다.

확실하게 통제된 주변 풍경의 모습은 가관, 성검이 뿜어내는 반발력에 여기저기가 부서져 있는 모습이 보였다. 인명 피해가 나지 않은 것만으로도 감사해야 하는 부분이 아닌가. 만약 더 커다란 사건이 터진 상황이었다면, 정말로 가레스라도 희생양으로 삼아 새로운 진실을 만들어 버릴 뻔했다.

"화면으로 보는 것보다 피해 규모가 조금 크죠?"

"응, 사망자가 나오지 않았다는 게 신기하네."

"왠지 모르게 이런 사고가 한 번쯤은 터질 것 같았어요. 방어 마법을 설치해 놓은 게 이거예요. 소년병이 안 죽은 게 신기할 지경 아니에요? 등을 부딪쳐서 다행이지 머리부터 박혔으면 그 시점에서 즉사했을 걸요. 우리 입장에서는 운이 좋았다는 데 맞아요. 아무리 저라고 해도 억지로 끌려온 소년병 하나 쓰레기 만들어서 매장하고 싶지는 않았거든요."

'너, 아까는 뭐…… 몰아세우고 치워 버리자며.'

"방어 마법이 있는 것치고는 정말로……."

"네, 완전히 박살 났죠. 왜 그런지는 모르겠는데 주기적으로 발광한다니까요."

'……'

"정말로 정상인 거 맞나 몰라. 불량 같은 걸 받아 온 건 아닐 테고……."

'나도 그런 거 아닌가 싶다. 시바…….'

"뭔가 마음에 안 드는 부분이 있는 것 같은데…… 지금부터 한번 알아봐야지. 그래서…… 지금은 잠잠해졌다는 거지?"

"네, 일단은 잠잠해졌어요. 정확히 오빠가 온 이후로요. 그 전까지는 지속해서 성질부리기에 여념이 없었고요. 할 말이 있는 것 같기는 한데…… 혹시 모르니까 사제들이라도 준비해 줄까……."

"괜찮을 것 같은데……."

"오빠가 괜찮다면 뭐 상관없지만…… 혹시 잘못 튕겨 나가서 뒤통수 깨져도 저는 책임 못 져요."

불안한 면이 없지 않아 있기는 했지만 커다란 문제는 생기지 않으리라.

'이 새끼, 시위하는 것 같은데.'

딱 받아들여지는 느낌이 그랬으니까.

무언가 원하는 것이 있는 게 분명했다. 현재 자신을 둘러싸고 일어나는 일들이 마음에 들지 않으니, 대놓고 엿 먹어보라고 행동한 것만 같은 느낌.

정확한 것은 아니지만, 충분히 가능성이 있다고 생각할 수밖에 없었다. 사건이 맨 처음에 일어났을 때 왠지 모르게 이쪽을 바라보는 것 같은 느낌도 있었고……. 무엇보다 이지혜가 말한 지랄발광이 내가 이곳에 도착하자마자 멈춘 것을 보면 분명히 뭔가 있을 거라고 여겨졌다.

'그래, 시바, 원하는 게 뭐야. 내가 다 들어줄게. 아예 풋내기는 별로야? 조금 기본기는 갖추고 있는 사람이 좋은 거야? 그동안 너무 뉴비들만 밀어 넣어서 그게 불만인 거야?'

숙련된 모험가는 다루기 힘들지만, 녀석이 호응해 준다면 충분히 합의해 줄 마음이 있다.

'아니면 인성이 썩은 친구를 더 좋아하는 건가? 그건 아니지?'

평범한 이들을 타락시키는 것을 더 좋아할 거라고 생각했던 것은 내 착각에 불과했던 것일까. 다루기 조금 힘들기는 하겠지만 어느 정도라면 용인해 줄 수 있다.

'그러니까 우리 정신 차리자. 이대로 떡락하면 너한테도 안 좋고 나한테도 안 좋아. 루시퍼한테 돌아가고 싶은 건 아닐 거 아니야. 아니, 돌아갈 때는 돌아가더라도 활약은 한번 하고 가야 하잖아. 안 그런 줄 알았는데 왜 이렇게 까다로워……'

우웅.

"저거 검 떨린 거 맞죠?"

이지혜의 말에는 고개를 끄덕일 수밖에 없었다. 분명히 미세하게 떨리고 있는 것 같은 느낌.

우우웅.

아니, 미세하게 떨린 것은 아니다. 무척 힘차게 흔들리고 있는 모습이 시야에 비칠 정도였다.

'뭐야, 너 왜 그래. 시바, 표현을 좀 해봐.'

조금씩 조금씩 발걸음을 가까이할수록 진동이 심해지는 듯한 느낌.

일단은 고개가 끄덕여졌다. 적어도 내게 반응하고 있다는 건 아직까지 협상의 여지가 있다는 걸 말해주는 지표였으니까.

'그래, 그래, 그동안 힘들었지? 뭐가 그렇게 힘들었는지 형한테 전부 말해봐. 전부 들어줄 테니까.'

우우우우웅.

'자격 조건이 뭔지 운이라도 한번 띄워봐, 힌트를 제대로 주던가. 가레스는 좀 그랬어?'

우웅.

'아니면 그냥 이런 상황 자체가 마음에 안 들었던 거야?'

우우우우웅.

'좋은 주인 구해주겠다고 이러는 건데, 왜 그래? 너무 예민해지지 말자, 친구야. 이게 다 너를 위해서 하는 거니까. 너무 그렇게 사람 가리는 것도 안 좋아요. 고기만 먹으면서 살 수 있어? 가끔은 채소도 먹고 응? 물도 먹고 하는 거지. 정말로 원하는 사람이 없으면 적당히 합의해도 상관없는 거 아니야. 합의하자. 현실이랑 타협 좀 하고 살자고, 우리.'

라고 속으로 지껄이던 바로 그때였다.

"뭐야…… 씨바. 너 왜 그래."

심지어 손도 대지 않은 상황. 스스로 드륵거리는 소리를 내며 뽑히고 있는 성검의 모습이 시야에 비쳤다.

'나오지 마, 이 새끼야. 나오지 말라고. 왜 갑자기 네가 뽑히고 그래.'

"뭐예요. 저거…… 지금 혼자 뽑히고 있는 것 같은데……."

멀찍이서 들려오는 이지혜의 목소리에는 대답해 줄 여유가 없었다. 눈앞에 있는 급한 일부터 처리해야 했으니까.

곧바로 몸을 움직인 것은 당연지사. 튀어나오려는 녀석을 다시 집어넣어야 했기 때문이다.

"들어가. 다시 들어가, 이 새끼야. 다시 들어가라고, 씨바……."

일촉즉발의 상황이었다.

급하게 반응하는 것이 당연하리라.

'너, 이 새끼. 시바…….'

회색빛을 뿜어내는 겉모습에서, 말로 표현할 수 없을 정도의 열망이 느껴졌기 때문이다.

확실하지는 않지만 나를 주인으로 결정한 것이 아닐까. 적어도 이쪽을 찌르기 위해 스스로 뽑히고 있다는 것보다는 설득력 있게 느껴졌다. 벨리알이나 루시퍼 같은 악마들이 친근감을 느낄 정도의 역겨운 영혼이라고 하니, 놈 역시 이쪽의 영혼에 끌린 것일 수도 있다.

'순수한 영혼을 좋아하는 거 아니었어?'

아니면 자신이 아무리 타락시킨다고 한들, 그 결과물이 이쪽의 영혼에게 닿지 못한다고 생각한 것이 아닐까.

뭐가 어찌 됐든 놈이 내게 군침을 흘리고 있다는 것 하나만은 부정할 수 없는 사실이었다.

뽑히려는 자와 뽑히지 않게 하려는 자의 싸움.

'제기랄.'

저도 모르게 인상을 찌푸리게 될 수밖에 없었다. 저주받은 신단의 율리에나 때가 생각나는 것은 기분 탓일까.

내 마음을 아는지 모르는지 멀찍이 떨어진 이지혜가 이죽거리는 목소리가 귀에 들어왔다.

"오빠는 진짜네요. 와…… 얼마나 영혼이 깨끗하면 성검이 저렇게 반응을 해요?"

'누나, 그거 반어법이지?'

"나한테 주인될 생각 없냐고 이죽거리더니…… 역시 진짜는 진짜를 알아본다니까. 아무래도 성검의 선택을 받기에는 제 인성이 조금 모자랐던 모양이네요. 역시 성검의 용사가 될 사람은 속내가 투명한 사람이 어울린다니까."

'누나도 도긴개긴이야. 내가 없었으면 누나한테 갔을 거라고.'

"이거 촬영해도 되요? 선택받은 용사가 여기서 탄생. 내일 언론이 떠들썩해지겠네요. 힘내요. 대륙의 전설을 제 눈으로 직접 확인하게 되니 이보다 더 영광일 수가 있을까요."

"그만해…… 누나. 지금 농담할 상황이 아니니까. 내가 진짜로 용사되면 성검코인은 떡락이라고, 떡락…… 써먹을 줄도 모르는 검의 주인이 돼서 도대체 어디에 쓰려고."

"왜요. 좋아 보일 것 같은데……."

자신의 인성에 대해 감탄했던 나에게 통쾌해하는 것 같이 느껴진다.

평소라면 이지혜와 설전 아닌 설전을 벌였겠지만…… 지금은 그럴 상황이 아니다.

'제발 나오지 마, 새끼야. 난 너랑 안 된다고. 다른 검사들도

많은데 왜 연금술사한테 반응하고 그래?'

우우웅.

'상관없다고?'

우우우웅.

'나는 상관있어. 그러니까 이러지 말자, 우리……. 네가 원하는 사람으로 잘 구해줄게. 지금 상황이 조금 급해서 그러니까 우리 만남은 나중으로 미루자. 어차피 너나, 나나 시간 많잖아. 루시퍼 님한테 들었잖아. 2,000년만 기다리면 나도 필멸자 벗어날 수도 있다니까? 그럼 영원히 함께라고…….'

우우우우웅.

'못 기다리겠어? 더 이상 못 참겠다고? 그렇게 말하고 있는 게 맞아?'

우우우우우웅.

이제는 사념이 전해져 오기까지 한다. 말로 들리는 것은 아니었지만, 놈이 현재 어떤 감정을 느끼고 있는지 대략 느껴진다. 벌써 영혼이 연결된 것은 아닌지 의심이 될 지경, 조금 더 시간이 지나면 강제로 도장이라도 찍게 생겼다.

물론 나도 이런 종류의 아이템의 주인이 되면 좋다. 제물을, 좋은 아이템을 싫어하는 사람이 세상 어디에 있을까.

하지만…….

'써먹을 수 있는 사람이 써먹어야 돼.'

계속해서 생각하고 있었던 것처럼 이 검의 효율을 제대로 살릴 수 있는 사람이 필요했다. 같은 신화 등급이기는 하지만 김현성이 가지고 있는 듀렌달보다 더욱 막강한 힘을 가지고 있다고 판단되는 녀석이지 않은가. 검도 제대로 다루지 못하는 초짜가 녀석을 휘둘러 봤자 얼마나 효율이 나올까. 나 자신을 깎아내리고 싶지는 않지만, 돼지 목에 진주를 걸은 것이나 다름없다. 무엇보다……

비둘기들은 물론이거니와 바깥 세계의 신을 상대할 때에도 김현성의 옆에 설 수 있는 강자가 필요했다. 차희라가 있기는 하지만 그녀는 팀플레이에는 어울리지 않는 종류의 패였고, 조혜진이 아무리 성장했다고 한들, 김현성의 옆에 서기에는 여러모로 부족한 패였다. 검은 백조의 박연주 역시 마찬가지, 애초 그녀는 등 뒤에 숨은 단도가 아니었던가. 암살자 타입을 김현성과 함께 보내기에는 다소 무리가 있다. 그런 의미에서 김예리도 아웃. 미안하기는 하지만…… 우리 거북이 돼지 새끼는 군이 언급할 필요도 없다.

김현성에게 따라붙으라고 앞서 나열한 모든 이에게 지시한다면 저들의 가랑이가 찢어질 거라고 장담할 수 있다. 말하자면 현재 김현성과 발을 맞춰줄 수 있는 사람이 없다는 거다. 비둘기 침공 때는 북서부 지역을 틀어막아 주고, 바깥 신과의 결전 때는 회귀자와 호흡을 맞춰줘야 한다. 혹시 모를 변수에 대응해 줘야 했고, 필요할 때는 희생도 해줄 인재가 필요했다.

김현성이 이야기한 외부 세력의 전력을 대략 수치화해 보면 용사의 존재는 무조건 필요한 상황이라 할 만했다. 괜히 성검 코인을 기다리고 있었던 것이 아니다. 검도 제대로 휘두르지 못하는 양반이 폼 잡으려고 무턱대고 집기에는 그 리스크가 너무 크다.

그리고.

'부작용, 시발러마…… 부작용!'

내 몸을 갉아먹는다는 게 마음에 들지 않았다. 어디 잠깐 아픈 거야 치료하면 나을 수 있지만 이런 종류의 검들이 뿌려 주는 부작용은 그런 종류의 고통이 아니지 않은가.

우우우우우우웅!

'그렇게 나쁘지 않을 거라고? 웃기지 마, 새끼야. 나 벽에 똥 칠할 때까지 살 거야. 괜히 엄한 데 군침 흘리지 말고 괜찮은 놈 아무나 하나 잡으라니까……'

우우웅!

'아니, 오래 살아도 아프면 오래 살아 있는 게 아니지. 건강 하게 벽에 똥칠할 때까지 살 거라고……'

우우우우우웅!

'이런 식으로 나오면 너한테도 안 좋아. 다시 한번 잘 생각해 봐. 율리에나도 창고에서 썩고 있잖아……. 어차피 너는 내 밑 으로 들어와 봤자, 창고로 가거나 가방 안에 들어가 있을 가능 성이 크다고……'

우우우우우우우웅!!!

진동에 내 몸이 저절로 떨려온다. 당연하지만 근력이 낮은 내 몸으로는 녀석이 튀어나오는 걸 막을 수가 없다. 도저히 말 이 통하지 않을 것 같아 손가락을 튕기자 아래쪽에서 작은 촉수들이 나와 녀석의 몸을 감싸기 시작했다.

뽑혀 나오려고 하는 성검을 잡아당겼지만 뚜둑뚜둑거리는 소리가 나며 촉수들이 끊어지는 상황에 절로 입술을 꽉 깨물게 된다. 그만큼 필사적으로 빠져나오려고 하는 놈의 모습이 시야에 비쳤다.

우우우우우웅!

겉모습만 멀쩡할 뿐이지. 루시퍼가 전에 보여줬던 헛바닥과 비슷한 놈이지 않은가. 차라리 이럴 거면 그 자식을 데려오는 게 나을 뻔했다.

'걔는 시바, 헛바닥이라도 꺼낼 수 있지. 너는 할 수 있는 것도 없잖아. 요즘 같은 스마트 시대에 누가 검을 휘두른다고 그래…… 율리에나도 자동 공격 시스템을 갖추고 있어서 그나마 데리고 있는 건데…… 네 검신이 날카로우면 뭐 해. 기껏해야 지팡이로 쓸 텐데.'

우우우우우우웅!

'아니야, 욕하는 게 아니잖아. 화나라고 한 말이 아니라고…… 조금 더 합리적으로 생각하자는 거지. 딱 10년 정도만 참아봐. 나도 일 좀 끝나고 검술 좀 익혀볼게. 그러면 너도 좋고 나도 좋잖아.'

뚜둑. 뚜둑.

거의 봉인하다시피 녀석을 묶어놓고 있는 촉수들도 이제는 한계에 다다랐다. 계속해서 위에 덮어놓기는 했지만 막을 수 있을 것 같지가 않다.

'아니, 왜 이렇게 질척거려. 싫다는 사람한테…… 내가 나중에 챙겨준다니까. 루시퍼 님한테도 잘 말해줄게. 그러니까 그만…… 들어가자, 우리. 좋은 주인 찾아줄게. 정말로 좋은 주인 찾아줄 테니까…… 이제 그만하자.'

더 이상을 버틸 수 없을 것 같다. 검신이 뽑히며 회색빛이 주변을 비추는 모습, 반쯤은 포기하고 있었을 때였다.

'나중에 보자고! 나중에!'

우뚝 하는 소리와 함께 녀석이 몸을 멈춘 것이다.

"하아…… 하아…… 하아……."

짧은 시간에 많은 마력과 체력을 소모했기 때문인지 계속해서 숨이 차오르고, 땀이 턱선을 타고 뚝뚝 떨어진다.

"이거 잠잠해진 거 맞지? 하아……."

"오빠가 직접 보고 있잖아요. 제대로 설득한 거 맞아요? 뭐 어떻게 하겠대요? 서로 좋게좋게 잘 합의한 건 맞는 거죠?"

대화가 제대로 마무리된 것 같지는 않았지만…….

"아…… 아마도 그런 것 같은데……."

우우웅.

짧은 진동, 하지만 사념이 전해져 오지는 않았다. 긍정의 표현도 아니고 부정의 표현도 아닌 것 같았지만 정황상 녀석의 양보를 받아낸 것이 맞다.

괜스레 검의 끝머리에 달린 장식을 쓰다듬자 간헐적으로 떨리는 녀석이 느껴졌다. 화가 났다는 것을 표현하고는 싶지만 이런 식으로 쓰다듬어 주는 게 기분이 좋기는 한 모양이다.

'그래…… 잘 생각했어. 굳이 너도 이런 주인도 만나보고, 저런 주인도 만나보고, 이 사람 저 사람이랑 다 해본 다음에 정착하는 게 좋잖아. 경험이 좋다는 게 뭐야. 한번 다 돌아보고 이제 조금 괜찮겠다 싶었을 때 천 년 가약 맺고 그러는 거야, 원래.'

우웅.

'나도 마찬가지지, 그럼. 너도 내가 다른 검이랑 같이 널 사용하면 기분이 좋겠어?'

우우웅.

'나도 이런 검도 만나보고, 저런 지팡이도 만나보고, 저런 무기도 만나보고 하다가 정착하는 게 맞지. 너무 일찍부터 서로 눈 맞고 그러면 오히려 나중에 바람난다니까. 젊었을 때 화끈하게 놀아봐야 나중에 그런 생각도 안 들어요.'

우우우웅.

'나중에 막상 직접 계약했다가 후회할 수도 있는 거잖아……. 아무튼 잘 생각했어. 진짜…… 큰 결정 한 거야.'

더 이상의 진동은 느껴지지 않았다. 뭔가 불만을 가지고 있는 것 같기는 했지만 납득해 줬다는 사실이 중요했다.

더 이상 오래 이 자리에 있으면 안 될 것 같은 느낌. 녀석에게는 혼자만의 시간이 필요해 보였다.

"뭐예요? 이대로 가는 거예요?"

"일단은…… 아마 조만간 잠잠해질 것 같아. 오늘은 일단 저 상태로 놔두고…… 내일부터 다시 시작하는 거로 하자. 이번에는 타입들도 조금 더 다양하게 해서 올려 보내고, 마지막에 아쉽게 떨어져서 여기 못 밟아본 애들도 몇 명 올리자."

"어차피 겁먹어서 중도 포기한 애들도 몇 명 있었으니까…… 나쁘지는 않겠네요. 그 대신 교황청 입장 정리는 오빠가 직접 전달해 주시고요……. 어차피 바젤 교황님이랑 만날 거니까. 아, 그리고 혹시 해서 물어보는 건데. 이 이상 사고 안 터지는 건 확실한 거죠?"

솔직히 확신할 수는 없다. 지금은 잠깐 참아준다는 느낌이었지만 언제 또 폭발할지 누가 알겠는가.

사실 걱정되기는 했지만 일단은 고개를 끄덕일 만했다. 완전히 떡락하는 흐름으로 가는 것보다는 나았으니까.

하지만 정확히 35시간 이후에는 머리를 부여잡을 수밖에 없었다.

-아…… 아. 선택받은 용사의 탄생을 전 대륙민들에게 전달해 드리겠습니다. 여러분에게는 익숙한 얼굴이실 겁니다. 실례가 되지 않는다면 자기소개를 부탁드려도 되겠습니까.

-일단…… 이런 기회를 주신 명예추기경님과 바젤 교황님께 진심으로 감사의…… 인사를 드리고 싶습니다. 저도 지금 이 상황이 조금은 갑…… 작스럽고 당황스럽지만…… 여러분들을 실망시키지 않도록 최선을 다해 노력하겠습니다.

-…….

-제 이름은…… 제 이름은 라파엘입니다.

바젤 교황과 티타임을 가지는 것은 피할 수 없는 일이었다. 더 이상 뺄 수가 없는 상황이기도 했고 현재 일어나고 있는 일에 대해 설명해야 했기 때문이다.

성검에 대해서는 대충 아무 변명이나 지껄였고, 현재 이단 심문관들에게 조사받고 있는 소년 용병 가레스 역시 혐의를 벗고 일상으로 돌아갈 수 있었다.

그렇게 시간을 보낸 이후에는 짧게 눈을 붙인 이후 곧바로 작업에 들어가기 시작했다. 버전 공포의 정원 마무리 작업을 진행했고, 아귀의 촉매와 마수 살라트의 코어 핵을 합성해 버전 튜토리얼 던전의 작업이 초읽기에 들어갔다.

몸이 조금 피곤했지만 그렇다고 탱자탱자 놀 수 있을 리 만무. 수도에서 너무 오랜 시간 성과 없이 있었다는 사실이 마음에 남아 있었기 때문이다.

물론 얻은 것이 없었던 것은 아니었다. 성검이 다시 한번 자리 잡았고 교황청의 인사들과도 더욱더 끈끈해질 수 있었으니까. 하지만…….

'사건만 안 터졌어도…….'

하는 마음이 솟아나는 것은 어쩔 수 없으리라.

조금만 더 눈을 붙이는 게 어떻겠냐는 정하얀의 제안을 애써 거절한 이후에는 쉬는 시간 없이 달렸고, 그사이에 제이나 교황청 대변인이 방송에서 적당한 변명으로 입장 발표를 진행했다.

이후에는 본격적으로 시스템이 활성화됐고, 그 결과 성검의 시험은 다시금 많은 이들의 관심 속에서 재개될 수 있었다. 생각보다 훨씬 더 스무스한 흐름이었다.

하지만 다른 갤러리들과는 다르게 정작 이쪽은 벌어지고 있는 시험에 많은 관심을 주지 않았다. 말 그대로 여유가 없었기 때문이다.

물론 나 자신이 꼽은 인물들이 시험을 받을 때는 여신의 거울을 바라보기도 했지만, 쉴 틈 없이 진행되는 시험을 온종일 쳐다볼 수 있는 상황이 아니었다.

무엇보다 당장 용사가 선택되지 않을 거라는 생각이 바탕에 깔려 있었다. 성검이 그렇게 쉽게 주인을 선택하지 않을 거라는 건 이전에 나눴던 대화와 정황들로 파악할 수 있었기 때문이다.

그렇기 때문에 정하얀이 커다란 목소리로 나를 불렀을 당시에는 약간 당황할 수밖에 없었다.

"오, 오빠! 나왔어요! 나, 나왔어요! 용사가 나타났나 봐요. 지, 지, 지금 검을 뽑고 있는 것 같아요. 지금 뽑히고 있어요."

"어?"

"빨, 빨리 나와요. 용사 나타났어요. 용사!"

버전 튜토리얼 던전을 내팽개치고 무작정 여신의 거울로 달려든 것은 당연지사. 화면 안에 있는 녀석이 정말로 검을 뽑고 있는 놈의 모습이 시야에 비친다.

탈락한 놈들과는 이펙트부터 다르지 않은가. 그 가운데 서 있는 녀석의 모습은 여느 서사에 나오는 주인공이라고 하더라도 손색이 없다.

나이는 이제 막 20살이 되었을까. 아직은 소년이라는 느낌이 더 강하게 오는 앳된 얼굴을 한 용사는 회색의 빛을 정면으로 받으며 힘겨워하고 있다.

내가 생각했던 그대로의 모습이었다는 것은 굳이 언급할 필요가 있을까. 수많은 갤러리가 보고 있는 가운데 검 한 자루를 뽑아 들고 있는 용사. 찬란한 빛을 정면으로 받으며 자신에게 전해질 책임의 무게와 권리를 깨닫는 듯한 얼굴, 그 모습을 보고 기도를 드리는 사제단과 연신 신의 이름을 부르짖는 교국민들. 모두 내가 머릿속으로 그리고 있었던 장면이었다.

-성검이…… 성검이 뽑히고 있다. 성검이 뽑히고 있어.

-베니고어 님께 선택받은 용사다. 지금…….

-우와아아아아아아아아아!!

-누구야, 저거…… 누구야? 쟤, 도대체 누구야?

-용사님이다. 용사님…….

여신의 거울 너머로 들려오고 있는 갤러리들의 목소리까지 완벽했다.

'이건 진짜 무조건 떡상이다. 떡락의 여지가 없어. 무조건 떡상이라고!'

갑작스럽기는 했지만 어떻게 기분이 나쁠 수가 있을까. 염원하고 또 염원하던 상황이었는데…… 앳되고 순진해 보이는 녀석의 얼굴도 마음에 들었고, 아직 때가 타지 않은 듯한 외관도 마음에 들었다.

무엇보다 가장 마음에 든 것은 힘든 상황에 걱정거리를 해결해 줬다는 것. 몇 년 묵은 체증이 쑥 하고 내려가는 것 같은 기분이었다.

'키야…… 얘가 마음을 고쳐먹었네, 기냥. 거기 간 게 신의 한 수였네, 신의 한 수였어. 역시 사람은 대화를 해야 한다니까. 말이 잘 통해, 우리 성검 씨가……. 이러니까 내가 얘네들을 안 좋아할 리가 있나.'

어째서 성검이 자신의 마음을 바꿨는지는 모르겠지만, 설득이 통했다는 사실에도 기분이 좋아졌다.

하지만 그것도 잠시.

습관처럼 마음의 눈으로 녀석의 스텟창을 확인한 이후에는 입술을 꽉 깨물 수밖에 없었다.

[라파엘의 상태창을 확인합니다.]

[이름-라파엘]

[칭호-결사단의 마지막 생존자.]

'하…… 씨바…….'

두말할 필요 없는 함정카드였다.

그야말로 한순간에 일어난…… 성검코인의 떡락이었다. 단순한 떡락이 아니라, 아예 수직으로 곤두박질치고 있는 그래프가 눈에 아른거릴 정도.

"진짜…… 진짜 시바…… 나한테 왜 이래."

'결사단의 마지막 생존자?'

너는 또 왜 튀어나와…….

당연히 기억하고 있다. 5현장을 무너뜨린 더러운 악마 계약자를 어떻게 잊을 수 있겠는가.

빈틈없이 일을 처리했다고 믿었건만 더러운 반동분자 놈들의 끄나풀이 아직 남아 있는 상황. 그것도 그냥 남아 있는 것도 아니라 아예 선택받은 용사가 되셨단다. 어처구니가 없어 헛기침이 나오는 것도 무리가 아니리라.

아직도 거울에 빠져 있는 정하얀, 막스, 한소라를 뒤로한 채 별별 생각을 다 하게 된다.

'이 더러운 마검 새끼가…… 일부러 그런 거 맞지? 그런 거지?'

추악하고 역겨운 마력을 내뿜는 칠흑의 어둠의 산물이 기어코 사고를 친 것이다. 잠잠히 이쪽의 뜻을 받아들인 것이 아니라 어떻게든 이쪽에 엿을 먹이려는 게 분명했다.

더러운 마검이 어떻게 저놈이 어떤 놈인지 눈치채지 못했을까. 무조건 알고 선택했다고 보는 게 맞다. 단순히 나를 적대하려고 하는 것인지, 아니면 본격적으로 시위를 하려고 하는 것인지는 모르겠지만…… 현재 상황이 내게 마이너스가 될 것이라는 건 부정할 수 없는 사실이었다.

-아…… 아. 선택받은 용사의 탄생을 전 대륙민들에게 전달해 드리겠습니다. 여러분에게는 익숙한 얼굴이실 겁니다. 실례가 되지 않는다면 자기소개를 부탁드려도 되겠습니까.

-일단…… 이런 기회를 주신 명예추기경님과 바젤 교황님께 진심으로 감사의…… 인사를 드리고 싶습니다. 저도 지금 이 상황이 조금은 갑…… 작스럽고 당황스럽지만…… 여러분들을 실망시키지 않도록 최선을 다해 노력하겠습니다.

-…….

-제 이름은…… 제 이름은 라파엘입니다. 검술에 대해서는…… 무지하지만…… 이번 시험을 치르면서 익숙해졌고…… 또…… 네, 여기까지 하겠습니다.

그 와중에 인터뷰가 시작됐고 모두의 관심 속에 악마 계약자 놈이 교황청의 심장 안으로 들어오는 데 성공했다. 순식간에 벌어지고 있는 이 모든 상황을 보고 있자니 어처구니가 없어 헛웃음이 다 나올 지경.

실성한 것처럼 웃자, 이쪽을 바라보는 정하얀과 한소라의 얼굴이 눈에 보였다.

"……저…… 부길드마스터. 교황청으로는 안 가시나요? 지금 빨리 와달라고 메시지가 오고 있는데……."

"……후우…… 곧바로 출발한다고 연락 좀 전해주세요. 조금 늦을 수도 있다고 전해주시고요. 하얀이는 같이 갈 준비하는 게 좋겠네."

"네, 네…… 네."

"아, 그리고 현성 씨한테도 연락 꼭 넣어주세요. 꼭, 아니…… 그럴 게 아니라 길드원들을 전원 소집하는 것으로 하겠습니다."

"네."

'어이가 없네, 정말로…… 어이가 없어.'

상황이 어느 정도 파악된 이후에는 머릿속에 화가 쌓인다.

생각하면 생각할수록 속에서 열불이 나오는 듯한 느낌. 지금까지 개고생했던 추억들이 스쳐 지나간 탓인지 모르겠지만 전부 다 뒤집어 버리고 싶은 기분이었다.

'이걸 어떻게 하는 게 좋으려나.'

라는 고민을 하는 것도 당연지사. 여러 가지 가능성을 열어둘 수밖에 없었기 때문이다.

아직 무엇 하나 정확히 정해진 것이 없지 않은가. 일단 저 악마 계약자 놈이 이쪽으로 직접 찾아온 이유가 최대의 관심사였다.

물론 동기가 무엇일지는 뻔하다. 회개한 이후, 새 인생을 찾기 위해 이쪽으로 온 것일 수도 있지만, 아무래도 확률은 낮다. 정말로 새사람이 되고 싶은 사람이 미쳤다고 이쪽으로 찾아와 시험을 받고 있겠는가. 어떻게 생각해도 확고한 목표가 있었기 때문에 자리했을 거라 판단하는 게 맞다.

그 확고한 목표는…….

'복수겠지, 뭐.'

복수일 것이다. 동료들의 복수, 동료들이 미처 행하지 못한 임무의 완성, 동료들이 염원을 들어주기 위해 녀석은 저 자리에 서 있다. 빛을 위협하기 위해 찾아온 것이다.

'위험하려나?'

당장은 위험하지 않다고 확신할 수 있다. 마검의 선택을 받았다고는 하지만 현재 녀석은 준비된 상태가 아니다. 아마 가장 가까운 곳에서 내 목을 노리기 위해 노력할 테고 그 외에도 여러 가지 공작이나 작업을 치려고 해올지도 모른다. 날조된 자료를 알릴 계획을 가지고 있을 수도 있고, 세상이 진실을 알아야 한다며 떠들어댈 수도 있다.

만약 마음에 눈으로 녀석이 반동분자였다는 사실을 눈치채지 못했다면 어땠을까.

'끔찍했겠는데…….'

모르기는 몰라도 뒤통수에 커다란 상처 몇 개는 생기지 않았을까. 어쩌면 죽었을 수도 있다. 녀석의 현재 위치는 반동분자가 아니라 선택받은 용사였으니까.

'이걸 어떻게 해결하지?'

물론 해결책이야 간단하다.

'죽이면 돼.'

없던 일로 만들면 된다. 체면이야 조금 구겨지고 뒷말이야

나오겠지만, 살인 멸구보다 좋은 해결책은 없다. 미래의 위협을 가만히 놔두는 것보다는 죽이는 게 백번 낫지 않은가.

솔직히 제법 끌리는 선택지라는 것도 부정할 수 없다. 이것저것 따지지 않고 한 큐에 문제를 해결해 버릴 수 있으니까.

추가 선택지 역시 존재한다.

'아니면 마검을 내가 받아들이는 게 좋을까?'

이것도 나쁜 선택지는 아니지만, 이쪽은 결정권이 내게 있는 것이 아니니 논외.

마지막 선택지가 바로 이거다.

'키워보는 건······.'

오히려 조금 더 가까워지는 것. 반동분자들이 만든 정보들 모두가 날조된 정보라는 사실을 은근슬쩍 알리면 된다. 모든 건 오해였을 뿐이고, 너 또한 그들에게 세뇌당한 피해자라는 프레임에 가둬 버리면 된다. 직접적으로 알릴 수야 없겠지만 간접적으로 알릴 방법은 충분하다.

모두에게 존경받고 사랑받는 명예추기경의 모습을 가까이서 지켜본다면 생각이 달라지지 않을까. 이후에는 최전선에 세우고 토사구팽해 버리면 끝이다.

조금 고민해 보기는 했지만 셋 모두 나쁘지 않은 선택지처럼 느껴졌다.

가장 마음이 끌리는 것은 세 번째이기는 했지만······ 이 자리에서 당장 결정할 수 있는 문제는 아니다. 가장 중요한 것은 녀석이 어떤 인간인지 정확히 판단하는 것.

여러 가지 생각을 하면서도 준비를 재빠르게 마치자 눈치 빠른 정하얀이 곧바로 주문을 외우기 시작했다. 내 기분이 안 좋아졌다는 걸 눈치챘는지, 괜스레 힐끔힐끔 이쪽을 바라봤지만 그래도 주문을 외우는 것을 멈추지 않았다.

막스와 한소라 역시 불안한 듯한 표정이다. 분명히 입꼬리를 올린 것처럼 보였는데 녀석들에게는 상태가 그리 좋아 보이지 않았던 모양이다.

다시 한번 허벅지를 툭툭 두드리며 평소대로의 영업용 미소를 얼굴에 담는다.

정하얀이 주문을 외운 직후, 시야가 변했고 내 앞에 서 있는 인물의 모습에, 나는 아까의 미소를 지으며 입을 열었다.

"처음 뵙겠습니다, 이기영이라고 합니다."

"라…… 라파엘이라고 합니다."

조금은 긴장한 것 같은 얼굴이 눈에 들어왔다. 아니, 많이 긴장한 것 같은 얼굴이다. 내게 적의를 드러내고 있지 않았지만 조금 불편해하는 것 같은 느낌. 정확히 말로 표현하기 애매하지만 나를 어려워하는 것 같았다.

녀석과 함께 자리해 있는 교황청의 인사들은 저런 반응이 당연하다는 모습. 내가 봐도 어색하게는 느껴지지 않는다. 일반인이 이기영 명예추기경을 실제로 목도했을 때의 반응과 별반 다르지 않게 보였으니까.

하지만…….

'미묘하게 다르네.'

다른 이들도 나와 같은 걸 느끼고 있는지는 알 수 없지만 녀석이 자신의 감정을 숨기고 있다는 게 강하게 전해져 온다. 저 긴장한 표정 뒤에 숨은 감정이 분노인지, 아니면 경외인지, 의심인지는 모르겠지만 한 가지 확실한 것은 이쪽에게 긍정적인 감정은 아니라는 것. 녀석의 정확한 속내를 알 수가 없으니 답답해지는 것도 무리가 아니리라.

그래도…….

'쟤보다는 낫지.'

그 말 그대로였다. 녀석이 나보다 더 답답해하고 있을 거라는 것은 어떻게 생각해도 부정할 수 없는 사실이 아닌가.

나는 갑이고 녀석은 을이다. 녀석이 선택받은 용사라고 한들, 스위치는 내가 쥐고 있다. 아마 여러 가지로 불안하지 않을까. 정체를 들키면 어떻게 할지. 지금부터 상황을 어떻게 풀어나가는 것이 좋을지. 생각이 많아져야 하는 사람은 내가 아니라 라파엘 쪽이라는 거다.

'참 배짱도 좋아.'

우연히 여기까지 오게 됐다고는 생각하지 않는다. 이전부터 계획을 세우고 있었다고 하는 게 정황상 맞다. 물론 성검에게 선택받을 거라는 건 예상하지 못했겠지만 말이다.

녀석의 입장에서는…….

'로또를 맞게 된 건가. 떡상하셨네요…… 운도 좋은 새끼. 누구는 완전히 떡락해서 존버밖에는 답이 없는데 말이야.'

일단 웃으며 다가간 것은 당연지사. 평소와 같은 것처럼 행동해도 나쁘지 않을 것 같았다. 본격적인 탐색전에 들어가기 전에 간을 보는 건 당연한 것이 아닌가.

"제가 조금 늦은 것 같습니다만……. 이렇게 뵙게 되어서 반갑습니다."

"아니요. 저야말로 영광이에요, 명예추기경님. 여신의 거울을 통해서만 뵐 수 있는 분을 이렇게 실제로 만나게 되니 너무나도 감, 감격스럽습니다."

"저는 그렇게 대단한 사람이 아니니 그리 긴장하지 않으셔도 됩니다. 오히려 제가 감격이고 제가 더 영광이지요. 대륙을 구원해 주실 선택받은 용사님이 아니십니까. 물론 여러 가지로 더 지켜봐야겠지만 성검의 선택을 받았다는 것은 부정할 수 없는 사실이니……. 대륙에 복이라는 생각에 기쁘기 그지없습니다. 아마 베니고어 님도 기뻐하시고 계실 겁니다."

"제가 베니고어 님의 기대를 충족시켜 드릴 수 있을지…… 걱정이 먼저 앞섭니다. 저는…… 그저……."

"……."

"모든 게 갑작스럽기만 해서……."

"너무 걱정하지 않으셔도 됩니다."

"……."

"교황청과 대륙 보호 관리 위원회를 비롯한 많은 분들이 도와줄 준비를 하고 있을 테니…… 저 역시 라파엘 용사님께서 새로운 환경에 적응할 수 있도록 진심으로 노력하겠습니다."

한 발자국 앞에 나서며 어깨를 두드리자 이쪽을 경계하는 모습이 시야에 비친다. 마치 궁지에 몰린 쥐 같은 얼굴. 성검을 더디욱 자신의 품속으로 끌어들이는 꼴은 가관이라 할 수 있으리라.

하지만 표정을 드러내지는 않는다. 이기영 명예추기경이 얼마나 대륙을 위해 희생하는 인간인지 알아야 했으니까. 오히려 세상 따뜻한 미소를 장착한다. 최대한의 호의를 내보이고 과거 권력자들에게 내보내던 친절함을 얼굴에 박아 넣는다. 김현성을 포함한 소수에게밖에 보여주지 않은 표정이었다.

표정은 성공적으로 먹혀들어 갔다. 약간은 당황스러워하는 녀석의 얼굴이 눈에 보일 정도였으니 더 이상 무슨 말이 더 필요할까.

'당황했네. 새끼.'

녀석이 생각했던 내 이미지와는 너무 다른 모습이었을 터.

물론 연기를 한다는 사실은 머릿속으로 되뇌고 있었겠지만 대놓고 이런 모습을 눈앞에서 보는 건 조금은 다른 느낌으로 다가오는 법이다. 대외적으로 보는 명예추기경의 모습이 아닌, 진짜 사람 같은 명예추기경의 모습. 순수하고 친절하고 따뜻하기까지 한 사람, 자신도 모르게 미소를 건네며 손을 뻗고 싶게 만들어지는 사람, 휴먼 중의 휴먼 빛기영의 모습이다. 때마침 창문으로 햇빛까지 들어오고 있지 않은가.

"감…… 사합니다."

"일단 자리를 옮기는 게 좋을 것 같군요. 익숙하지 않으실 테니 제가 직접 주변을 안내해 드리고 싶은데…… 그렇게 해도 되겠습니까? 제이나 대주교님."

"네. 물론입니다. 다만⋯⋯."

"아, 따로 스케줄이 있었던가요?"

"네. 언론 보도용으로 짧게나마 인터뷰를 하게 될 것 같습니다. 혹시나 불편하시다면 따로 조치를 취할 수 있도록 하겠습니다."

"아뇨. 괜찮습니다. 필요한 일이니까요. 아마 대륙민 여러분들도 새로 선택되신 용사님께 궁금하신 점이 많으실 겁니다. 앞으로 용사님께서 어떤 행보를 걸으실지, 어떻게 활동을 하실지에 대해서요. 아! 그러고 보니 제가 전에 말씀드린 건은 어떻게 되어 가고 있습니까?"

"아⋯⋯ 네. 소외 계층 지원 문제 말씀이시군요."

'그래. 저번에 말했었잖아. 그렇지?'

"명예추기경님께서 부탁하신 대로 처리 중에 있습니다."

'그래 잘 말해줬어. 제이나 대주교님.'

"먼 미래에 위협보다는 당장 오늘내일을 걱정하시는 분들이 많을 겁니다. 부족하겠지만 최대한 빨리 진행을⋯⋯."

뜬금없이 꺼낸 이야기가 아니라는 걸 증명이라도 하는 것처럼 대외 홍보용으로 나왔던 이야기에 대한 심도 깊은 대화들이 튀어나오기 시작. 정말로 시행할 생각이 없었다면 절대로 나올 수 없는 이야기가 아닌가.

이런 이야기에 녀석이 귀를 기울이는 것은 당연했다. 쓸데없는 정보라도 주워 담아야 하는 게 지금 녀석이 할 수 있는 유일한 선택지일 테니까. 꽤 여러 가지를 계획하고 이쪽에 접근한 것 같은 느낌이었다.

"이거 제가 너무 말이 많아졌군요. 기다리게 해서 죄송합니다."

"아니요. 괜찮습니다. 명예추기경님."

"예정된 시간까지는 아직 여유가 조금 있으니 이 근처라도 한번 돌아보시는 게 좋을 것 같군요. 교황청에는 한 번쯤 와보셨을 것 같지만…… 아무래도 일반인들에게는 공개되지 않은 공간 같은 경우도 있으니까요."

"네."

"이를테면 저기 정원 같은 경우도 그렇고요. 교황청의 사제들이 직접 사용하고 있는 공간은 아무래도 볼 기회가 없지 않습니까. 라파엘 님께서도 교단의 신도이신 만큼 궁금하실 거라고 생각합니다."

"네."

"이쪽으로 조금만 더 가다 보면 수습 사제들이 신학에 대해 공부하는 대학교가 나옵니다. 반대쪽으로는 고위 사제들에게만 입장이 허락된 신전도 존재하고요. 사실 하루 만에 다 볼 수 있는 장소가 아닙니다."

"그렇군요."

"오늘은 시간이 없으니 가까운 곳밖에 소개를 시켜 드릴 수 없지만. 내일, 혹은 그 이후에라도 천천히 안내해 드리고 싶습니다."

"꼭 그렇게 하실 필요는……."

"제가 하고 싶어서 하는 일입니다. 라파엘 님에 대해서 궁금하기도 하고요."

다시 한번 웃어주는 게 좋을 것 같아 살며시 입꼬리를 올렸다. 나는 지금 네게 호의를 가지고 있다는 것을 온몸으로 표현한 것이다. 녀석 역시 이쪽이 방심하고 있다고 판단하고 있는지 표정이 한결 풀린 것 같은 느낌, 점점 말이 길어지고 있는 게 느껴졌다.

사실상 이후로는 쓸데없는 이야기의 연속이라 할 수 있으리라.

"체스는 좋아하십니까?"

취미에 대한 이야기를 나누기도 했고.

"실례가 되지 않는다면 어디에서 오신 건지……."

녀석에 대한 간단한 호구 조사를 하기도 했다.

"부모님이 두 분 다 돌아가시고…… 뭘 해야 할지 망설이고 있었을 때 좋으신 분들이 저를 거둬주셨어요."

아마 악마 계약자 새끼들의 이야기였을 거다.

"항상 대륙을 위한 길이 뭔지, 어떤 게 정말로 우리가 살아가는 터전을 위한 것인지 알려주는 분들이셨지요. 그분들께 영향을 받아 여기까지 오게 됐습니다."

의외로 대화가 잘 통하는 느낌에는 나조차도 놀랄 지경.

약 20분 정도를 더 걸었다고 생각했을 때 작은 호수 공원이 시야에 비친다. 빛무리가 쏟아지는 공원의 모습은 내 눈으로 봐도 아름답게 보인다.

'이걸 어떻게 하는 게 좋을까.'

호수 공원의 밑바닥에 처 넣는 건 어떨지 고민이 될 정도였다.

'이건 진짜 어떻게 해야 되지……'

쓸데없는 자신감일지도 모르겠지만 왠지 모르게 장기말로 써먹을 수 있을 것처럼 느껴진다.

'대뜸 검을 날려 오지 않는 것만 봐도 그래.'

이성적인 타입이라 봐도 될 것 같았다. 당장 너 죽고 나 죽자의 느낌으로 게거품을 물고 달려들 수도 있지 않은가. 아마 내 배를 성검으로 쑤시고 호수 밑바닥에 처 넣고 싶은 심정일 것이다. 실제로 그럴 만한 거리에 있었으니까.

정하얀과 박리안이 일정 거리를 둔 채로 따라오고 있다는 것을 보면 녀석이 지금 이 자리에서 암살 시도를 한다고 한들 성공할 거라는 보장은 없지만…… 그런 상황을 신경 쓰고 있는 상황처럼 보이지는 않았다.

'원하는 게 내가 그냥 뒈지는 건 아니라 이거네.'

라파엘이 원하는 건 내 죽음뿐만이 아니다. 진실을 밝혀내는 것, 결사단원에게 쓰인 억울한 누명을 벗겨내는 것. 이기영 명예추기경이 사회적인 죽음과 정당한 처벌을 받는 것. 뭐 아마 그딴 생각을 하고 있지 않을까.

녀석도 시간이 필요했고 나도 시간이 필요한 상황, 지금 당장 뭐라고 판단을 내리기 힘든 상황이라는 거다.

'조금 더 두고 보지 뭐.'

이미 성검코인이 밑바닥 끝까지 떡락하지 않았던가. 누군가 존버는 과학이라고 했었다. 내 손으로 이 종목을 휴짓조각으로 만들 수는 없다. 존버하다 보면 언젠가 날아오를 거다. 그런 생각들이 점점 머릿속에 틀어박히기 시작했다.

괜스레 분위기를 한번 잡아보자 녀석도 뭔가 심상치 않은 말이 나올 거라는 걸 직감했는지 내 얼굴을 바라보고 있는 모습이 시야에 비쳤다.

"커다란 짐을 지게 한 것 같아…… 사실 그리 마음이 편하지 않습니다."

"커다란 짐……."

"평범한 사람들이 어쭙잖은 각오로 마주할 수 있는 상황이 아니니까요. 라파엘 용사님께서 지금 어떤 생각을 하고 계실지는 모르겠지만, 이 일은 그런 일입니다. 여신님께서 검을 내리신 이유는 대륙을 위협하는 적을 마주하게 하기 위함입니다."

"……."

"싸우기 위해서예요. 라파엘 님께서 회색빛의 검에 선택받은 것 역시 그러한 이유겠지요. 힘에는 영광만이 따르는 것이 아닙니다. 특히나 이번 같은 경우는 더욱더요. 책임과 고통이 분명히 따라올 겁니다. 커다란 짐, 말입니다."

"그렇…… 군요."

"여러 가지 형태로 지치거나 다치실 수도 있을 겁니다. 목숨을 걸어야 하는 일도 많을 거고……. 모든 것들을 위해 희생하셔야 될 지도 모릅니다. 말 그대로 모든 것들을 위해서요."

"……."

"검을 놓고 싶어질 때가 분명 생길 겁니다. 역경과 고난이 있을 거라고 저는 확신 있게 말씀드릴 수 있습니다. 그럼에도 불구하고 말씀드리고 싶습니다."

"네……."

"부디 검을 놓지 말아주세요. 대륙 위에 살아가는 모든 이들을 위해 끝까지, 끝까지…… 함께해 주십시오. 이렇게…… 이렇게 부탁드리겠습니다."

아무래도 고개까지 숙여주는 게 좋을 것 같은 타이밍. 진심을 담은 얼굴을 대놓고 보라고 보여준다. 희생을 강요할 수밖에 없는 비련의 남 주인공 행세를 하며 눈물 한번 쏟아주고 천천히 고개를 숙인다. 자존심 따위는 내팽개친 듯한 모습, 대륙의 빛이라고 불리는 이가 이런 모습을 보여주고 있으니 얼마나 당황스러울까.

예상했던 대로 이러지도 저러지도 못하는 놈의 모습이 눈에 보였다.

"부탁드리겠습니다."

누가 봐도 성인이라고 부를 수 있는 모습이었다.

182장
부정적인 여론

"고개 들어주세요. 명예추기경님. 제게 이러실 필요는……."

"부탁드리겠습니다."

다시 한번 고개를 숙이자 더욱더 안절부절못하는 모습이 시야에 들어왔다. 필요하다면 무릎을 꿇거나 납작 엎드릴 수도 있다. 심지어 가랑이 사이를 왔다 갔다 하는 것도 일도 아니다. 하지만…….

'굳이 그렇게까지 할 필요는 없고…….'

지금 보여주는 모습만으로도 충분히 당황하고 있지 않은가. 마음을 굳게 먹었지만, 시작부터 자신이 생각하고 상상하던 이미지와는 전혀 다른 모습을 보여주니 약간은 혼란스러워하는 듯한 느낌.

물론 겨우 이런 거로 놈의 생각이 변할 거라고 생각하지는 않는다. 모르긴 몰라도 예상했던 범주 내에 들어가 있지 않을까.

말하자면 이건 빌드업의 일환이라 봐도 될 것 같았다. 커다란 그림을 그리기 위한 시도 중 하나라고 볼 수 있으리라. 명예나 권력욕, 금전욕에 초탈한 빛기영의 모습, 오직 대륙만을 위해 살아가는 사람이라는 것을 보여주기 위한 작업의 일환.

지금 라파엘은 어떤 표정을 짓고 있을까 하는 생각이 머릿속에 꽂혀 들어왔다. 당장 성검을 높게 들어 길게 뻗은 내 목을 치고 싶어 하지는 않을까.

어떻게 보면 위험한 행동이기도 했지만 내가 녀석을 의심하지 않는다는 것을 보여주는 행동이라 볼 수 있으리라. 이런 상황에서 녀석이 어떤 반응을 보일지는 뻔할 뻔 자.

예상대로 슬그머니 내 어깨를 잡아 오는 모습이 눈에 들어왔다.

'나이스고요.'

"……이러실 필요 없습니다. 명예추기경님. 고개를 들어주세요."

"……."

"제게 고개 숙이실 필요 없습니다. 여러 가지로 갑작스럽기는 하지만 저 역시 충분히 각오한 일입니다. 어째서 제가 여신님께 선택받은 건지는 저도 잘…… 모르겠지만……. 제가 맡은 일에 최선을 다할 수 있도록 노력하겠습니다. 그러니 고개 들어주세요."

"……."

"오히려, 오히려 제가 부탁드리고 싶은 심정입니다. 아직 부족한 게 많으니까요. 도움이 필요한 것은 명예추기경님이 아니라……."

'그래, 너지.'

성검의 주인이라고 하기에는 스펙이 너무 비루했으니까.

살짝 고개를 들고 안심했다는 얼굴을 보여주자 입술을 꽉 깨물고 있는 모습이 보였다. 가식적이라고 느끼고 있는 건가? 싶기도 했지만, 사실 지금 이쪽을 어떻게 생각하는지는 크게 상관없다. 어차피 조금씩 생각이 변하게 될 테니까.

'카스가노가 등판해도 이런 표정을 지을 수 있겠어?'

카스가노와 함께 미래를 보게 된다면 뭔가 느끼는 게 있을 것이다. 가능하리라고 생각하지는 않지만 베니고어가 여유만 있다면 조각상으로 들어와 현재 대륙에 일어나고 있는 일에 대해 뜻을 전할 수도 있다.

결사단의 인원들의 대부분이 베니고어의 기적을 거짓된 힘이라고 생각하는 만큼 녀석 역시 정말로 기적을 목도한다면 생각이 달라지지 않을까.

방법이 조금씩 다르기는 하지만 선택지 자체는 무궁무진하다는 거다.

그 무엇보다 회색빛의 성검이 녀석을 선택한 이유가 있을 거라고 믿는다. 아무리 이쪽을 엿 먹이기 위해서라지만 정말로 자기 성에 차지 않는 사람에게 몸을 넘길 리는 없다. 아마 라파엘의 성향이 자신과 비슷하다고 느껴서이지 않을까.

'회색분자.'

노선과 목표나 성향이 명확하지 않은 사람. 본인만의 뚜렷한 가치관이 없이 주변에 영향을 많이 받는 종류의 인간.

[라파엘의 고유 기벽을 확인합니다.]

[쉽게 흔들리지 않는 회색.]

조금은 함정처럼 느껴지는 고유 기벽이기는 했지만…….

'흔들리기는 흔들린다는 거잖아?'

그 말 그대로였다. 경멸의 의미를 담은 회색분자라는 네이밍과는 다르게 녀석은 박쥐 같은 기회주의자 타입이 아니다. 오히려 중립론자나 신중론자라고 표현하는 게 맞다. 흑과 백 중 하나를 선택할 때 굉장히 시간이 오래 걸리는 타입이고 어느 한쪽에게 손을 뻗을 때 그만큼 신중해지는 타입이다.

그런 의미에서 라파엘이 녀석들과 같은 뜻을 가졌다는 건…….

'어느 정도 이해해 줄 수 있지.'

날조된 이야기가 대부분이기는 했지만, 제삼자의 입장에서 보면 그들이 꾸며낸 이야기는 충분히 고개를 끄덕여 줄 만했으니까. 이렇게까지 자세하고 치밀하게 날조된 자료로 선동을 하다 보면 녀석 같은 신중론자들도 휩쓸릴 여지가 있다. 아직 나이도 어리지 않은가.

물론 겨우 몇 살 더 먹었냐가 생각에 신중함을 더해준다고 판단하지는 않지만 적어도 여러 가지 가치를 받아들이는 과정에서 문제가 생길 여지가 있다. 인간이 주변 배경의 영향을 얼마나 받는지에 대해 생각해 보라. 맹모삼천지교라는 말이 괜히 나온 것이 아니다.

'악마 계약자 놈들이 얼마나 사탕발림으로 입을 털었으면…… 그렇게 됐겠어……. 딱하기도 하지…… 진짜.'

녀석 역시 제대로 된 환경이 마련되지 않았을 뿐이다.

'형이 잘 챙겨줄게. 의심하지 말고 알겠지?'

"그럼…… 돌아갈까요? 괜히…… 무거운 이야기를 드려서 죄송합니다. 처음부터 너무 부담을 드리는 것 같아서……."

"오늘 말씀은 충분히 도움이 됐습니다. 마냥 기뻐하고 당황스러워하고, 쓸데없는 기분에 취해 좋아해야 할 상황이 아니라는 걸 잘 알았으니까요. 만약 이런 말씀을 해주지 않으셨다면 단꿈에 젖어 정말로 중요한 것을 바라보지 못했을 겁니다."

'그렇지.'

"명예추기경님이 계셔서 얼마나 다행이라는 생각이 드는지 모를 겁니다. 이곳은 전혀 새로운 환경이고…… 의지할 수 있는 사람이 한 명도 없어서…… 또……."

"라파엘 님께서 저를 의지해 주고 계시다니 기분 좋은 소식이군요."

"아…… 그런 뜻이 아니라…… 건방졌다면 죄송합니다."

"아니요. 괜찮습니다. 그게 제 역할이라고 생각하고 있으니까요. 그러니 너무 딱딱하게 대해주시지 마시고 조금은 편하게 대해주셨으면 합니다. 공적으로든 사적으로든 얼굴을 볼 기회가 많을 테니까요."

"……그럼…… 실례가 안 된다면 말을 조금 편하게 해도 괜찮을까요?"

'이 새끼 봐라.'

"아니, 못 들은 걸로 해주세요. 명예추기경님. 제가 너무…… 기뻐서 쓸데없는 소리를……."

여기서는 한번 푸근한 미소를 지어줘도 나쁘지 않을 것 같았다. 녀석이 먼저 이쪽과 친해지고 싶다는 의사를 표현한 시점이었으니까. 예상하지 못했다는 듯이 깜짝 놀라는 듯한 모습도 좋겠지.

"괜찮습니다. 오히려 편하게 말씀해 주시는 게 제게도 더 편할 것 같으니까요. 먼저 말씀해 주셔서 감사합니다."

'생각보다 적극적이네. 그래…… 너도 가까워지고 싶다 이거지?'

"그럼 형이라고……."

'붙임성 좋네…… 새끼.'

밀어붙이는 게 빠르다. 그야 이런저런 이야기를 나누며 훈훈한 대화를 이어나가기는 했지만 만난 지 얼마 되지도 않은 시점이라는 걸 생각해 보면 당황스러운 타이밍이기는 했다.

당연하지만 녀석의 본래 성격은 이렇지 않을 확률이 높다. 아마 누구에게나 스스럼없이 먼저 다가가는 이미지를 구축하고 싶었던 게 아닐까. 그게 녀석이 활동하기 더 편한 환경을 만들어줄 것이라는 건 부정할 수 없는 사실이었으니까. 일차적으로는 내가 받아들일 거라고 생각했을 거고, 받아들이지 않더라도 자기 성격이 열려 있다는 걸 보여주고 싶을 수도 있다.

당연하지만 굳이 거절할 필요는 없다. 저쪽과 가까워져야 하는 건 이쪽 역시 마찬가지였으니까.

다시 한번 입가에 미소를 장착하자, 본인이 행동이 옳았다고 판단했는지 주먹을 꽉 쥐는 모습이 눈에 들어온다.

"네. 마음대로 부르셔도 됩니다."

"명예추기경님도…… 아니, 형도 말 편하게 하세요."

"사실 반말을 하는 게 그리 익숙하지가 않아서요. 차차 놓을 수 있도록 하겠습니다. 물론 시간이 그리 오래 걸리지는 않을 거예요. 오늘은 기분이 좋은 날이군요. 성검에게 선택받은 용사를 찾기도 했고 믿음직한 동생이 생긴 것 같아서…… 기분이 좋습니다."

'절반 정도는 성공.'

천천히 편하게 대하겠다고 말하기는 했지만 거절의 뜻은 아니다. 내 앞에 서 있는 녀석이 가장 잘 느끼고 있지 않을까.

"저…… 형."

"네?"

"그럼 지금부터 저는 어떻게…… 어디서 뭘 하면 되는 건가요?"

'그래, 그게 가장 궁금하겠지.'

아직 본인이 먼저 나서서 뭔가를 할 수 없는 입장이었으니까. 파도가 치는 대로 흘러갈 수밖에 없는 상황이라 판단하고 있을 것이다. 그게 사실이기도 하고…… 아마 현시점에서 녀석에게 가장 중요한 것은 조금이라도 주도권을 얻어내는 것이 아닐까.

성검의 선택을 받았다고 한들, 아무런 기반도 없는 이가 혼자서 뭘 할 수 있겠는가. 어디에 갈 것인지, 어디에 소속이 될 것인지가 아마 가장 궁금할 것이다.

"글쎄…… 아마…… 기본적인 절차가 끝난 이후에는 어디서 지낼 건지를 결정하게 될 것 같습니다. 교황청이 될 수도 있고, 파란 길드가 될 수도 있고, 대륙 보호 관리 위원회가 될 수도 있겠죠. 붉은 용병이나 검은 백조, 그것도 아니라면 아예 다른 국가 집단이나 길드를 살펴보시는 것도 괜찮을 겁니다."

'물론 네가 그렇게 할 리는 없겠지.'

"파란 길드마스터를 비롯한 대륙의 강자들에게 튜터링을 받는 게 일단은 최우선이고…… 이외의 시간은 제가 여러 가지에 대해서 가르쳐 드릴 수 있도록 하겠습니다. 교양 과목이라고 생각하시면 이해하기 편하실 겁니다. 기본적인 일은 배워두는 게 좋으니까요. 혹시 생각하시고 계신 곳이 있으십니까?"

아마 여러 가지를 고려해 보면 린델이나 수도를 베이스로 한 길드나 집단, 대표적으로는 파란 길드, 혹은 대륙 보호 관리 위원회의 품 안에서 행동하는 게 더 최선의 선택지라 생각하고 있을 것이다. 그중에서도…….

'파란 길드가 조금 더 나으려나.'

아무래도 이쪽과 딱 붙어서 행동하기에는 여러 가지로 부담스러운 상황을 많이 겪을 테니까. 이 전에 내가 활동했던 곳에서 천천히 기반을 다지는 게 가장 나은 선택지라고 생각하고 있겠지. 교황청도 나쁘지는 않겠지만 아무래도 접근할 수 있는 정보들이 제한적일 테니 군침을 흘리기에는 적절하지 않다.

내 입장에서 최선의 선택지는 가장 가까운 곳에 두는 것. 물론 신체적인 위협이 존재하기야 하겠지만, 놈의 진짜 목적을 생각해 보면 크게 신경 쓸 정도는 아니다. 예전의 그 약한 이기영이 아니기도 했고, 무엇보다 녀석이 그런 무리수를 투척할 리가 없다.

"조심스럽게 추천해 드리건대…… 아마 대류 보호 관리 위원회 소속으로 활동하는 게 가장 좋을 겁니다."

"……."

"튜터링 같은 경우는 시간을 따로 내면 되는 문제니까요."

'키메라 작업은 얘가 훈련하고 있을 때 하면 그만이고…….'

"그리고…… 사실 소속이 크게 중요한 것도 아닙니다. 파란 길드 소속으로 움직인다고 한들…… 린델에 체류하는 기간보다 현장 쪽에서 체류하는 기간이 더 길 겁니다. 튜터링도 린델이나 수도에서 받는 경우는 거의 없다시피 할 거고요. 조금 부담스러우시겠지만 아마도 스케줄에 따라 움직이게 될 것 같습니다. 불편하실지는 몰라도 이게 가장 효율적으로 성장할 수 있는 방법일 겁니다."

"아……."

"대륙에 끼칠 수 있는 영향력을 생각해 보면 더욱더요. 당장은 힘에 부칠 수도 있지만 일이 어떻게 돌아가는지 배운 이후에는 라파엘 님의 도움이 필요하신 분들께 직간접적으로 도움을 드릴 수 있게 되겠죠. 일단 커다란 숲을 먼저 바라볼 수 있으니……. 무엇보다 제가 여러 가지로 챙겨 드릴 수 있다는 게…… 가장……."

'그게 내가 널 관찰하기 더 편하잖아. 너도 마찬가지고. 그렇지?'

확실히 나쁘게 받아들이지 않는 것 같은 느낌. 아마 무난하게 대륙 보호 관리 위원회로 들어오는 흐름을 타지 않을까. 저도 모르게 고개를 끄덕이는 것은 당연지사.

하지만 항상 그렇듯 일이 무난하게 흘러가지는 않았다. 김현성을 비롯한 파란 길드원들 사이에서 부정적인 여론이 흘러나온 것이다.

'이게 반대할 껀덕지가 있는 건가.'

뭐만 하려고 하면 반대하고 나서니 황당할 수밖에 없었다.

다른 사람도 아니고 무려 성검에게 선택받은 용사가 아니던가. 베니고어 공인 '우리 편'이라고 할 수 있는 인선이다. 지금까지 일어난 여러 가지 일을 떠올려 보면 그러려니 싶기도 했지만, 이해를 하려고 해도 이해가 되지 않았다.

언론에 나갈 인터뷰를 마친 것은 물론 이미 바젤 교황과의 삼자대면까지 마친 시점. 공식적인 발표 역시 여신의 거울을 통해 방영됐다.

파란 길드원들이 전부 다 모인 것이 딱 이때였을 것이다. 길드 일에 파묻혀 있었던 선희영과 황정연도 오랜만에 얼굴을 볼 수 있었고 김현성과 김창렬도 마찬가지.

방송이 끝나 할 일이 없어진 박덕구와 김예리, 안기모 혁명 삼 남매도 교황청 안에서 만남을 가질 수 있었다.

엘레나와 유아영도 정신이 없는 와중에 시간을 냈고 덕분에 잠깐이나마 왁자지껄한 분위기가 형성될 수 있었다. 딱 라파엘을 대륙 보호 관리 위원회에 들여, 내 옆에 두는 게 좋을 것 같다고 말하기 전까지만 말이다.

괜스레 무거워지는 분위기에는 어안이 벙벙할 지경, 특히나 눈치 빠른 돼지가 이상할 정도로 이쪽을 밀어붙이고 있었다.

"나는 반대요. 형님이 뭐라고 말하든 나는 무조건 반대요."

"……."

"무조건 반대라니까. 물론 형님이 무슨 생각을 하는지 이해는 하지만 혹시 모를 상황이라는 게 있는 거 아니요. 베니고어 님의 선택을 받은 용사라고 한들 위험하지 않은 것은 아니라는 거요. 저번에 현장에서 터진 일도 있고 하니 조심하고 또 조심해도 나쁘지 않은 시점이라니까."

"……."

"물론 그 라파엘인가 나바엘인가 뭔가 하는 놈이 나쁘다는 건 아니요. 함께 싸워야 할 사람인 것도 맞고 도움을 줘야 한다는 거에 대해서 반목하는 것도 아니지만……. 솔직히 까놓고 이야기해서 우리가 그 사람에 대해서 아는 게 뭐가 있다고……. 형님 옆에 들일 때는 들이더라도 조금 시간을 두는 게 좋은 선택일 것 같다니까."

"……."

"이게 다 형님을 위해서요."

"덕구 씨 말이 맞습니다. 그렇게 급하게 일을 진행시킬 필요는 없다고 봅니다."

항상 이상한 주제로 대립해 왔던 김현성과 박덕구가 힘을 합쳐올 정도였으니 무슨 말이 더 필요할까.

'김현성 애는 왜 이래? 도대체.'

그 누구보다도 선택받은 용사를 간절히 바라왔던 것 치고는 상당히 경계하는 것 같았다. 무슨 좋지 않은 느낌을 받았는지는 모르겠지만…… 아마 성검 자체에서 뿜어져 나오는 불길한 기운을 감지한 게 아닐까 싶기도 했다.

굳이 다른 이유를 꼽자면…….

'연방 때를 생각하고 있을 수도 있고.'

외부인의 이간질로 인해 시작돼 길드를 탈퇴하니 마니 하는 소리가 나오지 않았던가. 모르긴 몰라도 그 사건 같은 상황을 경계하고 있을 수도 있다. 성검을 빼고 생각해 보면 라파엘은 갑작스럽게 튀어나온 이방인에 불과하니 말이다.

'사실 얘네 말이 틀린 건 아니지…….'

성검에게 선택받은 용사라는 것을 제외하면 라파엘이라는 사람이 어떤 사람인지 아직 밝혀진 바가 없다. 기본적인 호구 조사를 하기야 했지만 심층적으로 파고들지는 않았고, 무엇보다 녀석이 어떤 종류의 인간인지에 대해 판단하는 시간이 무척 짧았다. 그럼에도 불구하고 녀석을 가장 가까운 곳에 두겠다고 말했으니, 김현성의 입장에서는 충분히 불안해할 만했다.

물론 이런 이유들을 전부 종합해 봐도 녀석들이 오버하고 있다는 것은 부정할 수 없는 사실. 특히나 우리 못된 회귀자의 경우에는 더욱더 그렇다. 본인도 갑작스럽게 튀어나온 조혜진을 비서실장에 임명한다고 발언하지 않았던가.

예전의 내 입장과 비슷하다는 생각이 든다. 지금이야 둘도 없는 친구 사이가 되기는 했지만…… 당시에 조혜진은 갑작스럽게 굴러들어온 이방인이었고…… 어떻게든 그녀가 실권을 잡는 것은 막을 수 있었지만 당시 내 기분도 그리 좋은 편은 아니었다.

'너는 그런 말 할 자격 없지.'

"다시 한번 생각하는 게 좋을 것 같습니다. 최근 분위기가 그리 좋지 않은 것도 있고…… 여러 가지로 중요한 시기니까요. 덕구 씨의 말대로 조금 더 시간을 두고……."

"걱정하시는 건 이해가 가지만 괜찮을 겁니다. 결정적으로 시간을 별로 지체하고 싶지도 않고요. 아무것도 모르는 일반인이 아닙니까. 육성 계획은 최대한 빠르게 진행하는 게 맞아요. 제가 옆에서 도울 수 있다면 여러 가지로 시너지 효과가 나올 수 있다는 생각도 들고요…… 싸우는 방법뿐만이 아니라 정신적인 면에서도 도움을 줄 수 있을 겁니다. 육체적인 성장 못지않게 정신적인 성장도 분명히 중요할 겁니다."

"그러니까 그 옆에서 돕는다는 게 문제라는 거요. 이렇게까지 말하기는 싫지만, 그 치가 악마와 관련이 있는 사람이면 어떻게 하려고…… 우리가 생각하지도 못한 기상천외한 방법으로 성검을 지배하고 있으면 어떻게 하려고 그러쇼."

'기상천외라는 단어는 진짜 오랜만에 들어본다. 덕구야.'

"당분간 교황청에 맡기든 교국에 맡기든 상관없지만 뭐 데리고 다닌다는 건 조금 아니지 않나. 그냥 뭔가 구린 냄새가 난다니까. 이럴 때 내 감은 틀린 적이 없는 거 잘 알면서……"

'그래. 네가 냄새 하나는 기가 막히게 잘 맡지. 나도 깜짝 놀랐다. 시바. 맡아야 할 상황에서나 그렇게 좀 맡아줘.'

최근 여러 가지 일로 위축되어 있는 김현성은 발언권을 박덕구에게 넘긴 것 같은 느낌. 자신이 하고 싶은 말을 돼지가 대신해 주고 있으니 굳이 앞 선에 나가 미움받고 원망받는 포지션에 자리하지 않아도 될 것 같다고 판단한 모양이다. 하지만 간간이 한 번씩 찔러 들어오는 공격은 확실히 날카롭다.

"튜터링을 진행한다고 했으니 파란 길드에 가입시키는 것도 나쁘지 않을 겁니다. 기영 씨가 길드로 가끔 들러주시면 해결될 문제고요."

여기서나 저기서나 박덕구는 탱커로 활용되고 있는 것 같은 느낌이었다. 김현성은 녀석을 활용하며 차곡차곡 딜을 쌓고 있었고……

"저도 반대 의견입니다. 어떤 말씀을 하시는지는 이해가 가지만 조금 더 그 사람에 대해 알아볼 수 있는 시간이 있어야 한다고 생각합니다. 파란 길드에 들이는 것도 사실 그다지 내키지는……."

조용히 상황을 지켜보고 있었던 파란의 보수 논객, 선희영 역시 입을 열었다.

이런 자리에서는 발언권이 없다시피 한 병아리 세 명은 그저 조용히 상황을 지켜보고 있었고…… 황정연과 안기모도 한 발자국 뒤에서 지켜보자는 입장, 조혜진은 반대 입장에 서 있다. 내 생각보다 더 열을 올리는 모습이었지만 얘가 왜 이러는지는 당연히 이해가 간다. 빛기영에게 문제가 있다는 사실을 알고 있는 유일한 사람이 아닌가. 약점을 잡히거나, 새로운 사람이 악영향을 줄 수도 있다고 판단하고 있는 것 같았다.

'이거 파란 길드도 고이기는 고였네.'

심지어 엘레나도 외부인을 받아들이는 것이 내키지 않는다는 표정…… 물론 나쁜 의미로 고인 것은 아니다. 우리들끼리 너무 똘똘 뭉치다 보니 자연스럽게 외부인을 배척하게 된 것 같은 느낌. 앞서 말했지만 이런 분위기를 만든 데는 연방 이간 질 사태가 한몫했을 거라고 장담할 수 있다.

'테이머는 잘도 길드로 가입시켰네.'

가장 구석에 처박혀 강아지를 껴안은 채로 눈치를 보고 있는 테이머 알프스가 시야에 들어왔다. 본인이 있어서는 안 될 것 같은 자리라는 표정이 괜스레 눈에 띈다.

'생각해 보면 쟤도 얼마 만에 들어온 길드원이야?'

아무리 소수 정예를 지양하고 있다고는 하지만 파란 길드 같은 경우에는 그 정도가 조금 심하다. 붉은 용병이나 검은 백조를 보라. 매년 길드원들을 적극적으로 받아들이는 모습은 확실히 파란과 차이가 있다.

'희라 누나도 한번 보기는 봐야 되는데.'

잠깐 동안 다른 곳으로 생각이 넘어가기는 했지만 내 입장은 변함이 없다.

"다들 조금 날이 선 것 같은데…… 별일 없을 겁니다. 라파엘은 경계해야 될 적이 아니라 동료예요. 현성 씨 같은 경우에는 튜터링도 맡게 될 텐데…… 그런 식으로 경계하는 건 별로 이로울 게 없을 겁니다."

"하지만……."

"물론 여러분들 말씀처럼 완전히 경계를 푸는 건 지양해야 된다고 생각하지만, 개인적으로 판단하건대 이 정도의 거리감은 문제가 없을 거라고 장담할 수 있습니다. 밀어내기보다는 받아들이는 게 좋을 거라는 거 알고 계시지 않습니까. 저기 새로 인연을 맺게 된 알프스 님이나 라파엘이나 별반 다를 게 없다 이 말입니다."

"……."

"혜진 씨가 이틀에 한 번꼴로 제가 있는 곳으로 들러주시고 있고 박리안 님을 비롯한 분들도 매번 고생해 주시고 있습니다. 저도 약한 사람이 아니고…… 무슨 일이 일어난다고 생각하는 건 조금……."

"아니, 뭔가 구린 냄새가 난다는 거 아니요……."

"그런 거로 사람을 판단하면 안 되지."

"뭔가 구리다니까…… 정말로 뭔가 구리다 이 말이요. 내가 원래 사람을 잘 의심하는 성격은 아닌데……. 라파엘 그 양반은 얼굴을 보자마자 분위기가 뭔가 쎄…… 했다니까."

그 누구보다도 박덕구의 무논리에 대항하려고 했던 김현성도 고개를 끄덕여 오는 모습.

하지만 협상에 여지는 없다. 이미 결정을 내린 일이고 언제나 그렇듯 이기영은 양보하지 않는다. 만약 녀석이 내 눈이 닿지 않는 곳으로 가면 여러 가지로 상황이 복잡해질 수밖에 없다는 거다.

"저는 이미 결정을 내렸습니다. 회의를 하자는 게 아니라 결정된 사안을 말씀드리는 거고요."

"그렇게까지 말하면 뭐라고 할 말이 없기는 한데…… 거 괜히 불안해서 그런 건데……."

"……"

"무엇보다 라파엘 님께서 직접 보호 관리 위원회 소속으로 활동하고 싶다고 말하지 않았습니까. 애초에 용사의 선택을 고려해 주는 것도 선택받은 이를 위한 혜택이었고요."

"그건 그렇기는 하지만……."

"……"

"대륙 보호 관리 위원회가 해체된 이후, 제가 파란 길드로 복귀할 때 즈음에는 함께 이곳에서 활동할 수도 있으니……."

'물론 그때까지 라파엘이 살아 있다면…….'

"지금부터라도 따뜻한 시선이 필요하지 않겠습니까. 이야기를 들어보니 좋은 환경에서 지낸 것 같지도 않은데⋯⋯. 그 누구보다 혼란스럽고 도움이 필요한 사람입니다. 조금은 마음을 열어도 나쁘지는 않을 겁니다."

라고 말하기는 했지만 완전히 경계를 푼 것 같지는 않았다.

"일단 인사부터 나누세요. 이럴 게 아니라 저녁 식사에도 초대하는 게 좋을 것 같은데⋯⋯."

"오늘은 길드 모임. 외부인⋯⋯ 싫어."

'그렇게 따지면 나도 외부인이야. 김예리 너는 또 뭐가 문제야?'

이런 분위기를 환기시켜 주는 것은 역시나 안기모. 슬그머니 시선을 돌리자 넉살 좋게 입을 열어오는 게 시야에 비쳤다.

"자자. 다들 진정하는 게 좋을 것 같습니다. 사실 부길드마스터의 말이 아예 틀린 건 아니지 않습니까. 그 누구보다 본인이 가장 당황스러웠을 겁니다. 갑자기 선택받은 용사가 됐다고 하는데⋯⋯. 제가 만약 그 사람 입장에 있었다면⋯⋯."

'그래. 잘한다. 시바. 안기모.'

"정말로 마음에 걸리는 게 있다면 이번 기회를 통해 확인하면 되는 문제 아니겠습니까. 이유야 어찌 됐든 라파엘 님이 저희와 함께할 것이라는 건 변함이 없으니 일단 안면을 익혀두는 게 좋을 것 같습니다. 괜히 부길드마스터가 저희를 이곳으로 부르셨겠습니까."

"기모 씨 말이 맞아요."

'너도 잘하고 있다. 정연아.'

"만약 파란 길드로 들어오지 않더라도 얼굴을 맞대고 지내야 한다는 건 변함이 없으니까요. 그렇지 않나요? 길드마스터?"

여론이 이렇다 보니 김현성의 입장에서도 뭐라 막을 수가 없는 모양. 천천히 고개를 끄덕이는 모습에 김예리가 짧게나마 혀를 찼다.

'애가 진짜 왜 이렇게 삐뚤어졌어?'

이제야 사춘기가 찾아온 것은 아닌지 심각하게 고민해 볼 정도였다.

아무튼 김현성의 긍정으로 녀석이 파란 길드 모임에 합류하게 되는 것은 기정사실이 된 것 같은 분위기. 이쪽 역시 사람을 시켜 라파엘을 불러들였고 결국 녀석은 어색한 표정으로 이 자리에 함께 서 있을 수 있었다.

"라파엘이라고 합니다. 파란 길드 여러분들. 항상 만나 뵙고 싶었어요……. 그리고…… 또…… 그리고…… 그리고……."

문제는 아직까지도 그렇게 분위기가 좋지 않다는 것.

"기영이 형…… 덕분에 이렇게 좋은 분들과 함께 자리하게 돼서…… 정말로 고맙습니다."

이쪽을 스스럼없이 대하는 모습에는 분위기가 한 번 더 안 좋아진다.

"형…… 저 실수한 건 아니죠?"

작은 목소리로 귓속말을 해왔지만 여기 있는 사람 중에 저 목소리를 캐치해 낼 수 없는 이가 몇이나 있을까. 특히나 표정이 안 좋았던 것은 우리 꼬맹이 김예리. 이유는 알 수 없지만 왠지 모르게 막스를 처음 봤을 때 똘똘이의 표정을 하고 있었다.

길드 초창기 멤버들의 표정도 그렇게 다르지는 않다.

'얘네 진짜······.'

그럴 리야 없겠지만······.

'뭐 혹시 우리 부길드마스터를 뺏겼다. 이런 생각하고 있는 건 아니지?'

파티의 어머니를 빼앗긴 것 같은 분위기. 할 일이 있다며 집을 나간 어머니가 갑작스레 찾아와 '너희 동생이다. 인사해야지?' 따위의 말을 지껄이고 있는 것 같은 분위기다.

물론 그것보다 더 복합적인 이유가 있을 테지만 한 5% 정도는 지분을 차지하고 있지 않을까. 쓸데없는 생각이기는 했지만 왠지 모르게····· 신뢰가 가는 추측이었다.

그중에서도 대놓고 녀석을 경계하는 것은 역시나 사랑스러운 회귀자. 김현성.

'아····· 우리 현성이····· 눈치 깐 것 같은데······.'

그것 외에 다른 말로는 설명이 되지 않은 얼굴이었다.

'라파엘이 꼬리를 잡히지는 않았을 테고······.'

뭔가 꼬리를 잡힐 만한 행동을 한 것 같지도 않다.

애초에 등장 시기를 생각해 보면 벌써부터 꼬리를 잡혔을 리가 없다. 과거도 훌륭하게 정리한 것처럼 보였고····· 5현장 안에서도 녀석이 활동했다는 증거나 흔적을 발견할 수는 없었다.

애초에 그 정도로 멍청하게 행동했다면 이렇게 대담한 짓을 벌여올 수 있었을까. 다른 건 몰라도 신분 세탁은 완전히 끝나

났다고 생각하는 게 맞다. 단언컨대 나 역시 마음의 눈이 아니었다면 녀석의 정체를 곧바로 캐치해 내지 못했을 거라고 확신할 수 있다.

그럼에도 불구하고 김현성의 얼굴은 뭔가 복잡한 표정, 확실하게 경계하고 있다는 느낌이 전해져 온다.

뭐라고 딱 설명할 수는 없지만…… 아마도 저건…….

'감이라는 건가?'

여러 가지 경험을 가진 회귀자의 촉이 발동된 것은 아닐까. 경지에 올라본 적이 없는 내가 알 수는 없지만, 박덕구처럼 위험한 냄새를 맡았다고 생각하는 게 맞을 것 같았다.

경험에 의해 만들어진 마음의 눈? 아니면 위험 감지 센서처럼 불이 들어온 건가? 어떤 종류의 촉을 받았다고 예상하지만 내가 김현성이 무슨 생각을 하는지 어떻게 알겠는가.

'김현성 같은 종류의 인간이 되어본 적이 없는데…….'

어느 정도 경지에 이르면 느껴지는 게 있기는 있는 모양이다.

'이걸 어쩌면 좋지…….'

하는 고민이 잠깐 스쳐 지나가기는 했지만 딱히 나쁠 게 없다고 여겨진다. 물론 지나치게 밀어내고 배척하는 행동은 자제해야겠지만 저런 식의 견제는 없는 것보다 있는 게 낫다.

라파엘을 우리 편으로 만들어야겠다고 생각의 정리를 마치기는 했지만, 아직 녀석이 내 사람이 된 것은 아니지 않은가. 뒤에서 성검으로 뚫리고 싶은 상황이 있을 수도 있는 만큼 녀석을 견제해 줄 수 있는 인선도 필요하다.

무엇보다…….

'내가 직접 녀석을 견제할 수는 없는 상황이니까.'

김현성이 그 역할을 대신해 준다면 환영하는 게 당연했다.

조금 의외였던 것은 정하얀이 별다른 반응을 보이지 않았다는 것이다. 이러나저러나 자기 자신은 나와 함께 시간을 보내는 게 확정되어 있으니, 이상한 놈이 합류해도 별 상관없다고 여기는 것 같았다. 완벽한 무관심이라고 표현하는 게 좋지 않을까.

이렇듯 누구는 적의를, 누구는 무관심을 표현하고 있다 보니, 라파엘은 굉장히 당황한 듯한 반응. 격한 환영을 받는 상황을 생각하지는 않았겠지만, 이런 종류의 반응은 더욱더 예상하지 못했던 것 같았다. 지금쯤 행선지를 위원회로 잡았다는 사실에 안도하고 있지 않을까.

'얘는 뭔 생각을 하고 있으려나.'

표정에 당황스러움이 드러나기는 했지만, 말로는 표현할 수 없는 분위기를 어떻게 판단하고 있을지 궁금해졌다.

"일단 만나 뵙게 돼서 반갑습니다. 파란 길드마스터 김현성이라고 합니다."

"크흠…… 박덕구요. 인물이 훤하구만."

"안녕하십니까, 안기모라고 합니다."

"김예리."

"파란 길드에 몸을 담고 있는 엘레나라고 합니다. 이렇게 만나게 돼서 영광이에요."

"선희영입니다. 그렇게만 알아두시면 될 것 같습니다."

"만나서 반, 반, 반가워요. 정하얀이라고 합니다."

천천히 인사를 주고받는 모습.

"저야말로 영광입니다. 항상 여신의 거울을 통해서만 보던 분들을 실제로 보니, 제가 지금 꿈을 꾸고 있는 건지 헷갈릴 지경이네요. 기영이 형을 처음 봤을 때도…… 그런 느낌이었지만 이렇게 파란 길드원분들이 전부 다 모인 모습을 보니 뭐라고 말로 표현할 수 없을 정도로 감격스러워요."

"붙임성이 좋으신 것 같군요."

"네?"

"붙임성이 좋으신 것 같다고 말씀드렸습니다."

'왜 가만히 있는 얘한테 무안을 주고 그래……'

"혹시나 대접이 미흡하더라도 양해 부탁드립니다, 라파엘 님. 길드 정기 모임에 외부인이 들어온 것은 처음 있는 일이라…… 다른 걸 준비할 시간이 없었습니다."

왜 길드 모임에 네가 끼게 됐냐고 추궁하는 것 같은 말투였다.

"아니요…… 괜찮습니다. 저…… 도…… 너무 갑작스레 찾아뵙는 것 같아서…… 죄송한 마음이, 실례를 범한 것 같아서…… 괜히 민망하네요."

"죄송하실 필요 없습니다, 기영 씨의 손님이라면 대접해 드리는 게 당연하니까요."

이기영의 손님이기는 하지만 내 손님은 아니라고 말하는 것 같다.

"식사밖에 준비된 것이 없어서 죄송할 뿐입니다."

밥만 먹고 가라는 말을 에둘러 표현한 것이 아닐까.

정말로 오랜만에 김현성이 옛날 모습을 보는 것 같은 느낌. 아직도 타인을 대할 때는 저런 표정을 장착하긴 하지만, 오늘따라 말에 가시가 달려 있는 것 같았다. 아무리 눈치가 없는 사람이라도 곧바로 눈치챌 수 있을 정도로 노골적이다. 라파엘이 바보가 아닌 이상에야 본인이 환영받는 사람이 아니라는 걸 느낄 거라고 생각했다.

어떤 처세술로 지금 이 상황을 벗어날지 기대가 되는 것은 당연, 안기모가 쓸데없는 농담을 던지며 싸해진 분위기를 수습하려고 시도하고 있지만 이미 주워 담을 수 있는 분위기가 아니다.

'김현성도 김현성이다, 진짜. 너는 나 없었으면 진짜 어떻게 할 뻔했어?'

만약 내가 김현성이었다면 저런 식으로 행동하지 않았으리라. 조금 의심되는 점이 있다고 해서 대놓고 경계하는 꼴을 보이면…….

'득보다는 실이 많지.'

대놓고 라파엘을 수상하게 여기고 있는 것 같이 행동하고 있지 않은가. 괜히 녀석의 경계심만 심어주는 꼴이 된다는 거다. 내 입장에서는 라파엘의 움직임을 제한할 수 있으니, 환영할 만한 행동이지만 우리 회귀자가 원하는 건 얻기 힘들 거라고 장담할 수 있다.

예상한 것처럼 라파엘이 당황하는 것이 시야에 비쳤다. 파란 길드원들에게 호의를 얻고 활동할 수 있는 기반을 마련하겠다는 계획이 시작부터 박살 나버린 셈. 비빌 곳이 이쪽밖에 없다는 걸 깨닫기까지는 시간이 얼마 걸리지 않으리라.

예상했던 대로 나에게 많이 의지하는 듯한 모습을 보이기 시작. 딱히 뭐라고 표현할 수 없는 행동이었지만 대화에 진입하거나 한마디 보탤 때 이쪽을 언급한다든지, 내 의견을 물어본다는 식의 화술을 펼치고 있었다.

'그렇게 경계하지 않아도 돼요. 당신네 부길드마스터, 기영이 형과 제가 이렇게 친하잖아요. 이것 봐요.'

라며 필사적으로 외치고 있는 듯한 느낌. 나쁘지 않은 방법인 것 같았지만, 효과가 크지는 않았다.

오히려 테이머 알프스에게 더 시선이 쏠린다. 선생님으로 있었던 김예리와 박덕구가 많이 챙겨주기도 했고, 아주 오랜만에 새로 들어온 길드원인 만큼 나 역시 관심을 가질 수밖에 없었으니까.

"거, 양치기 양은 잘 적응하고 있는 것 같구만. 어떻소?"

"왈! 왈!"

"네? 어떤……."

"파란 길드로 들어온 감상."

"그저…… 모든 게 신기하죠. 정말로 제가 파란 길드에 들어오게 될 줄은 정말로 몰라서…… 명예추기경님을 직접 뵙게 될지도 몰랐고…… 무엇보다 김예리 선생님이나 박덕구 선생님과 같은 길드에 들어와 있는 것도 신기하고요…….”

“이제는 자주 볼 얼굴이지! 그렇게 신기해하지 않아도 된다니까. 아, 그러고 보니 알프스도 성검의 시험을 받았었나? 아쉽게 떨어지기는 했지만…… 나는 정말로 그때 우리 알프스가 용사로 선택되는지 알았다니까.”

“나도. 그런 줄 알고 있었는데…….”

“지금에서야 물어보는 건데…… 정확히 어떤 느낌이었습니까?”

“글쎄요. 정확히 무슨 느낌이라고 표현하지 못하겠어서……. 조금 말하기 부끄러운 내용이기는 하지만 구역질을 참아내기가 정말로 힘들었어요. 악의라고 부르기에는 애매하고…… 그냥 더러운 쓰레기나 징그러운…… 그…… 구더기…… 같은 것들을 맨손으로 잡는 것 같아서요. 잡는 순간 알았어요. 아, 나는 이 검의 주인이 아니구나…… 오기로 버티기는 했지만 알고 계신 것처럼 결과가 그리 좋지는 않았죠.”

“…….”

“고향 어르신들에게 죄송하기도 했고…… 믿어주신 대륙민 여러분들, 무엇보다 선생님들의 기대를 저버린 것 같아 가슴이 아프기는 했지만…… 다행이죠. 이렇게 선택받은 용사님이 나타나 줬으니까요. 용사님은 조금 어떠셨나요?”

‘얘가 착하기도 착해 부리.’

저 병아리의 눈에도 점점 소외되고 있는 라파엘이 안쓰러워 보였나 보다.

"저 같은 경우는 그런 느낌을 받아보지 못한 것 같아서……위낙 정신이 없고 긴장했던 상태라 뭐가 어떻게 돌아갔는지도 기억이 나지가 않네요. 그냥 거대한 충격이 들이닥친 것 같은 기분이었고, 정신을 차리니 검이 손에 들려 있었어요."

"정말로 주인이 정해져 있었던 검이었군요……."

알프스 역시 성검을 목표로 열심히 해왔던 만큼 아쉬움이 남는 것 같았다.

아무튼 라파엘의 발언에 다들 고개를 끄덕이는 게 눈에 보였다. 아무도 뽑지 못한 성검을 뽑았다는 사실을 새삼스레 되새기게 된 것이리라.

'충분히 용사라고 할 만한 상황이기는 하지.'

연출 자체가 그럴듯했으니까.

김현성이 갑작스레 입을 연 것은 바로 그때였다.

"글쎄요."

"……."

"본래 이런 종류의 검은 빛을 잃기도 하고 주인을 다시 선택하기도 합니다. 사용자가 본인이 원하는 사람이 아니라고 판단되면 점점 힘을 잃어가기도 하고요. 성검에게 선택을 받았다고 해서 시험이 끝난 것이 아닙니다. 오히려 지금부터 시작이라고 해도 과언이 아닐 겁니다."

1회차에서도 비슷한 일이 있었다고 들었던 것 같았다. 가면 쓰레기 진청이 성검의 빛을 잃게 만들었다지, 아마. 지독하고

고약하고 비겁한 방법을 써서 용사를 궁지로 몰아붙인 악독함
은 다시 떠올리기도 싫다.

"그건…… 저 역시 실감하고 있어요, 파란 길드마스터님."

"성검의 이름이나 정보가 전부 읽히십니까?"

아마 한세월이 지나도 읽히지 않을 것이다. 이미 루시퍼가
손을 써놓은 아이템이었으니까. 하지만 김현성의 갑작스러운
발언이 라파엘에게는 충격적으로 다가온 모양이다.

보통 높은 등급에 있는 아이템들은 자격이 부족하거나 주
인 의식을 끝내지 않으면 상태창으로 읽어볼 수 없다. 제한이
빡세게 걸린 경우는 마음의 눈으로도 읽히지 않는다. 오직 주
인만이 모든 정보를 확인할 수 있고 그것을 활용할 수 있다.

김현성이 가지고 있는 듀렌달 역시 마찬가지다. 1회차의 성
검 역시 비슷했었던 것 같고…….

"본인을 허락했다는 것에는 의의가 있지만 정말로 검에 대
한 정보가 하나도 보이지 않는 상태라면…… 완전히 인정받았
다고 하기에는 힘든 상태일 겁니다."

"제가 여러 가지로 부족하기 때문일까요…….."

라파엘의 표정이 달라진 게 눈에 보인다. 물론 겉보기에는
크게 달라진 게 없는 것 같았지만, 무척 커다란 고민에 빠진
것 같다. 성검이 자신에게 진명과 기능을 알려주지 않는 사실
을 떠올리는 모습. 아직 자격이 부족한 건지, 아니면 다른 이
유가 있는 건지, 생각에 빠질 수밖에 없는 주제이리라.

거기에 김현성이 날카롭게 들어온 것이다.

"뭐 그렇게 크게 신경 쓸 필요는 없습니다, 라파엘 님. 물론 현성 씨 말도 일리가 있지만 이제 막 성검에게 선택받은 참이 아닙니까. 부족한 게 많은 게 당연한 겁니다. 성에 차지 않는 게 자연스러운 일이에요."

"……"

"여러 가지 부분에서 공부하고 차근차근히 배우며 단련한 다면 얼마 지나지 않아 회색빛 성검의 진짜 이름을 볼 수 있는 날이 올 겁니다."

물론 볼 수 있는 날은 평생이 지나도록 오지 않을 거다.

'아니…… 그건 아닌가?'

만약 라파엘이 진심으로 빛과 함께하고 싶다는 의사를 표현한다면 어쩌면 회색빛의 성검이 답해줄 수 있을지도 모른다.

'머릿속에 흉악한 마구니가 껴 있는데 성검이 정말로 힘을 빌려주겠어? 진정으로 빛을 따르면 뭔가 달라지는 게 있을지도 몰라. 모든 게 신의 뜻이라고.'

녀석이 성검을 활용하는 데 가장 중요한 조건은 참된 빛에 대해서 깨닫는 것. 라파엘의 머릿속에 들어가 있는 마구니를 하루라도 빨리 들어내야 했다.

그렇게 오늘의 식사가 유야무야 끝나가는 시점.

"오늘 즐거웠습니다. 조만간 다시 시간을 만들어보도록 하겠습니다."

짧은 만남의 끝을 알린 것은 역시 김현성이었다.

평상시와 같은 인사였지만 빨리 집에 가라는 소리처럼 들려오는 것은 기분 탓일까. 라파엘도 현시점에서 이곳에 자리하는 게 손해라고 생각했는지 돌아갈 채비를 하고 있다.

'오늘 하루 완전 망했다고 생각하고 있겠는데…… 저거.'

들어오기 전까지만 해도 파란 길드원들과 친분을 만들겠다는 목표를 가슴에 품고 진입했을 게 분명했다.

오늘 하루로는 시간이 부족하기는 했지만 그 시간 동안 한 게 아무것도 없다고 해도 과언이 아니다. 오히려 본인의 생각만 많아진 시간이었다니, 무익하다 못해 쓸데없는 시간이었다고 장담할 수 있다.

느낌이 좋지 않다며 억지 주장을 했던 박덕구와 영 좋지 않은 축을 느꼈던 김현성, 애초에 타인에게 배타적인 선희영, 사춘기가 와버린 김예리, 아예 관심 자체가 없었던 정하얀…….

몇몇 이들이 녀석에게 호의적인 시선을 보내오기는 했지만, 그마저도 길드마스터의 눈치를 보느라 제대로 드러나지 않았다. 김현성이 싫은 티를 내는 상황에 분위기 파악 못 하고 나댈 수 있는 길드원은 파란 길드에 없다.

'너무 그렇게 실망하지 마라, 새끼야. 원래 사람 일이라는 게 자기 뜻대로만 되는 건 아니잖아.'

평점 2.0 정도를 받을 만한 자리, 축객령 아닌 축객령까지 전해 들었으니 표정이 더 어두워지는 게 당연하리라.

"숙소까지 가는 길은……."

"다 기억하고 있어요, 형. 그렇게까지 신경 써주시지 않아도 돼요."

"제가 사람을 붙여 드리도록 하겠습니다."

"괜찮습니다, 파란 길드마스터님."

"괜찮다고 하시니 다행이군요. 그럼 문 앞까지 배웅해 드리겠습니다."

최대한 빠르게 녀석을 내보내려는 듯한 모습에는 내가 다 뻘쭘해진다.

김현성이 라파엘을 빠르게 내보내고 싶어 하는 이유야 뻔했다. 아마 이쪽에 무언가 전달할 말이 있어서겠지, 뭐.

결국 라파엘이 자리를 떠나고 나서야 김현성이 입을 열어 왔다.

"잠깐 말씀드릴 게 있는데, 시간 좀 내주실 수 있으십니까."

"아…… 네. 뭐……."

"희영 씨가 길드원들 인솔해서 다음 자리로 이동하시면 될 것 같습니다. 잠시 후에 따라가겠습니다."

"네."

걱정되는 게 있는지 조혜진이 슬그머니 나를 바라봤지만 괜찮다는 신호를 보내자, 고개를 끄덕이는 모습이 눈에 들어왔다. 혹시나 중간에 쓰러지는 상황을 염두에 두고 있는 모양이다.

당연하지만 김현성은 제법 진지한 얼굴, 아마 본인이 느낀 것에 대해 말하려고 하지 않을까.

뭐라고 입을 열어올지도 대충 예상이 간다. 선택받은 용사가 아닐 가능성이나 의심이 가는 정황들을 열거하며 내 선택이 옳지 않음을 주장할 것이 분명하리라. 하도 오래 붙어 지내다 보니 이제는 대충 레퍼토리가 머릿속으로 그려진다.

물론 이쪽이 녀석의 말을 들을 리 없다. 김현성이 불안하다고 해서 녀석이 변방으로 가버리면 똥줄이 타는 것은 이쪽이다. 차라리 가까이에 두고 확실하게 빛으로 인도함이 옳다. 녀석의 입에서 여러 가지 말들이 튀어나오기 전에 사전 차단을 하는 게 맞지 않을까.

아주 약간 가슴이 아파 오기는 했지만, 곧바로 입을 열 수밖에 없었다. 여기서는 방귀 뀐 놈이 성을 내는 것이 맞다. 반 박자 빠른 공세. 원래 이런 관계에서의 승자는 먼저 화낸 놈이다.

"도대체 왜 그런 태도를 취하신 겁니까."

"네?"

"라파엘에게 보이신 태도에 대해 말씀드리고 있는 겁니다. 성검에게 선택받은 용사가 아닙니까. 기다리고 기다려 왔던 사람이었고요. 이렇게 밀어내는 태도를 취하는 건 파란 길드에도, 저에게도 좋지 않아요. 최대한 협조를 받아내야 하는 건데……."

"설명해 드릴 수 있습니다."

"아무리 이유가 있었다고 한들 잘못된 태도를 취했다는 건 명백합니다. 제가 직접 데리고 온 손님인데 그렇게 대하면 제 체면이 뭐가 되겠어요? 제 입장도 생각해 주셔야 하는 거 아니에요? 오늘 일에 대해서 어떻게 사과를 드려야 할지 막막하네요."

"그러니까……."

"만약 선택받은 용사가 파란 길드나 대륙 보호 관리 위원회에 대해 안 좋은 생각이라도 가진다면 여러 가지로 상황이 복잡해질 겁니다. 지금 당장은 문제가 없을지도 모르지만 단언컨대 이후에는 문제가 생길 겁니다."

"그게……."

"제 손님이었습니다. 그런 식으로 대접해서는 안 됐어요. 덕구나 다른 길드원들은 그나마 이해가 가지만 현성 씨까지 같이 그런 분위기에 편승하면 안 됐다고 생각합니다. 정말로 오늘 식사 자리에서 있었던 일은 정말로…… 정말로 실망스럽습니다."

'이거 너무 세게 말한 거 아닌가.'

속으로 걱정 아닌 걱정을 하면서도 속사포처럼 쏟아지는 말들에는 내가 다 놀라울 지경.

"물론 이유가 있을 거라고는 생각하지만……."

'아, 이 새끼. 너무 위축된 것 같은데…….'

그 와중에 작아지는 김현성의 모습이 신경 쓰인다.

'최근에 너무 심하기는 심했나?'

악마 계약자 습격 사태 때부터 계속해서 작아지기만 하는 김현성을 보니 확실히 떠오르는 게 많다. 너무 내 생각만 하며 밀어붙이지 않나 하는 생각이 드는 것도 무리가 아니다. 이 회귀자의 사회성이 그다지 좋지 않았다는 걸 잠깐 잊고 있었다는 생각이 들어와 꽂혔다.

'너무 섭섭하게 한 거야?'

그래도 어쩔 수 없잖아. 네 잘못이 맞는데.

'근데 조금 신경이 쓰이기는 해…….'

김현성이 나를 어떻게 생각하는지 알고 있는 만큼 여러 가지로 신경이 쓰일 수밖에 없었다.

유일하게 마음을 나눈 친우, 혹은 친형제 같은 사람, 함께 짐을 드는 소중한 동료. 그게 바로 현재 이기영의 포지션이 아니었던가. 1회차와 2회차를 통틀어서 진정으로 자신을 이해해 주는 친구와 멀어지고 있다고 생각하면 얼마나 불안하겠는가. 여기도 친구, 저기도 친구, 저쪽에도 친구가 있어서 매일매일 신나게 놀아젖히는 슈퍼 인싸들에게는 별로 시답잖은 일로 비칠 수도 있다. 하지만 김현성이 그런 종류의 인간이 아니라는 건 너도 알고, 나도 알고, 우리 모두가 알고 있다.

유치하지만 인간관계라는 게 그렇다는 거다. 80살 먹은 최 영감도 오 영감과 박 영감이 나만 빼놓고 술 퍼마시면 기분이 언짢아지는 게 사람의 심리다. 친한 친구에게 보낸 메시지가 지속해서 씹히거나, 어느 날부터 나를 피하기 시작한다는 느낌이 들면 기분이 찝찝해지는 것 역시 마찬가지라고 할 수 있으리라.

평범한 사회생활을 하던 주류들도 저러할 진데…… 그동안 친구 하나 없었던 김현성이 느낄 불안감은 오죽했을까. 녀석의 경우에는 몇십 년 만에 처음으로 사귀게 된 친구가 바로 이기영이다. 누구에게나 다 인연은 소중하지만 아마 녀석에게는 그만큼 이쪽이 크게 다가오고 있을 거라고 장담할 수 있다.

회귀 고백 이후에 한 발자국 진전이 있기는 했지만, 그 이후에 급속도로 멀어지며 서먹해지고 있는 시점. 차라리 검을 휘둘러 해결하는 게 더 편하게 느껴질 수도 있을 것이다. 녀석은 이런 종류의 갈등을 해결하는 것에는 젬병이었으니까.

일단은 먼저 화내는 게 이기는 거라고 생각해 신경질 아닌 신경질을 부려봤지만, 김현성의 정신 건강을 위해 한 발자국 정도는 물러나 주는 게 좋을 것 같았다. 괜스레 이지혜가 해준 이야기도 머릿속에 맴돌고 있었으니까.

"후우……."

"죄송합니다…… 하지만……."

"아니에요. 죄송할 필요 없습니다. 오히려 제가 죄송합니다. 요즘 조금 예민해져서 순간적으로 욱한 것 같네요. 이렇게까지 이야기할 필요는 없었는데……."

"……."

"최근에 일이 너무 바쁘고…… 여러 가지 일이 동시다발적으로 일어나다 보니까 마음에 여유가 조금 없었던 것 같습니다. 괜히 궁지에 몰린 것 같은 기분이 들기도 했고요."

"괜찮습니다. 제가 잘못한 것도 사실이고…… 네, 사실이니까요."

"그렇게 생각하지는 않습니다. 현성 씨가 그럴 반응을 보일 만한 이유가 있었겠죠. 뭔가 마음에 걸리는 게 있는 겁니까?"

"네, 아직 확실하다고 말할 수는 없지만……."

"……."

"라파엘이 선택받은 용사가 아닐 가능성에 대해서 생각해

봐야 할 것 같습니다. 성검의 정보를 읽을 수 없다는 것도 그렇지만……."

"문제가 생길 여지가 있겠죠. 하지만 라파엘이 회색빛을 다룰 수 있다는 것 또한 사실이에요. 아까 했던 말들 역시 전부 귀담아듣고 있습니다. 사람을 너무 쉽게 믿으면 안 된다는 것도 인지하고 있고요. 하지만 조심스럽게 움직이기에는 시간이 너무 부족해요."

"그건……."

"육성 계획을 진행할 수밖에 없는 상황이라는 거 알고 계시지 않습니까. 지금 저희가 가지고 있는 카드 외에 다른 카드가 한 장 더 필요해요. 북서쪽 지역을 틀어막는 것 외에도 현성 씨를 따라가 줄 수 있는 사람이 필요합니다. 공화국과의 전쟁에서는 어떠셨어요?"

"무슨……."

'뭐긴 뭐야, 전술 김현성이지.'

"라파엘도 현성 씨 같은 일을 해줄 수 있다면…… 선택할 수 있는 옵션이 더 많아질 겁니다. 현성 씨의 안전이야 두말할 필요도 없고요."

아직은 김칫국을 마시는 행동이나 다름없지만, 만약 전술 라파엘을 사용할 수 있다면 전황 자체를 완전히 뒤집어 버릴 수 있을 것이다. 김현성에게 가해지는 육체적 부담을 줄이는 것은 물론 효율적인 장기말로 사용하는 것도 가능하다. 제대로만 키운다면 말이다.

물론 라파엘에게 부정적인 의견을 가지고 있는 김현성은 내키지 않는다는 듯 고개를 끄덕이는 것을 주저하고 있었지만…….

'이건 네 안전에도 직결된 일이야, 현성아.'

김현성의 체력은 무한하지 않다.

괜스레 손을 들어 올려 녀석의 어깨를 툭툭 치자, 슬그머니 미소를 짓는 게 눈에 들어왔다. 뭔가 억지 미소 같은 느낌이 없지 않았지만 일단은…….

'수긍한 거 맞지?'

슬슬 쐐기를 박을 때가 됐나 보다.

"제 안전에 대해서 많이 걱정하시고 계시는 건 알지만 앞서 말씀드린 것처럼 큰 문제가 생기지는 않을 겁니다. 박리안 씨나 하얀이가 계속 붙어 있을 거고요. 무엇보다 지금 라파엘의 수준으로는 저에게 아무런 해도 끼칠 수 없다는 거 잘 알고 계시지 않습니까."

"네."

"용사 육성 계획은 최대한 빠르게 진행되어야 합니다. 일단은 시작한 이후에 판단을 내려도 늦지 않을 겁니다. 정말로 문제가 생긴다면 그 이후에 수습하면……."

'되는 문제고.'

"만약 현성 씨 생각처럼 라파엘이 뭔가 다른 문제를 가지고 있다고 해도 제가 도움을 줄 수 있을지 모릅니다. 분명히요."

"……"

"그러니까 이만 들어갑시다. 다른 사람들 전부 기다리고 있겠네요. 2차부터는 정말로 파란 정기 모임이 되겠네요."

"네, 그렇군요."

갈등이 조금 있기는 했지만, 우리 우정은 변치 않을 거라는 듯이 활짝 웃어주자 조금은 안심하는 녀석의 얼굴이 들어왔다. 본인이 하고 싶은 말은 제대로 하지도 못하고 짧은 대화가 끝난 셈이었지만 아마 자신이 전달하고 싶은 것은 전부 전달했다고 생각하지 않을까.

물론 나도 우리 회귀자가 어떤 부분을 염려하는지 알고 있다. 요지는 자기 자신이 느끼는 불안감이 혹시나 내 안전을 위협할지도 모른다는 사실 그 자체. 내가 염려하는 부분과 같다.

'카스가노 유노랑 베니고어 한번 만나러 가자.'

너무 급하게 몰아붙이는 것보다는 틈을 주고 보여주는 게 좋겠네.

그동안 자신이 사실이라고 믿었던 것들이 모두 거짓이라는 걸 알았을 때, 라파엘이 어떤 반응을 보여줄지 궁금해진다.

'부정할까, 아니면 받아들일까.'

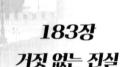

183장
거짓 없는 진실

실제로 그리 오랜 시간이 지난 것은 아니었지만, 체감상 꽤 오랜 시간이 흐른 듯한 기분이었다. 단시간에 엄청난 일을 몰아서 하다 보니 짧은 시간이 무척 길게 느껴진 것이다.

라파엘과 파란 길드원들이 모여 식사를 가진 이후 불과 2개월이 지난 시점이지만, 6개월 정도가 지난 것 같은 느낌이었으니 무슨 말이 더 필요할까.

물론 그만큼 성과를 얻었다는 것 역시 환호성을 지를 만한 부분이었다. 손안에 쥐고 있는 코인 3개가 전부 날아오를 기미를 보이고 있었으니까.

예전처럼 단순히 행복 회로를 돌리는 게 아니라, 정말로 날아오를 기미를 보이고 있었다.

첫 번째로 열매를 맺은 것은 역시나 순항하던 키메라코인.

떡락 따위는 예정에 없던 안정적인 종목이었다. 주변 상황이 나를 가만히 내버려 두지 않았지만 이런 확실한 종목을 버릴 리 없다. 여러 가지로 혼란스러운 와중에도 밤잠을 줄이며 5현 장을 들락날락했고 고개를 끄덕일 만한 결과물을 가질 수 있었다.

'버전 튜토리얼.'

완성.

'버전 균열 박물관.'

완성.

'버전 공포의 정원.'

완성.

무려 3기의 네임드 천사들을 완성한 것.

예정되어 있던 기간보다 몇 달을 단축했으니 무슨 말이 더 필요하겠는가. 나머지 3기는 아직 기틀도 제대로 잡히지 않았지만 한소라의 활약에 힘입어 전체적인 제작 상황이 탄력을 받고 있었다. 정말로 666기를 전부 완성시킬 수 있을 거라고는 생각 못 했지만, 지금의 속도라면 666기 이상도 뽑아낼 수 있을 것 같았다.

빛과 함께 싸우는 666명의 천사. 상상만 해도 오금이 저리는 장면이지 않은가.

'이대로만 가면 되는 거야, 이대로……'

가장 걱정거리였던 베니고어의 일 역시 나름대로 잘 해결되고 있다.

사실 이 경우는 정체됐다고 하는 게 맞을 것이다. 베니고어의 처우와 대륙의 관련 문제에 대해 아직 다른 결론이 나오지 않았다는 것이 바로 그 이유였다.

'이래서 얘네가 안 된다니까.'

확실히 악마 쪽과 성향이 다르다고 생각할 수밖에 없었다. 베니고어가 만약 루시퍼 소속의 악마였다면 벌써 떨어져 나가서 콩밥을 먹고 있지 않았을까.

'어쩌면 통 크게 용서했을 수도 있고……'

벌을 받든, 흐지부지 넘어갔든 간에 결론이 나왔을 거라고 장담할 수 있다.

뭐가 문제인지는 정확히 모르겠지만, 아마 윗분들의 설전이 끝이 나지 않는 것이 저들이 겪고 있는 문제.

당연하지만 이 모든 것들이 나에게는 호재였다. 안 그래도 여러 가지 일로 머리가 깨질 듯이 아픈 상황에서 존버할 수 있는 여유가 생긴 것이다.

베니고어 오피셜로는 가장 최근에 있었던 논쟁을 해결하는 데 무려 천 년이 걸렸다고 했으니 일단은 잠정적으로 일이 마무리됐다고 판단해도 나쁘지 않을 것 같았다. 억류되어 있었던 베니고어의 신성도 되돌아온 상황이었고 심지어 이야기 자체가 긍정적으로 흘러가고 있다고 전해오지 않았던가. 지금까지 내게 고통만 안겨주던 코인이 잠시나마 안정감을 선사해 줬다는 것만으로도 밤잠을 설치지 않게 됐다.

하나하나 조목조목 따지고 보면 그저 떨어지지 않고 있을

뿐이었지만 이것만으로도 감지덕지다. 물론 언제 또 일이 터질지 모르는 만큼 베니고어에 재판 준비는 착실히 진행하고 있었지만, 한결 여유가 생겼다는 것만은 부정할 수 없는 사실이었다.

'개좋아.'

나머지 코인 하나 역시…….

'나쁜 상황은 아니지.'

어느 쪽이냐고 묻는다면 점점 상한가를 치고 있는 시점이다. 완전히 떡락한 줄 알았던 성검코인이었기 때문에 작은 떡상에도 기뻐할 수밖에 없었다.

물론 라파엘이 나를 완전히 따르게 된 것은 아니다.

'아직 의심하고 있는 상황이기도 하고…….'

열심히 한다고 했지만, 머릿속에 들어차 있는 마구니를 완전히 벗겨내기에는 짧은 시간이었으니, 사실 그리 아쉽지도 않다. 오히려 급하게 진행했다면, 괜스레 더 초조해지지 않았을까. 천천히 유대감을 쌓아야 했고 빛기영이라는 사람에 익숙해지게 만들어야 했다.

그런 의미에서 생각해 본다면 충분히 성과를 냈다고 표현하는 것이 맞으리라. 습관처럼 같이 시간을 보내는 게 익숙해졌으니까.

과거와 비교해도 대조적일 게 분명하다. 빛 한 점 보이지 않은 골방에 처박혀 악마 관계자와 개짓거리를 하던 과거 대신 자리 잡은 것은 빛과 함께하는 포근한 일상. 균형 잡힌 식사와

배부르고 등 따뜻한 생활, 잠들 것만 같은 빛을 쬐며 건설적인 대화를 나누는 하루하루. 웃기도, 떠들기도 하면서 가치 있는 땀을 흘리는 매일매일.

인간은 환경에 익숙해지게 마련이다. 녀석의 속 안을 불태우고 있는 복수심이 옅어질 거라고는 생각지 않지만, 최소한 현재의 생활을 즐기게 할 수는 있다는 거다. 지금만 봐도 굉장히 기분 좋은 것 같은 얼굴이지 않은가.

"그럼…… 이쯤에서 베니고어 님께 대한 기도를 마치도록 하겠습니다."

라는 말로 짧은 기도를 끝마치자 조용히 여신의 이름을 부르는 사제들의 모습이 눈에 들어왔다. 물론 가장 앞에 자리 잡은 라파엘의 얼굴도 보인 것은 당연지사.

때마침 따뜻한 빛이 창문을 타고 들어와 이쪽을 비추는 모습에는 절로 고개를 끄덕일 수밖에 없었다. 누가 봐도 대륙을 좌지우지하려는 악마의 모습이라고는 생각할 수 없는 모습이지 않은가.

'환한 미소도 한 스푼 정도는 넣어줘야지.'

경건한 분위기에서 시작된 예배가 마무리되는 순간, 가장 먼저 말을 걸어온 사람은 역시나 바젤 교황이었다.

"훌륭했네, 명예추기경."

"부족하지는 않았나 하는 생각에 부끄러울 뿐입니다."

"하하하, 그 누가 명예추기경의 기도를 부족하다고 생각하겠는가. 베니고어 님께서도 크게 기뻐해 주셨을 것이네. 우리 회색빛 용사의 얼굴을 보니 나와 같은 생각을 하는 모양인 것 같은데……"

"네, 저 역시 바젤 교황님과 같은 생각입니다. 시선을 뗄 수 없을 만큼 신성해 보였던지라……. 왠지 저 자신을 부끄러워지게 만드는 기도였던 것 같습니다."

'이 새끼. 말 잘하네, 이거.'

"그렇다고 하는군……"

"……"

"어떤가, 명예추기경? 이왕 이렇게 된 거 저 자리에 한 번 앉아보는 것은…… 많은 신도가 이기영 명예추기경이 주도하에 올리는 예배를 기대하고 있다고 들었는데…… 신도들을 위해서라도 한 번쯤은 괜찮지 않을까 하는 생각이 들었네."

"교황님이 계신데 제가 어떻게 이렇게 신성한 자리를 주관할 수 있겠습니까."

"그렇지 않네. 이런 말을 하기에는 민망하지만 이제 내 건강도 예전 같지가 않아. 베니고어 님께서 나를 부르실 때가 된 건 아닌가 하는 생각도 들고……"

'이 영감님은 화도 버럭버럭 내면서 건강하게 잘 지내는데, 왜 그래. 저 교황될 생각 없어요.'

"그런 말씀은……"

"본격적인 이야기는 조금 더 시간이 지난 이후에 하세나. 이런저런 일도 엮여 있으니…… 이런 자리에서 나올 이야기도 아니고……. 하지만 그전에…… 회색빛 용사의 임명식만이라도 명예추기경이 직접 주관해 줬으면 하는 바람이야."

'그건 땡큐죠.'

"바젤 교황님께서 그렇게까지 말씀하신다면……."

"잘 생각했네, 명예추기경. 그러고 보니 오늘은 갈 곳이 있다고 했었나?"

"네."

"끄응…… 그거 아쉽게 됐구만."

"다음에 또 기회가 있으니 그리 아쉬워하지 않으셔도 됩니다, 교황님."

"그때는 꼭 차 한잔하고 가게나."

"물론입니다."

"고생하셨어요, 형."

"고생이라고 할 것도 없습니다. 당연히 해야 할 일을 했을 뿐인데요. 그럼 나갈까요?"

"네."

살짝 웃는 모습이 시야에 비쳤다. 정말로 웃음이 나와 웃는 건지는 알 수 없지만, 현재로서는 연기라고 판단하는 것이 맞을 듯했다.

'뭐, 연기여도 별 상관없지만…….'

그 말 그대로였다. 이쪽은 급할 게 없다. 오히려 급한 것은 저쪽이었지. 모든 일이 착착 계획대로 진행되고 있는 이쪽과는 달리 저쪽은 제법 애가 타는 상황이었기 때문이다.

'성과가 없지. 성과가 없어.'

성과라고 부를 수 있는 것들이 아예 없다는 게 커다란 문제라고 생각하지 않을까.

물론 신체적으로 강해지기는 했지만, 녀석의 목표와는 점점 멀어지고 있는 상황이다. 도대체 어디서부터 캐내야 할지, 무엇부터 하는 게 좋을지 알 수 없었을 것이다. 그나마 교황청의 사제단이나 보호 관리 위원회의 몇몇과는 대화를 주고받고 있는 것 같았지만, 녀석이 원하는 정보를 얻을 수 있을 리 만무하다.

애초에 그런 질문을 하는 것 자체도 쉽지 않을 거라고 장담할 수 있다.

'이기영 명예추기경이 수상하다고…… 뭔가 이상한 정황과 증거가 있으면 그것 좀 보여달라고 말할 수 있겠어?'

일반적인 경우라면 그딴 걸 물어보는 것만으로도 이단이다.

호기롭게 적의 심장으로 들어오는 데는 성공했지만, 양팔이 묶이고 두 눈이 묶인 상황. 어떻게든 이기영이라는 인간에 대해 캐내려고 눈에 불을 켜고 나를 바라보고 있었지만, 녀석이 볼 수 있는 건 이런 장면밖에 없다.

"더러운 몸입니다. 혹시나 명예추기경님께 해가 될까 두렵습니다……."

"세상에 더러운 몸을 가지고 있는 사람은 없습니다. 단순히 병에 걸린 것뿐이니 그렇게 말씀하시지 않으셔도 됩니다. 그러니 어서……."

"이러면 안 되는데……. 이…… 이건 전염……."

'전염은 개뿔. 내가 역병군주인데, 누가 누굴 전염시켜, 이 양반아. 내가 당신을 전염시키면 전염시켰지.'

누가 봐도 전염병 환자를 치료하기 위해 최선을 다하는 모습이지 않은가. 뒤에서 나를 바라보고 있는 라파엘이 표정을 굳히고 있는 것이 시야에 비쳤다.

물론 녀석을 비난하고 싶지는 않다. 지금 나와 녀석 그리고 일부 사제들이 자리하고 있는 자리는 인간이라면 저도 모르게 인상을 굳힐 수밖에 없는 자리였으니까.

코를 찌르는 구역질 나는 냄새, 절로 혐오감이 생기는 진물과 고름으로 얼룩진 바닥, 살이 썩어가는 병자들로 가득 찬 장소. 세상에 버림받은 이들이 살아가고 있는 작은 촌락이었다. 이런 장소에서 땀 흘리며 열심히 봉사하는 모습을 보고 누가 이쪽을 흑막이라고 생각할 수 있을까.

"저…… 저도 도울게요, 형."

"아니요, 괜찮습니다. 라파엘 님은 다른 사제님들을 도와주시는 게 나을 겁니다."

마음 같아서는 이곳에 자리한 환자들의 종기라도 직접 처리해 주고 싶을 지경이다. 그런 장면을 보여줄 수 없다는 게 천추의 한처럼 느껴졌다.

'신성력이랑 연금술이 원망스럽기는 처음이다, 야.'

물론 그 정도로 따뜻한 장면을 만들 수는 없지만 지금 보이는 장면 역시 충분히 아름답게 느껴진다. 직접 치유 연고를 발라주고 한 명, 한 명의 몸을 차근차근히 살펴주는 것도 보통 멘탈로 할 수 있는 일이 아니지 않은가.

'봉사는 좋지, 좋아.'

라파엘의 얼굴만 봐도 대충 반응을 알 수 있을 정도였다.

악마와 계약한 희대의 인간쓰레기, 대륙을 자신의 입맛대로 휘두르며 모든 것을 자신의 발아래 두려고 하는 흑막, 말로 표현할 수 없을 정도로 악독한 이미지를 가지고 있었던 빌런이 가장 낮은 위치에서 환자들을 치료해 주고 있다. 일반적인 신성력으로는 치료되지 않은 이들을 위해 기꺼이 자신의 몸을 내놓으며 그들에게 열과 성을 다하고 있다.

'악마 계약자 새끼들은 이런 거 시바…… 하지도 않았잖아. 그렇지 않아?'

정치인들이 홍보 차원에서 사진이나 영상을 남기는 행동과는 엄연히 다르다. 녀석은 지금 인간 이기영의 일상을 직접 두 눈으로 확인하고 있었다. 지금까지 매체를 통해서 접한 장면들이 죄다 홍보용이라고 생각했었던 것이 분명하다.

물론 홍보용으로 사용된 것이 맞다. 하지만 아무리 홍보용이라고 한들 주기적으로 봉사를 나가 열과 성을 다하는 모습을 보여주는 것은 완전히 다른 문제다.

최근에야 조금 소홀해졌지만 이런 자리를 주기적으로 만들어오지 않았던가. 함께하는 사제단의 모습 또한 굉장히 익숙하다.

'아…… 이 양반 또 자기 이미지 챙기려고 등장했네.'

라고 생각하는 이들은 이 자리에 아무도 없다. 한두 번 호홉을 맞추어본 게 아닌 듯 일사불란하게 움직이는 봉사단의 모습을 보고 누가 이쪽을 비난할 수 있을까.

목적이야 어떻든 간에 인간 이기영이 약자들을 위해 열과 성을 다해 움직이고 있다는 것은 부정할 수 없는 사실.

'반동분자 새끼들이 만들어진 모습이라며 게거품을 물었지, 아마.'

이미 이 세상 사람들이 아니기는 했지만, 너희는 해본 적이라도 있냐고 물어보고 싶어지는 게 당연하다.

'이거 좀 보세요. 나 나쁜 사람 아니라니까. 이거 보이지?'

풋내기 용사의 표정 변화를 눈으로 확인할 수 있을 정도였다.

녀석의 얼굴에 자리한 것은 의심. 당연하지만 나를 향한 의심이 아닐 거라고 장담할 수 있다. 자기 자신이 알고 있던 사실에 대한 의심이라고 볼 수 있으리라. 정말로 이기영이라는 인간이 내가 생각하는 인간이 맞는지에 대한 의구심. 정말로 명예추기경이 대륙을 자신의 손에 넣으려는 악마일까? 라는 것에 대한 의구심.

아주 작은 의심이라도 좋다. 현시점에서 가장 필요한 건 아주 작은 의심이었다. 작은 생각이 싹을 틔우고 꽃을 피우는 법이다.

물론 악마 계약자들의 세뇌에 의해 속이 꽉 막힌 우리 회색빛의 용사를 겨우 이걸로 되돌릴 수 있을 거라고 생각하지는 않지만……. 작업의 첫걸음은 작은 씨앗의 발아였다. 무턱대고 진실에 대해 열변을 토하는 것보다 저 작은 의구심을 키워

나가는 게 더 중요했다.

'저 씨앗을 심는 데 쓴 기간이 2개월.'

느리다는 생각이 들지는 않는다. 오히려 입꼬리가 절로 올라갈 지경. 갑작스레 현자 타임을 맞이한 녀석의 얼굴이 구겨진 것이 시야에 비쳤기 때문이다.

"괜찮으십니까?"

라파엘을 향한 질문이 아니라 눈앞의 환자를 향한 질문이었다.

"괜…… 괜찮습니다. 이제는 정말 괜찮습니다, 명예추기경님. 이…… 이걸 어떻게…… 뭐라고 말씀드려야 할지."

"인사받자고 한 일이 아니니 고개를 드세요. 제 앞에서 그렇게 자신을 낮추실 필요는 없습니다."

'여신 앞에서 만인은 평등하니까. 그게 베니고어 교단의 교리잖아.'

"저희 같은 놈들을 위해서…… 정말로…… 정말로…… 다시 한번 감사드립니다."

"여러분들 역시 베니고어 님께서 사랑하는 자식들이 아닙니까. 계속해서 자신들을 낮추신다면 베니고어 님께서 슬퍼하실 겁니다. 맡은 역할은 다르지만, 저와 여러분 모두 같은 자식들입니다. 그러니…… 모두 다 함께 조금만 더 힘을 냅시다."

"명예추기경님……."

눈물을 쏟고 있는 환자들, 그리고 그 가운데 자리해 있는 명예추기경.

구태여 다시 한번 라파엘의 상태를 확인해 보지는 않았다. 무슨 생각을 하고 있을지 무척 뻔했으니까. 단순히 보여주기 위한 모습이라고, 연기라고 생각하기엔 너무나도 진실된 모습이라 할 만했다.

대략적인 치료를 전부 끝낸 이후에는 스스럼없이 함께 식사를 하기도 했으니 무슨 말이 더 필요할까.

'그 와중에 말리는 사제들의 손을 뿌리치는 장면도 압권이었죠.'

사제단은 혹시나 소중한 명예추기경님께서 전염병에 걸리면 어떻게 하나 생각하고 있겠지만 정말로 전염병에 걸릴 확률이 있었다면 내가 먼저 자리를 박차고 도망쳤으리라.

"대충 정리가 된 것 같습니다, 명예추기경님."

"후우…… 다행이군요. 잠깐 쉬고 다음 마을로 이동하겠습니다."

"네, 그럼 평소처럼……."

"예, 기본적인 복지 지원을 해드리는 게 좋을 것 같습니다. 교황청의 사제단이 지속적으로 방문할 수 있도록 일정을 짜주시고 관리도 부탁드립니다. 추가로 좋은 상태를 보이는 분들에게는 일자리를 지원해 주시면 감사할 것 같습니다."

"처리하도록 하겠습니다."

"감사합니다, 사제님."

"당연히 해야 할 일을 했을 뿐입니다. 명예추기경님이야말로 오늘 고생 많이 하셨습니다."

"제가 무슨 고생을…… 오히려 여러분들이 더 수고 많으셨습니다. 갑작스럽게…… 연락드렸음에도 불구하고 이렇게 함께해 주셔서……."

"이런 자리에서 명예추기경님과 함께할 수 있다는 것 만으로도 무한한 영광이니 언제든지 불러주셔도 됩니다."

존경이 가득 들어가 있는 사제들의 얼굴을 보니 내가 다 뿌듯해진다.

인기척이 느껴진 곳으로 고개를 돌리자 시야에 비친 것은 역시나 라파엘. 뭔가 쭈뼛쭈뼛거리는 모습이 눈에 보인다.

평소였다면 '저 새끼 왜 저래?' 따위의 생각을 했겠지만 이게 다 녀석의 머리가 복잡해지고 있다는 증거가 아니겠는가. 다시 한번 영업용 미소를 장착하자 이쪽으로 슬금슬금 자리를 옮기는 것을 눈으로 확인할 수 있었다.

"오늘 고생하셨습니다."

"아니요, 형……. 저는 뭐…… 한 게 없어서……."

"아니요. 충분히 도움이 되셨습니다. 회색빛의 용사님이 직접 자신들을 보러 와준다는 것만으로도 저분들에게는 커다란 힘이 될 테니까요."

"이건…… 그러니까."

"훈련하느라 바쁜 와중에…… 제가 방해된 건 아닌지 모르겠군요."

"그렇지 않아요. 오히려……."

"조금이라도 더 배워야 하고 열중해야 할 시기였는데……."

"……."

"하지만 라파엘 님이 한 번쯤은 이런 곳에 와보기를 원했어요."

옆에 앉으라는 듯 슬쩍 자리를 비키자 의자에 조심스레 앉는 놈의 모습이 눈에 보였다.

보이고 있는 풍경은 여전했다. 처참하다는 생각밖에 들지 않는 촌락이었고, 복지 사각지대에 놓인 이들이 살아가는 터전이었다. 아까와 다른 곳이라고 한다면 저들의 입가에 미소가 피어나고 있었다는 것.

타이밍 좋게 꼬맹이 한 명이 이쪽으로 달려오고 있는 것이 시야에 비쳤다. 주변에서 다른 이들이 말리고 있었지만 괜찮다는 듯이 고개를 끄덕인 것은 당연지사. 이윽고 도착한 꼬마는 꼼지락거리는 손으로 사탕 하나를 내민다.

'아…… 얘, 이거 진짜 심어놓은 거 아니야? 이거 진짜 심어놓은 거 아닌데……'

공익 광고 협회에서나 튀어나올 것 같은 연출이었지만 작은 도우미가 패스한 볼을 받아내야 했다.

싱긋 웃으며 사탕을 받은 이후에는 입안으로 곧바로 털어 넣는다.

"고맙구나."

살살 머리를 쓰다듬자 부끄러운지 곧바로 도망치는 모습이 눈에 보였다. 살짝 옆을 보자 저도 모르게 미소 짓고 있는 풋내기 용사의 얼굴이 눈에 보였다.

'요게 먹히네.'

조금 불안하기는 했지만……

'너 이런 거 좋아하는구나.'

나이가 어리다 보니 요런 감성이 먹히는 것 같다. 라파엘이 좋다니 다음번에는 심어두는 게 좋지 않을까.

"한 가지 목표를 향해 달려가다 보면 보이지 않는 게 있게 마련이거든요. 본인도 자각하지 못하는 사이에 점점 멀어지게 됩니다."

"……."

"좋은 것들에 둘러싸여 좋은 것들만 바라보다 보니 제 영역 밖에 있는 것들에 대해서는 무지해지고…… 항상 커다란 숲만 을 보고 있자니 작은 나무들이 보이지 않게 되더군요. 아무리 머릿속으로 계속해서 상기한다고 한들…… 결국에는 자기 자신이 자리한 환경에 익숙해져 가는 것만 같습니다. 최소한 저는 그랬어요."

"그건……."

"라파엘 님은 더 큰 일을 위해 더 커다란 가치를 위해 노력하고 나아가시게 될 겁니다. 많은 사람을 만나고, 많은 위협을 겪고, 가치관이 변하고, 여러 가지 생각들을 머릿속에 품게 되겠죠. 그걸 비난하는 것이 아닙니다. 라파엘 님에게 주어진 책무를 생각하면 당연한 이야기니까요."

"……."

"제가 여기에 라파엘 님과 함께 오자고 한 이유는 이런 풍경들을 잊지 않았으면 해서예요."

"무슨……."

"자신이 무엇을 위해서 싸우는지 우리가 어떤 가치를 위해서 싸우는지에 대해서 말입니다."

"그렇군요."

"지켜야 할 것이 많습니다. 이곳에는……."

무척이나 숙연해진 장내. 이 정도로 숙연해질 줄은 상상도 하지 못했다. 녀석은 아무 말도 하지 않은 채로 나를 바라보고 있었다.

'도대체 뭐가 진실인 거야.'

라고 생각할 만하리라.

지난 2개월 동안 몇 차례나 나를 만나지 않았던가. 짧다면 짧은 시간이기는 했지만, 이기영이라는 인간에 본질에 마주했으니, 저런 종류의 생각이 깔릴 만도 했다.

비열한 미소를 흘리던 얼굴로 가슴 따뜻해지는 미소를 보내고 있었고, 소외 계층을 짓밟는 줄로 알았던 두 손으로는 그들을 돕고 있다. 취미는 체스 정도가 유일, 베니고어 님에게 항상 기도를 올리며 오직 타인만을 위해서 살아가는 사람이다.

'네가 쉴 때 뭐 했는지 잘 알고 있지.'

기록관으로 가서 이전에 있었던 일들과 명예추기경이 나오는 영상들을 정주행하지 않았던가. 그것 역시 거짓이라고 할 수 없는 일들이었다.

특히나 라이오스 악마 소환 사태 때 찍힌 영상은 린델 토마토 지수 100%를 채우고도 남는다. 화면을 빨아들이는 박덕구의 절박함이 영상에 힘을 실어준 것이다.

무언가 이상한 점을 찾고 싶었겠지만, 개미 손톱만큼의 이상한 점도 찾을 수 있을 리 만무하다. 서적이나, 타인의 평판, 기사 역시 마찬가지였다. 적어도 내 기준에서는 대중들에게 이상한 모습을 보인 적이 없다는 거다.

충분하지 않은 시간이었지만 평소와는 다른 생각이 싹을 틔우기에는 충분한 시간. 세뇌되었던 기억들을 부정하기에는 시간이 더 걸릴 것 같았기 때문에 딱 완벽하게 밑밥을 깔아놨다고 보면 무방할 것 같았다.

흔들리는 눈, 고민하는 얼굴, 심지어 혼란스럽다는 표정도 눈에 보인다. 어디가 아픈 사람처럼 초조해하고 있고 자꾸만 뭔가를 곱씹는 것처럼 보였다.

'이 정도면 준비된 것 같지?'

마침 딱 좋은 타이밍이라고 생각했다. 약간의 빌드업 기간을 가져도 상관없을 것 같았지만, 계속해서 늦추는 것보다는 한번 질러보는 게 맞다.

"……함께 가봐야 할 곳이 있습니다."

"어디로……."

"보여 드릴 것이 있습니다."

"……."

"어째서 지금의 대륙이 선택받은 용사를 필요로 하는지, 어째서 대륙이 위기에 처해 있는지, 정말로 위협이 실존하는지에 대해서 궁금하실 거라고 생각합니다. 물론 라파엘 님께서는 성검의 선택을 받으셨지만 정말로 실감하고 계실 거라고는 생각하지 않아요. 실제로 느껴보지 않는다면 와닿지 않을 겁니다."

"……."

"베니고어 님의 말씀은 사실입니다."

"……."

"알고 계시는 것처럼 대륙은 보이지 않는 적과 싸우고 있어요. 72군단의 악마들보다 더욱더 강한 악마들과 마주할 준비를 하고 있습니다. 천사의 탈을 뒤집어쓴 이들과 바깥에서 온 악마…… 머지않은 시일 내에 대륙에 들이닥칠 겁니다."

"……."

"많은 희생자가 생기고 많은 이들이 죽을 거예요. 모험가들은 목숨을 걸고 적들과 마주할 거고, 모든 대륙민이 힘을 합쳐 그들에게 대항할 겁니다."

"그거……."

'새빨간 거짓말 아니었냐고?'

"그건……."

'민중들을 선동하기 위한 수단이 아니었냐고?'

"그러니까."

'이기영 위원장이 대륙을 집어삼키기 위한 자작극이 아니었냐고?'

응, 아니야. 진짜 악마 새끼들이 쳐들어오는 거 맞어. 지금부터 넌 그걸 보게 될 테니까. 두 눈 똑바로 뜨고 똑똑히 봐.

더 이상의 말은 필요하지 않다. 직접 보는 것보다 더 좋은 수단은 없을 테니까. 뭔가 큰 게 올 것이라는 걸 예상했는지 계속해서 침묵을 유지하는 라파엘의 모습이 보인다.

나 역시 딱히 말을 이으려고 하지 않았다. 어차피 내가 무슨 말을 한들 들리지 않을 것이다. 무언가 증거가 있다는 어투로 당당하게 말을 잇지 않았던가. 놈의 입장에서는 선동과 날조라고 생각했던 모든 것들이 진실이 되는 기적. 카스가노 유노 한 방이면 충분하다.

물론 이 반동분자 집단이 카스가노 유노와 이쪽의 유착 관계에 대해 굉장히 많이 파고들었겠지만 마치 현실처럼 눈앞에서 벌어지는 장면을 떨쳐내는 것은 어려울 거라고 장담할 수 있다. 딱 지금같이 흔들리고 있는 상황에서는 말이다.

"기다리고 있었습니다."

녀석은 다소 긴장한 듯한 모습으로 카스가노 유노의 앞에 자리 잡은 이후, 나는 그 어떤 설명도 하지 않고 녀석을 유노 앞으로 내몰았다.

그리고 약간의 시간이 지난 시점. 미하일과 마찬가지로 구역질부터 하고 보는 놈의 모습이 시야에 비쳤다.

"우웨에에에에엑……."

"……."

"하아…… 하아…… 우웨에엑. 제가…… 지금…… 본 게……."

믿을 수 없다는 듯이 나를 바라보는 게 가장 먼저 눈에 들어왔지만 그것도 잠시. 허겁지겁 문을 연 채로 무작정 바깥으로 향하는 녀석의 모습이 시야에 비쳤다.

'얘, 이거 멘탈 털린 건가.'

확실하지는 않지만, 진실로부터 멀어지려는 발버둥 같은 느낌. 생각보다 악마 계약자 놈들의 세뇌가 강하게 자리 잡았다는 걸 인정할 수밖에 없었다.

'이 새끼, 이거. 멘탈 털린 거 맞네.'

콰아아아아아아앙!!!

"……콜록…… 콜록……"

"자기. 얘 정말로 용사 맞아? 더럽게 약해서 어디 쓸 데도 없을 것 같은데. 하기 싫으면 하지 말라고 하면 안 돼?"

"……"

"그래도 처음 만났을 때는 조금 괜찮지 않나 싶었는데. 막상 뚜껑을 열어보니 영 맹탕이었네. 성검은 뭘 믿고 얘를 선택했는지 몰라. 아니, 정말로 선택받은 게 맞기는 한 건가? 그 검이 사람을 착각한 건 아닌가. 이딴 게 용사라니 베니고어 님도 참……"

"……"

"저기요, 용사님. 그래, 너. 너 말하고 있는 거예요, 너. 왜? 대답할 기운도 없어? 도대체 얼마나 더 추해지려고 그러는지 모르겠는데 빨리 좀 일어나는 게 너한테도 좋을걸."

"하아…… 하아……."

"내가 얼마나 바쁜지는 알고 있는 거야? 붉은 용병의 길드 마스터가 본인 시간까지 빼면서 여기에 나와 있다는 게 무슨 뜻인지 이해가 안 돼? 내 입으로 말하기도 웃기는 이야기지만 평생이 가도 오지 않을 기회……."

"……."

"됐다…… 더 이상 말해도 내 입만 아프지. 기초 훈련 25세 트 반복하고 끝내는 거로 할게. 할 마음도 없는 학생한테 시간 쓰는 것보다 더 멍청한 일이 어디 있겠어. 끝나면 알아서 네 발 로 돌아가. 괜히 서성거리면서 내 신경 긁지 말고."

강도가 높은 훈련으로 인해 넝마가 된 라파엘의 몸이 눈에 보였다. 물론 그것보다 더 눈에 띄는 것은 근심과 걱정을 숨기 지 못하는 듯한 얼굴, 예상했던 그대로 멘탈이 나간 것 같은 표정이었으니 무슨 말이 더 필요할까.

'아…… 쟤 진짜 멘탈 심하게 나간 것 같은데…….'

오랜만에 만난 차희라가 저렇게 짜증 내는 것도 이해가 간 다. 살인적인 스케줄을 소화하고 있는 가운데 특별히 시간을 내준 것이 아니던가. 어디까지나 호의로 내어주고 있었던 시간 이었고 녀석만을 위해 준비한 시간이었다. 그럼에도 불구하고 저런 자세로 수업에 임하고 있으니…….

'뚝배기가 안 깨진 게 용하지.'

차희라가 이쪽의 사정을 봐주지 않았다면 아마 곧바로 손 을 놓지 않았을까. 아무리 녀석이 중요하다고 말해놓은들, 그녀는 자기가 싫어하는 일은 하지 않는 성격이었으니 말이다.

'그렇게 충격적이었나.'

아니, 이 경우에는…….

'혼란스러워한다고 보는 게 맞는 것 같은데…….'

며칠이 지났는데도 불구하고 계속해서 저 상태를 유지하고 있지 않은가. 저런 상태의 녀석을 어떻게 판단해야 할지 고민되는 것도 무리가 아니리라.

여러 가지 가설이 있지만 가장 가능성이 큰 추측은 놈이 아직 선택하지 못하고 있다는 것. 빛과 어둠, 둘 중 하나를 선택했다면 저런 반응을 보이지는 않았을 것이다. 이쪽에 복수하기를 원하든, 대륙을 지키기 위해 각성을 하든 간에 뭔가를 선택하기는 했을 거라는 거다. 이 두 가지의 선택지 모두 공통으로 필요로 하는 수단이 바로 무력이 아니었던가. 저렇게 훈련에 집중하지 못하는 것을 보면 현재 녀석이 갈팡질팡하고 있다고 판단하는 것이 맞다.

'그 꼴을 보고도 못 믿으시겠다.'

물론 내 예상이 틀렸을 수도 있지만 가능성이 크다는 것은 부정할 수 없다. 아직 마음을 정리하지 못하고 있다는 것도 내게는 썩 달가운 이야기는 아니었으니까.

'뭘 선택하든 간에 훈련은 해야지.'

오늘 하루 현장의 일을 내팽개치고 오지 않았던가.

'시간 아까워 죽겠네, 시바.'

내 마음 역시 차희라와 별반 다르지 않다.

들려오는 인기척에 고개를 들자 시야에 보인 것은 붉은 용병의 길드마스터, 용병여왕 차희라. 트레이드 마크가 돼버린 붉은 머리, 제대로 정리되지 않은 것 같은 머리카락도 여전했고 거친 용병 같은 느낌도 여전했다.

아직도 분이 풀리지 않은 듯 숨을 몰아쉬며 이쪽으로 다가온다. 살짝 미소를 짓자 수건으로 대충 땀을 닦고 옆에 털썩 주저앉는다. 그 와중에 빨리 옆에 앉아 앵겨보라는 듯 쓰윽 자리를 만드는 모양새는 권력자가 전형적으로 가지고 있는 모습 중 하나였다.

저도 모르게 옆으로 다가가 엉덩이를 앉히자 자연스럽게 어깨 위로 손이 올라오는 게 느껴지기 시작했다.

'얘, 손버릇 봐.'

"고생했어, 누나."

"뭐, 한 것도 없는데 고생은 개뿔. 짜증 나 죽겠다니까. 어디서 저런 놈을 주워 와서는……. 계속 지금 같은 상태라면 그냥 포기하는 게 좋을 것 같은데."

"……."

"자기 부탁 아니었으면 벌써 때려치웠을 거야. 벌써 며칠째 이런 상태인데……. 저러는 것도 하루 이틀이지. 너무 화가 나서 중간에 머리통을 뽑아버릴 뻔했다니까."

'그러면 안 돼…….'

"우리 애들 훈련 시간까지 빼면서 만든 자리야. 자기가 저 핏덩이를 어떻게 쓸려고 그러는지는 내 알 바 아니지만, 솔직히 내 입장에서는 이런 쓸데없는 시간 허비하는 것보다 우리 애들 한 놈이라도 더 훈련시키는 게 낫다고. 최소한 전쟁터에서 지들 목숨은 알아서 챙기게 만들어줘야 하지 않겠어? 물론 저 치가 제대로 활약해 주면 그건 그거대로 이득이기는 하지만 지금 당장은 그럴 것 같아 보이지 않네."

"뭔가 걱정거리나 고민거리가 있어서 그런 것 같은데…… 극복한다면 지금보다 더 좋지 않은 모습을 보여주지 않을 까……. 누나가 보기에는 조금 어떤데? 그러니까……."

"뭘? 지금 저 꼴을 보고도 그런 게 궁금해?"

"아니, 저런 부분이 아니라 육체적인 능력이나 가지고 있는 재능에 대해서 어떻게 생각하고 있냐고 물은 거야. 이해도, 이론 같은 것들, 몸을 움직이는 방법 같은 건 난 잘 모르니까."

"……솔직히 말해서……."

"응."

"재능 자체는 우수한 편이야. 아니, 그것보다는 조금 더 위에 있다고 봐도 되나. 만약 성검이나 다른 지원이 없었어도 교국 8좌 정도까지는 무난하게 올라갈 수 있을 정도……?"

"흐음……."

'현성이 말이랑은 다르네.'

전에 김현성에게 학부모 상담을 받았을 때와 나온 말과는 달랐기 때문에 조금은 흥미를 가질 수밖에 없었다.

김현성이 표현하는 라파엘의 이해도는 둔재보다 조금 더 나은 정도.

'제대로 키울 수 있을지…… 확실히 말씀드리기가 힘들 것 같습니다. 많이 봐줘도 평범한 정도인 것 같아서…… 물론 조금 더 지켜봐야겠지만 현재로서는…… 성검의 힘을 빌린다고 하더라도 기영 씨가 생각할 만한 성과를 거둘 수는 없을 겁니다.'

'네? 정말이에요?'

'네, 현재로서는 그다지 희망이 보이지 않습니다……'

라고 말을 줄이지 않았던가.

'희라 누나한테도 물어보기를 잘했네.'

나도 우리 애가 재능 있다는 소리에 기뻐하는 부모 같은 성향이 있기는 있었나 보다.

김현성의 거침없는 코멘트가 약간은 의아하게 느껴지기는 했지만 아마 그건 녀석이라서 할 수 있는 발언이라고 생각했다. 자타공인 천재 중의 천재라는 타이틀을 가지고 있는 녀석의 눈에, 그 누가 성에 차겠는가. 라파엘의 검술 역시 한심하게 보일 것이라는 건 너도나도 부정할 수 없는 사실.

하지만 차희라의 경우는 다르다.

'희라 누나는 천재라고 하기에는 조금 애매하니까.'

물론 천재의 종류라고 볼 수 있지만 차희라의 그것은 본능에 더 가까웠다. 경험과 본능, 그리고 순수한 힘으로 만들어진 강함. 정교하고 약속되어 있는 검술 자체가 쓸모없다고 생각하고 있으니, 김현성과 의견이 대립되는 것이 당연하지 않을까.

'최소한 나쁘지는 않다는 거네.'

차희라의 보증이 있으니 성장하기는 할 것이다. 저 위기만 제대로 극복해 준다면 말이다.

"그렇게 말해주니 괜찮게 느껴지기는 하는데? 안심이 되기도 하고……."

"글쎄, 아무리 재능이 괜찮으면 뭐 해. 저 모양 저 꼴인데."

"아마 곧 일어날 거야. 라파엘이 겪고 있는 개인적인 문제는 내가 해결해 줄 거고. 그때까지는 너무 빡세게 굴리지는 마, 누나."

"자기, 말을 웃기게 한다. 그나마 나는 여유는 주는 편이야. 다른 쪽에서 안 그래서 문제지. 내가 나쁜 경찰인 것처럼 보였어? 진짜 나쁜 경찰은 따로 있는데……. 자기, 쟤가 다른 훈련장에서 어떻게 깨지는지 본 적 없지?"

"훈련 참관하는 건 처음인데……."

"나중에 한 바퀴 돌아봐. 뭐 그건 그렇다고 치고…… 라파엘만 개인적인 문제를 겪고 있는 건 아닌 것 같은데……. 내가 겪고 있는 문제는 언제 해결해 줄 건데?"

"길드에 문제라도 있어?"

"아니, 나 개인이 겪고 있는 문제."

"아…… 그……."

"제어해 보려고 했지만, 제어가 안 되는 것 같아……. 최근에는 머릿속이 하얗게 변하고 아무것도 안 보이더라도 웃기게도 자기 생각은 나더라. 무슨 말 하는지 대충 알겠지?"

"뭐……."

"나 스스로가 판단하건대 내가 이성을 잃을 때마다 짐승 새끼처럼 본능에 따라서 움직이는 건 평소에 쌓아둔 게 많아서 그래. 여러 가지 욕구는 쌓여가는데 제대로 배출하지 않으니 결정적일 때 문제가 된다는 거야. 무슨 말 하는지 대충 알겠지?"

"……."

"무슨 말 하는지 대충 알겠지?"

'아니…… 무슨 말 하는지 모르겠어.'

"알고 있잖아, 자기."

"대충은……. 그런데…… 안 그래도 내가 누나 몸을 한번 살펴보려고 하기는 했는데……."

"그거 신호야?"

"아니, 신호가 아니라 말 그대로의 이야기야. 정확히 돌아버리는 원인이 뭔지 파악해 보려고 했었다고."

"파악할 필요 없어. 이미 답은 나왔으니까. 그동안 내가 잘못 생각하고 있었지 뭐야."

"무슨 뜻이야?"

"내가 진짜로 강해질 방법이 뭔지 제대로 모르고 있었다는 거야. 샌님처럼 훈련하는 건 별로 의미가 없다고."

"그게 뭔 소리야?"

"자기는 맹수가 훈련하는 걸 본 적 있어? 앞발 휘두르거나 물어뜯는 방법을 연습하는 걸 본 적이 있냐고."

"……."

"머릿속에 꽉 들어가 있는 욕구를 해소해 주는 식으로 방법을 바꿨다고. 잘 처먹고 잘 싸고. 짐승처럼 사는 거로 방법을 바꿨다, 이거야."

"……."

"피가 생각날 때도 굳이 억제하지 않아도 되겠더라고. 사방에 깔린 게 사냥감인데 가까운 던전이나 숲에 들어가서 한바탕하고 들어오면 머릿속이 꽤 상쾌해지기도 하고…… 그런 의미에서 말한 거야. 무슨 말 하는지 대충 알겠지?"

저 '무슨 말 하는지 대충 알겠지?'라는 말을 이 짧은 순간에 몇 번이나 들었는지 기억이 나지 않지만, 뭔가에 홀린 것처럼 고개를 살짝 끄덕일 수밖에 없었다. 왠지 모르게 끄덕여야 할 것 같았으니까.

'이 누나 바쁘다는 게 자기 하고 싶은 대로 하면서 사느라 바쁜 거였어?'

물론 그건 아닐 것이다. 그녀는 한 집단을 이끌어가는 수장이 아니던가. 아마 그 와중에도 본인의 욕구를 해소하고 있다고 표현한 것이 아닐까.

솔직히 차희라의 말이 진실인지 의구심이 느껴지기는 했지만, 마음의 눈으로 그녀를 바라보니 곧바로 긍정할 수밖에 없었다. 한 차례, 아니, 두 차례 더 성장한 것 같은 모습이 눈에 띄었기 때문이다.

본인 욕구에 충실한 것만으로 이렇게 성장할 수 있다는 게 어처구니없이 느껴진다. '노력은 배신하지 않는다.' 따위의 말을 달고 사는 놈들이 이 꼴을 본다면 절망에 빠질 거라고 생각했다.

'이딴 게 어디 있어.'

이게 뭐야. 시바.

"아무튼, 그렇게 됐으니까 알아둬. 아, 거기 물 좀."

"아…… 웅."

스리슬쩍 물컵을 건네자 파삭 하는 소리와 함께 형편없이 부서지는 물컵이 눈에 띈다.

"미안 아직 힘 조절이 안 돼서. 곧 익숙해질 테니까 신경 쓰지 마."

솔직히 신경을 아예 안 쓸 수가 없다.

"쟤는 내버려 두고 와인이나 마시러 가자. 자기 온다고 해서 좋은 거로 준비해 놨는데. 아마 마음에 들걸. 포션으로 만들어진 와인이라는데. 놀랍게도 자기가 만든 게 아니야. 원래부터 쭈욱 있었던 아이템인데 나쁘지 않아 보이더라."

"……일단 무슨 말 하는지 알겠어. 근데 오늘은 조금……."

"뭐, 그건 자기 하고 싶은 대로 해…… 일주일 안에 한 번은 들리면 되니까. 용건은 저쪽?"

"물론."

다른 이유는 전부 제외하더라도…… 차희라의 개인적인 문제보다는 가라앉을 조짐을 보이는 종목 쪽이 신경 쓰일 수밖에 없었다.

뒤에서 느껴지는 차희라의 시선이 신경 쓰였지만, 왠지 모르게 뒤를 돌아보기가 꺼려지는 시점.

일단은 라파엘 녀석에게 다가가는 게 먼저라고 생각했다. 녀석이 바깥으로 뛰쳐나간 이후 대화다운 대화를 해본 적이 없지 않은가. 한동안 가만히 내버려 둬도 괜찮을 거라고 생각했지만, 이런 상태가 길어지는 게 달가울 리가 없었다.

물론 그동안 다가가지 못했던 개연성도 충분하다 할 만했다. 라파엘이 악마 계약자의 끄나풀이라는 걸 모르는 척하다 보니, 나 역시 현재 상황에 대응하기 위한 캐릭터를 잡을 수밖에 없었다.

대외적으로 이기영은 라파엘을 걱정하는 포지션에 있다. 카스가노 유노를 통해 함께 본 미래에 녀석이 겁을 집어먹고 커다란 충격을 받았다고 판단하는 것이다.

'전형적인 클리셰네.'

성장형 모험물의 주인공이 자신의 운명 앞에 겁을 집어먹고 나아가지 못하는 장면은 여기저기서 많이 봐왔다.

사실 현재의 라파엘이 이런저런 부분까지 생각하고 있는지는 모르겠지만, 이런 디테일이 중요하다고 생각하는 만큼 먼발치에서 녀석을 바라볼 수밖에 없었다. 우리의 영웅이 스스로 극복해 내기를 바라는 조연의 포지션에서 말이다.

물론 실상은 다르기는 하지만……

'라파엘이 그렇게 생각하게 되면 뭐 나야 상관없지.'

어째서 이기영 명예추기경이 자신을 걱정하고 있는지 깨닫는 게 중요했다. 걱정을 가득 담은 얼굴로 슬그머니 자리를 옮기자 혼이 빠져나간 것 같은 얼굴이 시야에 비쳤다.

차희라가 지시한 기초 체력 훈련도 하지 않고, 멍하니 먼 곳을 바라보고 있는 모습은 가관. 둠기영 사태 때의 김현성만큼은 아니었지만, 고민에 빠진 듯한 모습이었다.

'아니, 그때랑 비교하는 것 자체가 무리수인가.'

직접 머릿속에 들어가야 해결이 가능했던 그때와는 비교 자체가 불가능하다고 생각하는 것이 맞다.

"저……."

살짝 인기척을 내봤지만, 이쪽을 눈치채지 못한 것 같다.

"라파엘 님."

다시 한번 불러보니 슬쩍 나를 돌아본다.

'이거 뭐라고 운을 떼야 하나.'

그나마 괜찮았던 것은 나를 바라보는 눈에 커다란 적의가 느껴지지 않는다는 것. 하지만 약간의 의심이 자리 잡은 것 같기도 했다.

"조금 괜찮으십니까."

"아…… 형."

"몸이 좋지 않으시면 조금 쉬셔도 괜찮습니다."

"아니요. 그런 건……."

"무리하지 않으셔도 됩니다."

차희라와의 훈련으로 인해 넝마가 된 몸에 신성력을 쏟아내자, 뭔가 꺼림칙해하는 모습이 시야에 들어온다. 이쪽이 신성력을 사용한다는 것은 알고 있었겠지만, 직접 몸이 회복되는 느낌이 들 테니 얼마나 당황스러울까.

느껴지는 것은 평범한 신성력이 아닐 것이 분명하다. 맑고 투명하고 깨끗한 것으로 모자라, 순도까지 높은 100% 베니고어산이었으니까. 물론 그 양이 미약하기는 했지만, 이 정도 상처를 치료하는 것에는 문제가 없다.

나를 바라보는 얼굴에 슬슬 표정 관리에 들어간 것은 당연지사. 어떤 표정을 지어야 하는지 판단하는 것 역시 순식간이다. 여기서는 복잡한 표정을 짓는 것이 맞다. 이를테면, 도망치고 싶은 마음도 이해할 수 있다는 듯한 표정. 성인이 된 지 얼마 되지 않은 청년을 전쟁터로 내몰고 싶지 않다는 얼굴. 하지만 그 책임을 떠안길 수밖에 없다는 듯한 태도. 여러 가지 복합적인 감정이 드러나 있는 얼굴이 필요했다.

물론 이런 여러 가지 감정이 실린 표정을 어떻게 보여줘야 할지는 나 역시 고민할 수밖에 없었다.

하지만 녀석의 처지에 진심으로 마주한 순간 자연스럽게 비스무리한 표정이 지어지는 것 같았다. 이 땅 위를 살아가는 모든 이를 위해, 싸움에서 도망치고 싶어 하는 청년마저 전쟁터로 내몰 수밖에 없는 현실. 성검에게 선택받았다는 이유 하나만으로 모든 짐을 끌어안고 공포와 싸워 이겨내야 하는 라파엘을 향한 순수한 동정이었다.

'제기랄……'

이 얼마나 비정한 현실이란 말인가. 저도 모르게 눈에 눈물이 고이고 있다. 억지로 입술을 꽉 깨물어봤지만, 눈물이 흘러나오지 않게 막는 것 정도가 한계.

"괜찮을 거라고…… 싸우지 않아도 된다고 말씀드리지 못해 죄송합니다."

"아니에요, 형……."

"두려우실 거라는 거 압니다."

"……."

"얼마 전까지는 평범하게 살아오셨다는 걸 알고 있으니까요."

"……."

"라파엘 님께서 검을 겨누어야 할 이들은 그런 자들입니다. 잔인하고, 독선적이며 인류를 자신들의 발아래에 두고자 하는 이들입니다. 인류의 위협으로 다가올 이들은 이런 이들이에요. 라파엘 님이 보셨던 그대로입니다."

"……."

"누군가 먼저 움직이지 않는다면 많은 이들이 죽을 겁니다. 마지막 전쟁에서 싸우고 있었던 수많은 영웅과 병사가 죽은 이후에는, 대륙 위에서 살아가고 있는 평범한 이들이 다음이 될 거예요. 평범한 노인과 미래를 꿈꾸는 가족, 어른들의 뒷모습을 바라보는 어린아이들과 날개를 펼치지 못하는 청년, 모두가 고통에 찬 비명을 내지르며 악마들이 내지른 창에 목숨을 잃을 겁니다."

잠깐 말을 끊고 녀석을 바라보자 어떤 포지션을 취해야 할지 고민하고 있는 게 시야에 비친다.

잠깐 걷자는 듯 먼발치를 바라보자 고개를 끄덕이는 라파엘. 당신이 걱정하고 있는 그것 때문이 아니라고…… 내가 고민하고 있는 것은 그것 때문이 아니라고 말하고 있는 듯한 느낌. 이기영이라는 인간이 어떤 인간인지 모르겠다는 얼굴이었다.

'뭘 그렇게 고민하고 그래. 보이는 그대로인데. 그냥 고민하지 말고 시키는 대로만 하면 알아서 해결해 준다니까 그러네.'

정말로 당신은 어떤 인간이냐고 묻는 것만 같다. 대답하고 싶어지는 것도 무리가 아니리라.

'어쭙잖은 자료로 만들어진 선동과 날조보다는……'

직접 눈으로 보고 있는 팩트를 더 신뢰해야 하는 거 아니야?

'이래서 선동이 무서운 거라고, 시바.'

왜 그런 명언도 있지 않았던가. 선동은 한마디 말로 충분하지만, 그것이 진실이 아니라는 것을 증명하기까지에는 수백 가지가 넘는 증거가 필요하다고 말이다. 딱 그 짝이라고 생각할 수밖에 없었다. 이미 수차례나 나는 그런 나쁜 놈이 아니라는 것을 증명하지 않았던가.

하지만 초조해하지 말자. 시간이 조금 걸리겠지만, 진실은 승리하는 법이라는 걸 알고 있으니까.

"책임감을…… 가지라고 말하고 있는 게 아닙니다."

"……."

"우리 앞에 서달라고 말씀드리는 것이 아니에요."

"……."

"처음에 제가 했던 말 기억하고 계십니까?"

"네…… 형."

"……."

"기억하고 있어요. 끝까지…… 함께 싸워달라고…… 검을 놓지 말아달라고."

"무섭고 두려운 게 당연할 겁니다. 전쟁이, 싸움이, 갈등이 두렵지 않은 사람은 이 세상에 없어요. 저 역시 마찬가지입니다. 갈등이 무섭고 그로 인해 상처받을 이들이 무섭습니다. 제 손으로 누군가를 해하게 될까 무섭고, 혹시나 목숨을 잃지 않을까 두렵습니다."

"……."

"저뿐만이 아닐 거예요. 모든 이가 두려워할 겁니다. 수많은 현장에서 보이지 않는 적을 바라보고 있는 영웅들도, 아직 훈련소에서 훈련하고 있는 이들도 무서울 겁니다. 맡은 책임은 다를 수 있지만, 그들 역시 두려운 것은 마찬가지일 겁니다."

"네……."

"그 두려움에 빠져 실수하는 이들도 있지만……."

'예를 들면 악마 관계자 같은 놈들 있잖아.'

"병사들 대부분이 이 두려움을 똑바로 직시하고 있을 겁니다. 형체가 없는 적을 정확히 마주 보고 검을 들어 올릴 준비를 하고 있을 거예요. 그들은 예전부터 그래왔으니까요."

"……."

"네, 아주 오래전부터요. 제가 이 대륙이 오기 전부터 그들은 그렇게 싸워왔을 겁니다. 욕심에 눈이 먼 권력자들의 전쟁에 휩쓸리기도 하고 본인의 의지와는 상관없이 내몰리는 경우도 많았겠지만, 개개인은 분명히…… 분명히 자신들이 지키고 싶어 하는 것을 위해 검을 들어 올렸을 겁니다."

"……."

"사랑하는 가족, 내 조국, 내 사람들을 위해서요. 각자 다른 이념과 가치를 지니고 있지만…… 지금 이 장소에 있는 이들은 그런 이들이에요."

"……."

"힘든 과정을 겪게 되겠지만, 종국에는 일어나게 될 겁니다. 항상 그랬던 것처럼 일어서 승리의 함성을 내지를 거라고 믿습니다. 그렇기 때문에 두렵지 않은 거예요. 저와 함께 싸우게 될 이들을 믿고 있기 때문에 무섭지 않은 겁니다."

지껄일 수 있는 대로 입을 털었지만, 전쟁터에서 싸우는 게 두렵지 않은 이유가 신념을 가지고 싸우는 병사들 때문일 리가 없다. 김현성이나 정하얀, 희라 누나 같은 뒷배들이 나를 가만히 내버려 두지 않을 거라는 확고한 믿음이 있기 때문에 전쟁터에 설 수 있지 않을까.

'이런 믿음이 있어야지.'

"라파엘 님도……."

"……."

"제가 드린 말을 이해해 주실 거라고 생각합니다."

"……."

"분명히 이겨내실 거라고, 회색빛의 성검과 함께 일어나실 거라고 생각합니다. 베니고어 님께서 내리신 검이…… 라파엘 님을 선택한 이유가……. 분명히 있을 거라고…… 그렇게 믿고 있습니다."

"……."

잠시 내려앉은 침묵.

너는 이겨낼 수 있다고 열심히 독려하기는 했지만 이런 말이 제대로 들어올 리가 없다. 애초 녀석의 의문을 해결해 줄 수 없을뿐더러…… 겉은 번지르르했지만 결국 알맹이는 전쟁터로 나가 싸우라는 말이나 진배없었으니 말이다.

당연하지만 이렇게 말을 끝내서는 안 된다는 사실을 잘 알고 있다. 빛기영이라는 캐릭터는 집단을 위해 개인을 희생시키는 사람이 아니다. 눈앞의 이득이나 실리를 위해 움직이는 사람도 아니다. 최대한 이성적으로 생각해야 한다고, 대의를 위해서라면 포기해야 하는 것도 있는 거라고 생각하지만 어쩔 수 없이 감정에 흔들리고야 마는…… 그런 여린 사람이다.

아주 작은 목소리로 천천히 입을 연 것은 당연지사.

"하지만……."

"……."

"하지만 라파엘 님이 정말로 싸우는 것을 원하지 않으신다면"

"……."

"일상으로……."

"형."

"일상으로 돌아가셔도…… 상관하지 않겠습니다. 라파엘 님은 라파엘 님을 위한 삶을 살아갈 자격이 있으니까요."

'싸우기 싫으면 그냥 가도 돼. 당연히 너 없으면 우리 다 뒈질 것 같기는 한데…… 내가 너 같이 유망한 애가 고통받는 걸 견딜 수가 없네. 무슨 말 하는지 알겠지? 여기서 그냥 가면 갑자기 분위기 싸해지는 거 알지?'

당연하지만 놈 역시 떠날 생각은 없을 것이다. 이대로 떠난다는 것은 풀어야 할 숙원에서 등을 돌린다는 것과 같았으니까.

하지만 그것과는 별개로 지금 내가 지껄인 말이 꽤나 마음속에 틀어박히지 않았을까.

'결정타치고는 약하기는 한데.'

개연성을 생각해 보면 나쁘지 않은 발언이었다고 본다.

당연하지만 씁쓸한 미소까지 함께 전달하는 서비스 정신도 잊지 않는다. 마치 동상처럼 굳어 움직이지 못하는 모습에 천천히 어깨에 손을 올리고 녀석의 눈을 바라보자.

'……'

이쪽의 눈을 슬그머니 피하는 녀석이 시야에 들어왔다.

'뭐?'

어깨에 올려진 팔이 불편하다는 듯 어깨를 움찔거리는 모습은 뭘 뜻하는 건지 모르겠다.

'너, 이 새끼……'

"……."

'너, 이 새끼가 나를 거부해?'

왠지 모르게 자존심에 스크래치가 긁힌 것 같은 느낌.

'감히 빛을 거부해?'

그동안 내가 너무 물렁하게 이 게임에 임한 건가 하고 생각할 수밖에 없었다.

너무 어처구니가 없어, 헛웃음이 튀어나오려는 것을 애써 참아낸다. 그냥 다 필요 없으니 목을 날려 버리는 게 좋지 않을까 하는 마음마저 생겨난다.

티가 나지 않게 천천히 호흡을 가다듬었다. 여러 가지 생각 때문에 머리가 복잡했지만, 머릿속에 가장 먼저 들어온 생각은 이것 하나였다.

'누가 이기나 해보자. 그래, 이 악마 계약자 새끼들.'

이 문제를 진지하게 받아들이기로 합의를 본 것이다.

'친절에 익숙해지지 말자.'

"의심해야 돼."

'그는 독이야.'

"끝까지 의심하는 게 맞아."

'절대로 믿으면 안 돼. 그렇게 배웠잖아.'

"모든 게 연기고 전부 계산된 행동이야."

'괜히 동요할 필요 없어. 동요하지 말자. 동요하지 마.'

천천히 거울을 바라보며 다시 한번 중얼거려 봤지만, 머릿속이 혼란스럽기는 마찬가지였다. 정확히 뭐가 어떻게 된 일인지 제대로 된 판단을 내릴 수 없었던 탓이다.

이곳에서 보내는 시간이 길어지면 길어질수록, 이기영이라는 사람과 마주할수록 진실이 뭔지에 대해 고민하게 될 수밖에 없었다.

"천사의 탈을 쓴 악마들……."

거짓이라고 생각했던 베니고어의 예언. 그저 사람들을 선동하기 위함이라고 생각했었던 그 예언을 눈으로 직접 목도한 순간, 아무런 생각도 할 수 없었다.

물론 자신이 본 것이 진실이 아닐 가능성은 차고도 넘친다. 실리아의 무녀가 미래를 볼 수 있다는 소문은 들은 적이 있지만 자신이 본 것이 확정된 미래라는 증거는 그 어디에도 없었으니까.

피부로 느껴지는 현실감 때문에 진실처럼 받아들여지는 것뿐이다. 이것 역시 조작된 것이며 성검에게 선택받은 용사를 컨트롤하기 위한 수단일 것이다. 사용하기 좋은 장기말로 이용하기 위해 조작된 내용일 것이다.

"하지만……."

다른 정황들을 전혀 찾아볼 수 없다는 게 문제였다.

'어떻게 된 거지? 내가 알고 있는 사실이 정말 사실이 맞는 건가?'

그런 의문이 자연스럽게 드는 것도 무리가 아니다.

대륙을 손안에 쥐려는 악마의 일상은, 권력자들과 함께 잔을 기울이고 온갖 만찬에 둘러싸여 방탕한 생활을 하는 나날일 것이라고 생각했다. 여신의 거울에서 보여지는 홍보용 영상이 끝난 이후에는 자신이 구축해 놓은 권력과 명예, 부를 누릴 거라고 생각했다.

하지만 그렇지 않다. 많은 시간은 아니었지만, 최소한 자신이 보기에는 그렇지 않았다. 이기영은 권력과 명예 그리고 그 자신이 쌓아 올린 부를 누리지 않는 종류의 사람이었다.

'어째서…… 어째서?'

"어째서 누리지 않는 거지?"

그 모든 걸 누리기 위해서 여기까지 온 것이 아니었던가. 인간이 이런 종류의 욕구를 원하는 것은 누리기 위해서라고 생각하는 것이 맞다.

하지만 그의 생활은 정반대다. 그는 가장 높은 위치에 있으면서 가장 낮은 위치에서 일하고 있다. 소외된 자들과 어울리며 그들에게 열과 성을 다하는 데 시간을 사용하고 있다. 만약 정말로 이기영 명예추기경이라는 인간이 권력에 미친 독재자라면 할 수 없는 행동이지 않은가.

'보여주기식일 거야.'

그렇게 생각해 봤지만, 그 어떤 인간이 단순히 보여주기 위해 자기 자신을 희생할까.

대륙 보호 관리 위원회의 일도 마찬가지이지 않은가. 그는 권력을 휘두르지 않는다. 그저 희생할 뿐이다. 자기 자신이 가지고 있는 힘을 오롯이 천사의 탈을 쓴 악마들을 막기 위해서만 사용한다. 그가 이 자리에서 올라오기 전에 벌어들인 수많은 재화가 성벽의 공사와 병사들의 보급을 위해서 사용된다.

그의 권력은 타인의 자유와 권리를 빼앗는 데 사용되는 게 아니라 그들을 안전하게 지키기 위해 쓰인다. 그의 명예는 자기 자신을 드높이는 데 사용되는 것이 아니라 낮은 이들을 안심시키기 위해 쓰인다. 그 어떤 병사나 대륙인들의 일상보다 그의 일상이 더 가혹하다. 최소한 눈으로 보이는 게 그러했다. 하루에 소화해 내는 스케줄 자체가 일반인의 시점으로는 이해하기 힘든 수준이었으니 무슨 말이 더 필요할까. 마치 정말로…… 정말로 대륙의 멸망을 막으려고 발버둥 치고 있는 것으로 보이지 않은가.

'그럴 리가 없어.'

라파엘이라는 개인에게 보여주기 위해 만들어진 작위적인 장면이 아닐까.

'어째서 내게 이런 걸 보여주려는 거지?'

아니…… 주변인들의 반응으로 미루어 보건대 그가 살인적인 스케줄을 감당하고 있다는 건 사실이었다.

마치 바보가 된 기분이지 않은가. 지금까지 내가 알고 있는 사실과 현재 이곳에서 벌어지고 있는 이야기가 완전히 상반되어 있다.

'거짓말이었다고? 단장님들과 단원들이 믿고 있었던 게 정말로 거짓말이었다고?'

인정할 수 없는 부분. 끝까지 의심의 끈을 놓을 수 없는 이유였다.

'살아남아라, 라파엘. 너만은 살아남는 거야.'

"거짓말이 아닐 거야."

'단 한 명이라도 우리를 응원해 주는 사람이 있다면…… 그것만으로도…… 우리는…….'

"단장님이 거짓말을 했을 리 없어."

'우리의 목적은 대륙의 해방이야. 그가 지배하고 있는 대륙의 해방.'

"그게 전부 다 연기였다고? 말도 안 돼."

'너는 겁을 들 필요가 없다, 라파엘. 싸우는 건 우리만으로 충분해.'

"연기일 리가 없어. 분명히 연기가 아니었을 거야. 단원들과 함께 보낸 시간이…… 전부……."

'너도 우리를 믿지 않는 거냐. 네가 알고 있는 세상은 거짓과 위선으로 가득 찬 세상이다, 꼬마야.'

"나를 속일 이유가 없잖아. 단장님이 나를 구해주실 이유도 없었어."

　'위험한 시기지만…… 이놈은 데려가는 게 맞는 것 같다. 저대로 두고 볼 수는 없어. 위험한 일이 될 수도 있겠지만, 도의마저 저버릴 수는 없어.'

　"내 말이 맞아."

　'이름은 이후에 차차 알려주도록 하마. 만나서 반갑다, 꼬마야.'

　"그 만남이 전부 다 거짓말…… 거짓말일 리가 없어!"

　'아저씨라고 불러도 돼. 지금은 말이다.'

　"거짓말일 리가…… 없다고!!!"
　콰직!
　유리가 깨지는 소리와 함께 눈앞의 거울이 산산조각이 나서 떨어졌다. 갈라진 거울 틈 사이로 비치는 자신의 여러 모습이 우스웠다.
　그동안 단련된 신체 때문인지 거울을 내려친 손에서 고통이 느껴지지는 않는다. 하지만 아프다. 아파서 참을 수가 없다.
　"흐으으윽…… 뭐가…… 뭐가 진실인 거야. 말해줘요, 단장님. 보고 있으면 제발 말해주세요. 제가 미친 건가요? 저도 단장님 말씀처럼 세뇌당하고 있는 건가요? 이기영이 정말로 단장님이 말한 그런 사람이 맞는 거예요? 제발…… 제발 말해주세요."

대답을 바라고 지껄인 말이 아니다.

"제가 뭘 믿어야 하는지…… 알려주세요. 단장님이 거짓말을 한 게 아니었다고 말해주세요."

대답이 들려올 리가 없다.

"맞죠? 단장님이 해준 말이 맞는 거죠? 그렇게…… 그렇게 생각해도 되는 거죠?"

흘러나오는 눈물을 쓱쓱 닦고 거울을 바라보자 다시 한번 자신의 얼굴이 시야에 비친다.

어떤 표정을 짓고 있는지 스스로도 판단을 내릴 수 없다. 하지만 눈물을 닦아낼 수밖에 없었다. 곧 그와 만나기로 한 시간이 다가오고 있었기 때문이다.

대륙 보호 관리 위원회 소속으로서 전반적인 업무에 대해 알아보고 배우는 시간, 현재의 자신이 가지고 있는 의문을 해소할 수 있는 유일한 수단이었다.

다시 한번 마음을 가다듬고 방을 나서니 시야에 비치는 것은 눈웃음을 보내고 있는 그자였다. 평소대로의 모습. 언제나 환한 웃음을 보이며 여유를 잃지 않으려고 하는, 친절함과 따뜻함, 걱정스러움으로 둘러싸인 얼굴이었다.

여느 때와 같은 얼굴이지 않은가. 가식적으로 지을 수 있는 표정이 아니라는 게 느껴진다. 그는 현재 자신을 걱정스러워하고 있다. 훈련에 제대로 집중할 수 없게 된 그때부터. 나에게 동정을 보내고 있었다. 성검에게 선택받아 일상을 잃은 이에 대한 동정이라고 할 수 있으리라.

'겨우 그런 것 때문에 그러는 게 아니야.'

그리 말하고 싶은 심정.

하지만 그런 말을 내뱉을 수 있을 리가 없다. 일이 어찌 됐든 현재 상황이 내게 유리하다는 것만은 확실히 알 수 있는 사실이었으니까.

그가 정말로 나를 동정하고 아끼고 있다면 쾌재를 불러야 함이 옳다. 나 자신이 고민하는 모습을 감출 수 있을뿐더러…… 이기영 위원장의 신뢰를 얻는 것은 대의를 도모하는 데 필요한 가장 큰 일 중 하나였으니까.

"오늘은 조금 괜찮으십니까?"

평소와 같이 안부를 물어오는 모습에 작게 고개를 끄덕였다.

"피곤하신 것 같아서 일정을 조금 축소시켰습니다. 아마 다음 주 즈음부터는 위문차 병사들을 방문하게 될 것 같습니다. 저와 함께 직접 전진 기지들을 둘러보기도 할 거고요."

"네……."

"전진 기지에 있는 병력에게 무엇이 가장 필요하고 어떤 게 가장 도움이 될지도 한번 알아봐야 하는 부분이니……. 물론 책임자들이 보내오는 건의 사항들은 전부 알고 있지만, 현장에서 체감되는 느낌은 조금 다를 겁니다. 병력들이 정말로 필요로 하는 게 무엇인지 느낄 수 있을뿐더러."

"네, 형."

"아마 라파엘 님께서 방문하신다는 것만으로도 그들에게 커다란 힘이 될 겁니다. 합동 훈련소에 있는 이들도 마찬가지고 말입니다."

"……"

"……이제는 조금 괜찮아지신 겁니까?"

"네, 조금은…… 극복해 낸 것 같아요. 조금은요."

"항상 드리는 말씀이지만 무리하지 않으셔도 됩니다."

"괜찮아요, 형. 저보다는…… 형이 더 무리하고 계신 것 같은데……"

대충 봐도 알 수 있을 정도로 피곤에 찌들어 있는 얼굴이었다. 괜찮은 척했지만 가혹한 일정을 겨우 견뎌내고 있는 이의 얼굴이 저러할까. 아마 나에게 신경 쓰고 있는 것 또한 그의 건강에 영향을 주고 있는 게 분명해 보였다. 이전에 차희라와 함께하는 훈련장에 그가 방문했을 때부터 건강이 급속도로 안 좋아지는 것 같았으니까.

'신경 쓰지 말자. 내가 상관할 일이 아니야.'

육체적, 정신적으로 한계에 내몰려 있다면 오히려 고개를 끄덕여야 함이 옳다.

"다행이군요."

"네?"

"조금이나마 평소 같은 모습을 찾으신 것 같아서 다행이라고 생각했습니다. 그날 이후로 제대로 식사도 하지 않으시는 것 같아서…… 걱정 많이 했는데……."

"형이…… 계속…… 신경 써주셨으니까요."

있는 그대로의 사실이었다.

내가 혼란스러워하고 있다는 것을 직감한 이후, 이기영 위원장은 억지로라도 시간을 내서 나와 함께했다. 뭔가 거창한 이유가 있는 것은 아니었다. 어디까지나 짧은 휴식 시간을 함께 보내기 위해서였다. 함께 차를 마시거나 시시콜콜한 이야기를 하거나 하는 나날.

머릿속은 여전히 복잡했지만, 기운을 차리게 됐다는 것은 부정할 수 없다. 거짓이건 진실이건 간에 그가 사람의 마음을 편안하게 해주는 능력을 지녔다는 것만은 사실이었으니 말이다.

자신도 모르는 사이에 입가에 미소를 띠게 된다. 이 사람에게는 그런 종류의 힘이 있다. 익숙해져서는 안 된다고, 이건 독이라고 끊임없이 생각하면서도 자연스럽게 받아들이게 된다. 독약일 거라고 마음을 먹지만 그 달콤함을 받아 마시게 된다.

괜스레 표정을 굳히며 다시 한번 이기영을 바라봤을 때였다.

'뭐 하고 있는 거지?'

어떤지 그의 상태가 이상해 보인 것.

'지금 뭘 하는 거지?'

먼 곳을 바라보고 있는 표정이다. 어딘가에 혼을 빼앗긴 듯한 모습. 정확히 뭐라고 설명할 수는 없지만 잠깐 정신을 잃은 것처럼 느껴졌다. 심지어 표정을 찡그리며 머리를 부여잡는 모습은 누가 봐도 정상으로 보이지 않는다.

'당신 뭐야…… 어디 아픈 거야?'

그렇게 생각할 수밖에 없는 상황이었다.

이따금 이기영이 비슷한 행동을 보일 때가 있었다. 멀리 있는 곳을 바라본다든지, 혼이 나간 듯한 얼굴을 하는 등의 일이었다.

당연하지만 단 한 번도 심각하게 생각해 본 적은 없었다. 생각에 깊이 빠졌을 때의 습관 같은 것으로 판단했고, 실제로 그런 것처럼 보였으니까.

하지만 지금 보이는 행동은 지금까지와는 다르다.

'뭔가 있어.'

그동안 별것 아니라고, 기다란 손가락으로 허벅지를 툭툭 두드리는 습관과 별로 다르지 않을 거라고, 그렇게 생각했던 모습에 자신이 모르는 뭔가가 숨겨져 있었던 것이다.

'뭐지? 도대체 뭐야?'

여전히 고통이 가시지 않는다는 듯이 조심스럽게 머리를 부여잡고 있는 모습은 뭐라 형용하기 힘들 정도. 심지어 지금 이 순간에도 혼이 나간 듯한 눈을 하고 있었다.

저도 모르게 입을 열 수밖에 없었다. 만약 말을 걸지 않는다면 계속해서 저 상태를 유지할 것만 같았기 때문이다.

"형……."

"……."

"형, 괜찮으세요?"

"……."

"형!"

"아! ……네?"

"아까…….."

"네…… 아…… 제가…… 뭔가…….."

"……."

"네…… 괜찮습니다. 걱정하실 필요 없어요."

"하지만…….."

"정말로 괜찮습니다. 최근에 잠을 제대로 자지 못해서……
조금 어지러워진 것 같습니다. 그러니 신경 쓰지 않으셔도 됩
니다. 조금 쉬다 보면 나아질 겁니다. 일이 바쁘다 보면 이따금
생기는 현상이기도 하고…… 습관, 습관 같은 거라고 보면 됩
니다. 이거…… 제가 깜짝 놀라게 한 모양이군요. 죄송합니다,
라파엘 님. 하…… 하하하."

'거짓말이야.'

확실하지는 않다. 하지만 눈앞의 대상이 거짓말을 하고 있
다는 것 하나만은 전해져 온다.

이기영이라는 인간은 방금 일어난 사건에 광장히 민감하게
반응하고 있다. 항상 완벽했던 모습과는 조금 다른 흐트러진
모습이지 않은가. 부자연스러운 표정과 부자연스러운 행동, 무
엇을 경계하고 있는지는 잘 모르겠지만, 광장히 조심하는 느
낌이다.

그와 오랜 시간을 보낸 것은 아니었지만, 그동안의 경험으
로 미루어 보면 이것 하나만큼은 확신할 수 있다. 지금의 이기

영은 가면을 벗고 있다. 항상 자신을 완벽함으로만 포장하던 가면을 집어던지고, 진짜 약점을 드러내고 있는 상태였다.

지금 눈앞에 보이는 모습이야말로 이기영의 진짜 모습이 아닐까. 명예추기경이나 위원장, 파란 부길드마스터, 대륙을 구한 영웅, 용에게 선택받은 자, 베니고어의 현신이라는 가면 속에 가려진 그의 진짜 모습 말이다.

'이건 기회야.'

충분히 기회라고 할 만했다. 빈틈이라고는 없을 것 같았던 명예추기경이 자신의 유일한 약점을 드러내고 있었으니까.

이날만을 얼마나 기다려 왔는지 모른다. 이런 기회가 있을 거라는 생각 때문에 녀석에게 접근한 것이다.

하지만 입안이 쓰다. 이유는 자신조차 알 수 없었지만, 이상할 정도로 씁쓸하다는 생각이 머릿속을 감돌기 시작했다.

"정말로 괜찮으신 거 맞아요? 방금 분명히……."

"네, 괜찮습니다. 전혀 신경 쓰지 않으셔도 됩니다."

"하지만 형."

"신경 쓰지 않으셔도 됩니다. 정말로요. 그것보다…… 네, 다른 이야기를……."

'말을 돌리고 있어.'

"아까 어디까지 이야기했었죠?"

'초조해하고 있다.'

"……아…… 네, 거기까지 말씀드렸었죠. 그러니까…… 네, 오늘은 피곤하신 것 같아서 일정을 조금 줄였습니다. 그리고…… 네, 또, 아마 다음 주 즈음부터는 위문차 병사들을 방문하게 될 것 같고요……. 그러니까 저와 함께 직접 전진 기지들을 둘러보기도 할 것 같으니 준비하시면 될 것 같습니다."

'뭐?'

"전진 기지에 있는 병력에게 무엇이 가장 필요하고 어떤 게 가장 도움이 될지도 한번 알아봐야 하는 부분이니…… 책임자들이 보고해 오는 건의 사항과 현장에서 체감되는 것의 느낌은 많이 다를 겁니다. 병력들이 정말로 필요로 하는 게 무엇인지 느낄 수 있을뿐더러……."

'당신 지금 무슨 소리 하는 거야.'

"장…… 담하건대…… 라파엘 님께서 방문하시는 것만으로도 그들에게 커다란 힘이 될 겁니다."

'뭐라는 거냐고…….'

저절로 침묵하게 되는 게 당연했다. 불과 몇 분 전에도 비슷한 이야기를 하지 않았던가. 아니, 비슷한 이야기 정도가 아니라 완전히 똑같은 이야기를 하고 있다.

예상하지 못했던 상황에 잠시 표정 관리를 하지 못하게 된 것도 무리가 아니리라. 다시 한번 미소를 띠었지만…… 자신의 표정을 확인했는지 제대로 알 수가 없었다.

"다행이군요."

"……."

"조금은 기운을 차리신 것 같아서 말입니다. 그렇게 웃는 모습을 본 것도 굉장히 오랜만인 것 같습니다."

그 누가 이 기묘하고 이상한 상황을 정상적이라고 판단할까.

"그럼 오늘은 예정대로…… 네…… 그렇게, 하면 괜찮을까요? 일이 전부 끝나고 체스를 두면서 시간을 보내는 것도 괜찮을 것 같고요. 사실상…… 네, 휴일이라고 생각하시면 될 겁니다."

"……."

"그동안 심적으로 지치셨을 테니 오늘만이라도 마음 편히 쉬셨으면 합니다. 혹시 어디 가고 싶은 곳이 있다면 말씀하셔도 됩니다. 내일 훈련에 지장이 가지 않을 정도라면…… 훈련에…… 지장이…… 네, 지장이 가지 않을 정도……."

"……."

"저…… 잠깐."

"형?"

"잠깐…… 잠깐만……."

"형."

"오늘…… 일정은 모두…… 네, 잠깐…… 급한 일이 생각……."

아까 일어났던 일보다 더 이상한 일이 일어난 것은 바로 그때. 잠시 비틀거리던 이기영이 급하게 몸을 뒤로 돌린 것이다. 최대한 빠른 속도로 달려가려고 하는 것이 눈에 보인다.

생각보다 몸이 먼저 반응한다. 혹시나 무슨 사건이 터지지 않을까 초조해진 마음은, 저도 모르게 복수의 대상의 뒤를 쫓게 했다.

어떻게든 이곳을 벗어나고 싶어 하는 것처럼 보이지 않은

가. 벽을 짚고 아슬아슬하게 걷는 모습은 불안해 보이기까지 하다. 거친 숨을 헐떡이고 있었고, 한 손으로는 계속해서 머리를 부여잡고 있었다. 헛구역질하는 듯한 소리를 내며 힘들게 한 발자국, 한 발자국 내디디고 있다. 종국에는 코너를 돌아 시야에서 보이지 않게 되었다.

조금 더 빠르게 발걸음을 옮길 수밖에 없었다. 누가 보더라도 위태로운 뒷모습을 하고 있었기 때문이다.

'괜찮은 건가? 몸이…… 몸이 아픈 건 아닌가?'

분명히 뭔가 있다. 이 코너를 돌면 그가 숨기고 있는 것이 있다.

'문제가 있는 거야?'

그토록 찾고 싶었던 그의 약점. 이 게임에서 승리할 수 있는 패. 복수를 완성할 퍼즐 조각.

하지만 그 어떤 것도 제대로 떠올릴 수가 없다. 속도를 올려 코너를 돌자 눈에 들어온 장면은 기다란 복도에 홀로 쓰러져 있는 이기영의 모습.

'어?'

"형?"

'뭐야.'

"형…… 괜찮아요?"

허겁지겁 뛰어가 상태를 확인하려고 한 것은 당연했다.

하지만 더 이상의 접근을 허락하지 않겠다는 듯한 인영의 모습에 침을 삼킬 수밖에 없었다.

앞을 가로막아 선 것은 작은 키의 여자. 어디에서 나타난 건지는 확실치 않지만, 처음부터 이 장소에 있었던 것처럼 자리해 있었다.

누구인지는 당연히 알고 있다. 이기영을 그림자처럼 따라다니는 존재의 이름을 모를 리가 없지 않은가. 쌍검을 들고 있는 여자는 더 이상의 접근을 허락하지 않는다는 듯 앞을 막아섰다.

"가까이 다가오지 마십시오."

"박리안 님?"

"필요에 따라서는 무력을 사용할 수도 있습니다."

"네?"

"조용히 왔던 길을 되돌아가세요. 오늘 일정은 잠시 후에 따로 전달드리겠습니다."

"지금…… 지금 그게 문제가 아니잖아요. 기영이 형이……
일단…… 일단은……."

"두 번 말씀드리지 않겠습니다. 조용히 돌아가세요."

"비켜요. 사제를 불러야 해요. 지금 당장 불러야 한다고요."

"당신이 관여할 일이 아닙니다. 걱정하시는 사안은 제가 알아서 처리할 테니, 이 일에 신경 쓰지 마십시오. 라파엘 님께서는 할 일을 하시면 됩니다."

"비켜요……."

"돌아가세요. 두 번 말씀드리지 않는다고 분명히 말씀드렸습니다."

"비…… 키라고!"

콰드드득!

자신도 모르게 뛰어들어 가봤지만 느껴지는 것은 차가운 바닥. 목 위로 서늘한 감촉이 느껴진다. 자신은 바닥에 형편없이 꼬꾸라졌고, 박리안이라는 여자가 자신을 위에서 짓누르는 것이 느껴졌다.

언제 이렇게 되었는지조차 알아채지 못했다. 순식간에 몸이 공중에서 한 바퀴 나돌았고, 결과는 보이는 그대로. 처박힌 얼굴과 맞닿은 차가운 바닥의 감촉이 그대로 느껴졌다.

어떻게든 몸을 움직이려고 해봤지만 이미 구속된 육체가 움직일 리가 없다. 허리춤에 매달린 검은 마치 장식인 것처럼 자신의 말에 응답하지 않는다.

최대한 고개를 돌려 정면을 바라보자, 조용히 쓰러져 있는 이기영의 모습이 눈에 들어왔다. 다시 봐도 여전히 믿을 수 없는 장면이지 않은가. 그 이기영이…… 그 이기영이 정신을 잃고 형편없이 쓰러져 있다.

'당신, 지금 뭐 하고 있는 거야.'

어째서 그렇게 쓰러져 있는 거야.

'당신 악당이잖아.'

왜 그렇게 괴로운 듯이 몸을 웅크리고 숨을 헐떡거리고 있는 건데.

'대륙을 집어삼키려고 하는 독재자잖아.'

그런 모습 보이지 마. 내 앞에서 그런 모습 보이지 말라고…….

'일어서. 당장 일어나라고.'

약한 척하고 있는 거 다 알아. 지금도 연기하고 있는 거 전부 알고 있다고.

'그러니까 일어나.'

작다. 무척이나 작아 보인다.

그렇게 무섭고 두려워했던 이가, 악마의 화신이라고 믿어 의심치 않았던 이가, 이상하게 너무나도 작아 보인다. 힘을 주면 부서질 것만 같은 모습 아닌가. 마치 병든 새처럼 보일 정도였으니 무슨 말이 더 필요할까.

왜 그동안 눈치채지 못했을까. 왜 지금까지는 저런 모습을 보지 못했을까 하는 생각이 드는 것도 무리가 아니리라.

"비켜……."

"돌아가신다고 확언해 주시면 구속을 풀어드리겠습니다."

"비키라고……."

"실례를 용서해 주십……."

"비키라고 말했잖아!!"

콰아아아아아앙!!

터져 나온 것은 회색의 빛. 요란한 소리와 함께 자신을 짓누르고 있었던 이가 튕겨 나가는 것이 느껴졌다.

곧바로 몸을 일으켜 발걸음을 옮기려고 했지만, 언제 자세를 바로잡았는지 두 자루의 검이 목을 노리고 들어오는 것이 시야에 비쳤다.

'빨라.'

지금의 자신은 반응할 수 없을 정도로 빠른 쾌검. 본의 아니게 머릿속으로는 주마등이 스쳐 지나간다.

"그만하세요."

그 목소리가 들려오기 전까지는.

익숙한 목소리. 정신을 완전히 잃은 이기영을 지탱하고 있는 것은 기다란 창을 등 뒤에 멘 여자였다.

"수습은 제가 하겠습니다. 박리안 님께서는 주변의 통제를 부탁드리겠습니다. 라파엘 님 역시 마찬가지입니다. 조용히 방에 들어가세요. 그리고······."

"······."

"당신은 오늘 아무것도 보지 못한 겁니다."

세상에 알려지지 않은 사실, 절대로 세상에 알려지지 않을 진실. 이기영, 그자가 그렇게 숨기고 싶어 하던 비밀의 일부를 두 눈으로 직접 확인한 순간이었다.

"거짓말이야······."

"······."

"거짓말······ 이라고······."

184장
대륙의 진짜 어둠

'거짓말…….'

괜스레 머리를 부여잡게 된다.

이유를 알 수 없는 초조함이 전신에 감돈다. 이상하게도 손은 점점 떨려왔고 호흡이 거칠어지는 게 느껴진다.

모든 이들이 신의 현신이라고 부르는 이가 정체를 알 수 없는 병에 걸려 고통스러워하고 있다고?

신에게 사랑을 받고 있는 존재라 하지 않았던가. 가장 순수한 영혼을 가진 이라고 하지 않았던가. 베니고어의…… 아들이라고…… 하지 않았던가…… 그런데…….

'그런 사람이 아파?'

이렇게 아이러니한 상황을 만나기도 쉽지 않을 것이다. 운명의 장난이라는 말이 어울리는 상황이 아닌가. 갑작스레 찾아온 현실에 정신을 차릴 수가 없을 지경이다.

앞에 놓인 책상을 멍하니 바라보고 있었을 때였다. 맞은편에서 재촉하는 듯한 목소리가 들려왔다.

짜증을 담은 목소리가 아니다. 눈앞에 있는 대상 역시 무척 초조해하고 있다고 판단하는 것이 맞다. 평소와는 다르게 감정을 절제하지 못하는 것이 느껴질 정도였으니 무슨 말이 더 필요할까.

조혜진. 명실상부 파란 길드의 3인자. 길드 비서실장의 자리에 앉아 있는 인물이었고 파란에서 가장 신뢰받고 있는 파티원이기도 했다. 타협할 줄 모르는 성격이었고 원리 원칙을 그 누구보다도 중요하게 여기는 종류의 인간이었다. 무슨 일이 일어나도 항상 침착함을 유지하는 성격이라고 판단했던 그녀 역시, 걱정을 감추지 못하는 표정을 드러내고 있었다.

"정확히 어떤 상태였습니까. 부길드마스터가 쓰러지게 된 경위에 대해서……."

"……."

"라파엘 님?"

"……."

"라파엘 님."

"멍하니…… 멍하게 다른 곳을 바라보시다가 머리를 부여잡으셨어요. 평소처럼 대화하시다…… 오늘 일정은 다음으로 미루는 게 좋겠다고 하시고는…… 반대쪽으로 계속해서 뛰어가셔서…… 무슨 일이라도 생길 것 같아서…… 그러니까…… 그

러니까…… 그대로…… 쓰러져 버릴 것 같아서…….”

“그다음에는 어떻게…….”

“잘 모르겠어요. 그냥…… 뒤를 따라 가보니 형이 쓰러져 있어서…… 그다음은 알고 계신 그대로예요. 박리안 님이…… 제 앞을 가로막았고…… 저는 형이 잘못되는 줄 알고…… 형은 괜찮으신 건가요?”

“…….”

“말해주세요. 괜찮으신 거 맞죠?”

“네, 현재 안정을 취하는 중입니다. 아직 정신을 차리지는 못하셨지만, 곧 일어나실 겁니다.”

“어째서 사제를 부르지 않은 건가요?”

“라파엘 님께서 신경 쓰지 않으셔도 되는 일입니다.”

“어째서 사제를 부르지 않은 거냐고 물었잖아요! 뭔가 조치해야 하는 거 아니에요?!”

“사제들을 불러 해결될 일이었다면 이미 훨씬 전에 해결됐을 겁니다. 다른 건 묻지 말아주세요. 그저 이것만 기억하고 계시면 됩니다. 라파엘 님께서는 오늘 아무것도 보지 못한 겁니다. 아무것도 듣지 못한 겁니다. 오늘 일어난 일이 새어 나가지 않게 해주세요. 꼭 부탁드립니다.”

“말 같지도 않은 소리를…….”

“부길드마스터께서 원하시는 일입니다.”

“…….”

“형을 직접 봐야겠어요.”

"……."

"비밀을 지키는 걸 원하시는 거라면 저도 볼 자격이 있다고 생각해요. 협박하거나 거래를 원하는 게 아니에요. 하지만 형이 정확히 어떤 상태인지 알아야겠어요. 제 눈으로……."

"……."

"비밀은 지킬 겁니다. 제 검에 맹세코, 반드시."

"후우……."

"저도…… 대충은 알고 있어요. 그저…… 확신이 필요할 뿐이에요."

결심했다는 표정, 어쩔 수 없겠다는 눈빛, 천천히 자리에서 몸을 일으키는 조혜진의 모습이 눈에 보였다. 다른 말을 하지 않고 등을 돌릴 뿐이었지만 저 행동이 긍정의 표현이라는 것 정도는 눈치챌 수 있었다.

아무 말도 하지 않고 그녀의 뒤를 따라나서자 눈앞에 보이는 것은 커다란 문.

이윽고 문이 열렸고 침대 위에 쥐 죽은 듯이 누워 있는 형의 모습이 눈에 들어오기 시작했다.

비현실적이다. 왠지 모르게…… 왠지 모르게 비현실적이다.

아까 본 모습과 다르지 않다. 표정이 한결 편해 보이기는 했지만 아직도 눈을 뜨지 못하고 있지 않은가. 가느다란 손목과 초췌해 보이는 얼굴, 정말로 죽은 것은 아닌가 하는 생각이 들 정도의 모습이었다.

손이 떨려온다. 괜스레 입술을 꽉 깨물게 된다.

'그럴 리가 없어……'

다시 한번 확신하게 된다. 저런 사람이…… 저런 사람이 세상을 집어삼키려고 하는 악마일 리가 없다. 저렇게 약하고 여린 사람이 모두를 속이고 있는 사기꾼일 리가 없다. 마치 영원히 일어나지 않을 것 같은 모습이지 않은가.

저런 모습을 가지고 있는 사람이…….

'잘못 생각한 거야. 뭔가…… 뭔가 오해가 있었던 거야.'

단장님을 믿지 못하는 것이 아니다. 단장님이 거짓말을 했다고는 생각하지 않는다.

하지만 이곳에 자신이 모르는 뭔가가 있다. 자신이 놓치고 있는 무언가가 있다. 결정적으로 놓치고 있는 한 개의 퍼즐 조각이…… 분명히 놓여 있다.

"부길드마스터는……."

"네."

"기억을 잃어가고 있습니다."

"그게…… 그게 무슨……."

"말씀드린 그대로입니다."

"……."

"물론…… 하하하, 물론 그렇게 심각한 상황은 아닙니다. 점차 나아지고 있고, 생각하시는 것처럼…… 네, 생각하고 계시는 것처럼 위험한 상황도 아닙니다. 그렇게 위험한 상황은 아닐 거예요. 지금은…… 조금 전에 일어난 일을 기억하지 못하시는 정도니까. 그러니까, 큰일은 아닙니다. 예전에 있었던 일들은 전부…… 기억하고, 기억하고 계시니까요. 아직…… 아무것도 잊지 않으셨습니다."

울음을 참고 억지로 말을 잇는 듯한 목소리.

'거짓말이 아니야.'

저 조혜진이라는 여자가 슬퍼하고 있다는 게 느껴진다. 그 목소리는 너무나도 처연하게 들려와, 나 자신도 슬퍼지게 만들 정도였다.

아무 말 없이 조용히 침대에 걸터앉은 그녀는, 형의 손을 꼭 잡고 그의 이마에 손을 가져다 댄 이후, 말을 이었다.

"머리를 붙잡고 두통을 호소하거나 혼이 나간 것 같은 모습을 보이는 증상을 보이신 이후에는 대개 이렇게 잠에 빠져들고는 하십니다. 심한 경우에는…… 사흘이 넘게 잠에 빠져 계실 때도 있고요……."

"어쩌다가…… 이렇게 되신 겁니까."

"27군단 소환 사태."

"……."

"아마 라파엘 님도 알고 계실 겁니다. 그러니까 부길드마스터께서…… 악마에 의해…… 네, 그 이후에 얻은 후유증이라고 말씀하셨습니다만……."

'…….'

"자세한 것은 저도 모릅니다."

안에서 무언가가 치밀어 오른다.

"어째서……."

"……."

"어째서…… 이 모든 걸 알고 있으면서…… 어째서 형을……
형을 가만히 내버려 두지 않는 건가요."

'내 잘못이야.'

"이 모든 걸 알고 있으면서도…… 어째서…… 어째서 이렇
게 이 사람을 전쟁터로 내몰 수가 있어."

'나 때문이야……'

"어떻게…… 이 사람한테 이 모든 책임을 강요할 수가 있냐고!"

악마의 기운에 노출되어 부작용을 얻은 것이라면, 결사단과
의 마찰 역시 그에게 좋지 않은 영향을 끼쳤으리라. 어쩌면 그
날 일어났던 사건이 그에게 치명적인 독이 됐을지도 모른다.

"어째서 이 사람을 가만히 내버려 두지 않은 거냐고!"

오히려 내버려 두지 않은 것은 자신들이다. 대륙을 위해 희
생하고 빛을 위해 살아가는 이를 멋대로 오해한 것은 자신들
쪽이다. 그에게 다시 한번 고통을 안기고 그를 궁지로 몰아넣
은 것은 내 잘못이다. 안 그래도 한계에 다다른 사람에게 끊임
없는 고통을 선사한 것이 바로 나 자신이었다.

"어떻게 그렇게 당신들…… 생각만 할 수가 있냐고…… 제
기랄!"

나 자신에게 외치는 목소리였다. 끝까지 그를 믿지 않은 내
게 외치는…… 처절한 절규였다.

"그게 당신들의 방식이야! 그게…… 그게 당신들의 방식이
냐고…… 자기들 멋대로 한 사람을 내몰고…… 고통스럽게 만

드는 게…… 그게…… 흐윽…… 당신들의……."

'내 잘못이야.'

"흐으으윽……."

'내가…… 내가 형을 이렇게 만든 거야.'

내가…… 내가 형을 이렇게 만든 거라고…….

"어리광 부리지 마세요."

"뭐?"

"어리광 부리지 말라고 말했습니다. 당신 멋대로 그를 판단하지 마세요. 부길드마스터 스스로가 결정한 일입니다. 대륙에 남길 것이 있다고…… 기억이 전부 사라지기 전에…… 저희를 위해 할 수 있는 일을 하시겠다고 결정하신 일입니다. 모든 게 그의 선택이에요."

"아무리 그렇다고는 해도…… 아무리 그렇다고는 해도!!!"

"너."

마치 목을 조이는 것만 같은 느낌.

"내 친구를 병신 취급하지 마."

"그런 게……."

"그가 스스로 결정한 일이야. 네가 뭘 안다고 그렇게 떠들어. 함께 지낸 지 고작 몇 달도 되지 않은 네가 뭘 안다고 내 앞에서…… 그렇게 모든 걸 안다는 듯이…… 지껄여. 네 어쭙잖은 소견으로……."

"……."

"그의 긍지를 더럽히지 마."

"흐윽…… 흐으으윽…… 끄으윽……."

"……."

"형…… 흐으윽…… 허엉……."

"나가주세요."

"흐으으윽……."

"나가달라고 말씀드렸습니다. 안정이 필요해요. 논쟁이 필요하다면…… 이후에 시간을 만들겠습니다. 약속은 지키리라고 믿습니다. 그리고……."

"……."

"당신이 할 수 있는 일을 하세요. 그게…… 그에게 보탬이 되는 일입니다."

눈앞이 흐려진다. 어마어마한 책임감이 전신을 짓누른다. 온몸에 힘이 빠지고 당장에라도 쓰러지고 싶어진다.

하지만 그렇게 할 수 있을 리가 없다. 누구보다 울고 싶은 것은 저 여자일 것이다. 펑펑 울고 책임감에서 벗어나고 싶은 사람은 저 여자일 것이다.

조혜진의 말이 맞다. 자신은 이기영에 대해 이래라저래라 떠들 권리가 없다. 오히려 용서를 구함이 옳다. 미안하다고 잘못했다고…… 무릎을 꿇고 빌어야 한다.

힘겹게 발걸음을 옮긴다. 도저히 가슴에 품을 수 없는 감정을 품고 그렇게 한 발자국 한 발자국 발걸음을 옮긴다.

감정은 계속해서 요동치고 있다. 하지만 꿋꿋이 자리에 버티고 있는 조혜진의 모습을 바라본 이성은 필사적으로 그녀의 말을 되새긴다.

'당신이 할 수 있는 일을 하세요.'

'내가 할 수 있는 일을 해야 돼.'
잘못을 바로잡는 일.
'내가 할 수 있는 일을…… 내가 할 수 있는 일을……'
이 수수께끼 같은 퍼즐의 마지막 조각을 끼워 맞추는 일.
'이제…… 알겠어요, 형……'
아직도 형을 의심하고 있냐고? 그게 아니다. 이건 바로잡음, 그래, 바로잡음에 관한 이야기다.
'이제 알 것 같아요, 단장님. 저희가…… 저희가 놓치고 있었던 게 뭔지…… 이제야 알 수 있을 것 같아요.'
단장이 조사한 모든 게 잘못되었으리라고는 생각하지 않는다. 자신이 직접 눈으로 확인했던 그 자료들은 모두 타당해 보였고, 실제 증거로도 효력이 있을 만큼 치밀했으니까. 결사단이 조사한 자료들에 거짓은 없다. 과장과 악의가 있을지언정, 결사단은 진실을 향해 달려가고자 했다.
단장과 단원들이 예상하지 못하고 있었던 것은 이기영이라는 인물 외에 다른 이들을 상정하지 못했다는 것.
언론 통제와 독재를 주도하는, 권력을 지닌 인물은 따로 있을 것이다. 이 모든 일을 만들고 그를 고통스럽게 한 이는 분명히 그와 가까운 곳에 있을 것이다. 그의 가장 가까이에서 그를 속이며 그를 병들게 하고 그를 결사단의 앞으로 내몬 벌레 같은 인간이…… 분명히 있을 것이다.

'누구야.'

그와 가장 가까운 이.

'누구지?'

그와 비슷한 권력을 가지고 있는 인물.

'생각해.'

이 대륙 내에서 유일하게 이기영을 통제할 수 있는 사람.

머릿속으로 계속해서 가능성을 떠올리던 중, 가장 먼저 진실에 도달한 것은 무의식중에 흘러나온 목소리였다.

"김……."

그가 바로 대륙을, 형을 컨트롤하고 있는 진짜 악마였다.

"김현성……."

퍼즐이 완성됐다.

"부길드마스터? 정신이 드십니까? 부길드…… 마스터?"

"왜…… 징그럽게 손을 잡고 있습니까?"

"누가…… 누가 당신 손을……."

"저 안 죽었습니다…… 진정 좀 해요."

"……."

"가만 보자…… 혜진 씨, 지금 울어요?"

"장난치지…… 장난치지 마세요. 지금 그런 장난을 치고 싶습니까?"

"아니, 누가 장난치고 있다고 그러세요. 그냥 있는 그대로의 사실을 이야기하고 있는 건데."

"저번에도…… 그런 식으로 놀리지 않았습니까……. 저 안 울었습니다. 그러니까…… 그런 말 하지 마세요."

'진짜 장난치려고 마음먹었으면 이 정도로 안 끝내지.'

아마 방금 나왔던 대사를 지껄이지 않았을까.

'네가 뭘 안다고 떠들어.'

'키이야…….'

'그의 긍지를 더럽히지 마.'

'키야…… 혜진아, 시바…… 혜진아아아아…… 진짜 네가 나를 그렇게까지 생각해 주고 있을 줄은 몰랐다, 야.'

저도 모르게 웃음, 아니, 눈물이 튀어나올 뻔한 명장면이었다. 가만히 누워 있던 내 얼굴이 다 붉어질 정도였으니 무슨 말이 더 필요할까. 단언컨대 이번 기획에서 가장 킬링 포인트가 되는 장면이리라. 물론 가장 커다란 위기를 안겨준 장면이기도 했고…….

조혜진과 아름다운 우정을 쌓고 있다는 생각은 훨씬 오래 전부터 해왔지만, 우리 우정이 완벽하게 완성됐다는 생각을 할 수밖에 없었다.

물론 조혜진을 무대로 끌어들인 건 조금 미안하다. 하지만 예상하던 그대로의 결과에 절로 포근한 미소가 지어진다.

이런 기획에서 가장 중요한 것은 바로 리얼함. 사실상 조혜진이 살린 쇼라고 해도 과언이 아니리라.

'그러게 지가 어쩔 건데? 라파엘 별것도 아닌 게…… 어디서 철벽을 깔아?'

함락시키기 어려운 성벽이라고 생각해 만반의 준비를 해놨건만 준비한 것의 반도 사용하지 않았는데 함락.

울음을 터뜨리며 형이라고 부르는 놈의 목소리를 떠올리자 너무 많은 것을 준비한 내가 바보가 된 듯한 기분이었다.

'빛기연 카드는 괜히 준비해 달라고 했네.'

이지혜에게 새 취미가 생긴 거냐고, 만약 그런 거라면 자기 요정도 준비하겠다고 한 소리 들었는데…….

'뭐 아무럼 어때. 결과만 좋으면 된 거지.'

그야말로 대성공이라고 할 수 있었다.

모르긴 몰라도 자신이 저지른 잘못에 괴로워하고 있지 않을까. 마지막에 보여줬던 반응을 보면 가까운 시일 내에 석고대죄해 오지 않을까 싶기도 했다.

물론 자신이 악마 계약자 라인이었다는 사실을 밝히지는 않겠지만……. 통한의 눈물을 흘리며 비벼올 것이라는 건 부정할 수 없는 사실이었다.

내 입장에서는…….

'기왕이면 안 밝히는 게 좋지.'

본래 마음의 짐이 많이 남아 있는 사람일수록 컨트롤하기 쉬워지는 법이니까. 나를 반병신으로 만드는 데 한 손을 거들었다는 사실이 평생 녀석을 찌르는 죄책감으로 남아 있게 되지 않을까.

내 입장에서는 굳이 그 감정을 해소시켜 줄 필요가 없다. 혹시나 놈이 고백할 낌새가 보이면 곧바로 자리를 피하는 게 좋을 것 같았다. 우리 사랑스러운 회귀자와는 경우가 달랐으니까.

좋은 결과에 실실 미소가 지어지는 것도 무리가 아니리라.

'푸훗…… 푸흐허하하하헤헷.'

이제야 정리가 끝난 것 같은 느낌. 마음 같아서는 축배라도 들고 싶은 심정이었지만 눈앞에 있는 내 소중한 친구가 그걸 허락해 줄 것 같지 않았다.

'얘 얼굴 보니까 참 좋네, 훈훈하니. 고맙다, 혜진아. 진짜, 네 공이 컸어. 바쁜 일만 마무리되면…… 진짜 조혜진 아바타 한 번 더 해줄게. 너도 이제 보상받을 때 됐잖아.'

"뭘 그렇게 기분 나쁘게 웃고 계시는 겁니까."

"그냥 아무것도 아닙니다. 의지할 사람이 있다는 생각에…… 기분이 좋아졌을 뿐이에요. 저도 사람인데…… 그런 거에 기뻐할 수도 있죠."

"기억은…… 괜찮으신 겁니까?"

"네, 깜깜한 느낌은 없어요. 전부 기억하고 있는 것 같습니다. 심지어 제가 쓰러지기 전의 장면도요. 제가 깨어난 지 일주일이 지났다거나…… 뭐 그런 건……."

"아닙니다. 3시간도 채 지나지 않았으니 안심하셔도 됩니다. 부길드마스터가 생각하는 그런 상황은 오지 않았어요."

"라파엘은……."

"죄송합니다."

'아니야, 네가 죄송할 게 뭐가 있어. 우리 혜진이 책임감 하나는 기가 막혀 가지고……. 약속을 어기게 된 게 그렇게 미안했어? 근데 어쩔 수 없는 상황이었잖아, 그렇지?'

"알아버렸군요."

"입 밖으로 내뱉지 않겠다는 확언은 받아냈습니다. 성검에 맹세할 정도였으니 부길드마스터가 걱정하는 일은 일어나지 않을 거예요. 하지만……."

"네?"

"언제까지 숨기실 겁니까?"

"그거 이미 끝난 이야기 아니었어요?"

"이야기를 자기 마음대로 끝내지 마세요. 저는 분명히 말씀드렸습니다. 만약 부길드마스터에게 심각한 일이 생기면 곧바로 길드마스터께 보고드리겠다고요."

"아, 그랬었나요. 기억이 잘……."

"사람 간 떨어지게 만드는 쓰레기 같은 장난치지 마세요. 저지금 진지하게 말씀드리는 겁니다."

'혜진아…….'

"심각한 일이 생기지는 않았으니까…… 알리지 않으시겠군요."

"아니요, 이번 건 충분히 심각한 일입니다."

"아니에요. 심각한 일은 아니에요. 조금 머리가 아팠다는 건 부정하지 않겠지만, 곧바로 몸을 털고 일어나지 않았습니까. 몸에도 이상 없고 머리통에도 이상이 없어요. 최근에 너무 체력적으로 힘든 일이 있어서 조금 기력이 쇠약해진 것뿐입니다. 오히려 차도가 있다고 생각하는 게 맞죠. 증상을 겪고 일어났는데도 불구하고 다른 이상이 없지 않습니까. 걱정할 필요 없습니다."

'거짓말은 아니지.'

"피로 회복 포션 한 병이면 전부 해결될 거라니까요?"

"그 피로 회복 포션을 달고 사시는 분이 말은 참 많으시네요. 아무튼, 저는 진지하게 말씀드린 겁니다. 딱 이번까지입니다."

"네?"

"딱 이번에만 눈 감아드리는 겁니다."

'그래야지.'

"단언하건대 다음에도 이런 일이 생긴다면 곧바로 길드에 알릴 겁니다. 저도…… 저도 더 이상은 부길드마스터를 지켜볼 자신이 없어요. 제가 불안해서 견딜 수가 없습니다. 만약 제가 없는 곳에서 이런 일이 생겼다면 어떻게 하시려고 그러셨습니까? 만약에 적과 대치하고 있는 상황에 지금 같은 상황이 벌어졌으면 어쩔 뻔했어요? 만약에…… 만약에……"

그럴 일은 없다. 조혜진이 이곳으로 도착할 시간 정도는 완벽하게 계산하고 있었고, 혹시 생길 수 있는 변수도 전부 계산해 놓은 상태였다.

별일 없을 거라고 반박하고 싶기는 했지만, 일단은 조혜진의 말을 들어주는 게 좋을 것 같다. 이런 일이 다시 생기지 않도록 조심하면 되는 문제니까.

혹시라도 정말로 위쪽에서 나를 호출한다면 문제가 생길 수도 있겠지만 베니고어 쪽도 아무 이상 없으니 이 순간을 즐기는 게 가장 옳은 행동이다.

"아무리 리안 씨가 붙어 있다고는 해도…… 이건 너무 위험해요. 지구에서도 이런 상황이면 위험하다 활동하는 것을 만류했을 겁니다. 하물며 대륙은 두말할 것도 없어요. 그리폰을 타고 있는 상황이었다면…… 연금 실험을 하는 중이었다면…… 잘못하면 끔찍한 사고로 이어질 수 있다는 말입니다. 블랙아웃되는 걸 별거 아니라고 생각하지 마세요, 부길드마스터."

"잘 알고 있습니다. 그러니까…… 큼, 잔소리는 이쯤 합시다. 말씀드리지 않았습니까. 그 누구보다 자기 몸 잘 챙기는 게 바로 접니다."

"후우…… 그건 알지만…… 어떻게…… 5현장 연구에 차도는 있는 겁니까? 당신 머리에 도움이 되는 게 맞아요? 계속 지켜봐도 되는 겁니까?"

"아예 없는 것은 아닙니다. 그러니 걱정 좀 하지 마세요. 저 같은 사람 걱정해 봤자, 다 혜진 씨 손해예요."

"그런 소리 하지 마세요. 누군 좋아서 걱정하는 줄 압니까. 아무튼…… 오늘 하루는 같이 있는 게 좋을 것 같습니다."

"데이트 신청 아니죠?"

"미친 새끼."

"욕하지는 마요."

"욕 나올 만한 말을 하지 마세요. 그리고 오늘 스케줄도 전부 취소했으니 그렇게 알아두시고요. 그럼 저는 길드마스터에게 연락 좀 하고 오겠습니다."

"……"

"그런 눈으로 보지 마세요. 오늘 복귀하기 힘들 것 같다고 말씀드리는 것뿐이니까."

"네, 혹시 쓸데없는 걱정 하고 있으면 조만간 뵈러 간다고 말씀 좀 전해주세요."

"알겠습니다."

천천히 고개를 끄덕인 조혜진이 방 밖으로 나간 이후에는 주먹을 꽉 쥐며 다시 한번 작은 승리를 자축했다.

오늘 스케줄이 전부 취소됐다는 건 조금 아쉬웠지만 나도 쉴 시간이 필요하긴 했다. 특히나 오늘같이 성과를 얻은 날에는 조금 더 쉬고 싶기도 하고……. 조혜진과 파티라도 즐기면서 적당히 하루를 보내는 게 가장 베스트이지 않을까.

'라파엘한테도 개인적인 시간이 필요할 테니까……'

다른 의미로 멘탈이 조금 망가진 것 같기는 했지만, 초조해할 필요가 없다. 이미 요리가 끝난 것이나 다름없는 상황이지 않은가. 조금 다독이고. 마, 나는 괜찮다고 한번 해주고. 마, 머리 한번 쓰다듬어 주면서 용기 내라고 한마디 하면 일상으로 복귀하는 데는 문제가 없을 것이다.

그러고 보니 조혜진에게 녀석이 뭘 하고 있는지 물어보지 못했다.

'이불이라도 뒤집어쓰고 있으려나.'

그럴 확률이 가장 높다는 생각에 고개를 끄덕이며 여신의 손거울을 집어 들었지만…… 거울에는 녀석이 비치지 않는다.

'개인 연무장? 벌써 극복한 거야? 우리 용사님? 악마 놈들 처단하기로 한 거지? 역시 우리 회색빛의 용사는 다르다니까.'

내 생각보다 멘탈이 강한 아이라는 생각에 다시 한번 손가락을 놀렸지만 역시나 보이지 않는다. 도서관이나 개인 정원, 식당, 그 어디에서도 녀석의 모습을 찾을 수 없는 것이 문제.

별거 아니라고 생각했지만, 은근슬쩍 불안해지는 것도 무리는 아니다. 나야 여기서 낄낄거리고 있을 뿐이었지만 녀석에게는 지금까지 자신이 믿어온 모든 것이 부정된 사건이 아니었던가.

'아냐…… 아무리 그래도 그건 오바야.'

자신의 젖값도 치르지 않을 정도로 무책임한 녀석으로 키운 기억은 없다.

혹시나 조혜진이 나 대신 스케줄을 지시한 것은 아닐까 하는 생각을 품었을 때, 타이밍 좋게 그녀가 방 안으로 들이닥쳤다.

"허락은 받았습니다. 부길드마스터 말처럼 뭔가를 걱정하고 있는 것 같아서 조만간 뵙겠다는 말씀도 전해 드렸고요. 편하실 때 들러달라고…… 그리고 건강 꼭 챙기시라고 전해달라고 하셨습니다."

"잘됐네요. 그나저나 혜진 씨."

"네?"

"라파엘 어디 있어요?"

"제가 말씀 못 드렸군요. 본인이 직접 훈련을 하고 싶다고 요청해 와서…… 아마 지금쯤 린델로 향하고 있을 겁니다."

"린델이라면……."

"네, 길드마스터께서 시간을 내주기로 하셨습니다."

"현성 씨가 스케줄이 돼요?"

'뭐야…… 너, 이 새끼 김현성한테 말하려고 그러는 건 아니지?'

정체를 알 수 없는 기묘한 초조함이 생겨나기 시작했다.

하지만 곧바로 고개를 저을 수밖에 없었다. 비밀을 발설하지 않겠다고 성검에 맹세했다고 하지 않았던가. 이쪽의 비밀을 까발리러 돌진했다기보다는, 다른 이유가 있을 거라고 생각되었다.

물론 그 이유야 너도나도 다 알고 있는 사실인 거고.

'아프니까 청춘이다.'

무언가 하지 않고서는 견딜 수가 없었던 것이다.

아마 조혜진의 마지막 말이 결정적이지 않았을까.

'당신이 할 수 있는 일을 하세요. 그게 그에게 보탬이 되는 일입니다.'

본인 나름대로 결론을 찾은 것이다.

바쁜 벌꿀은 슬퍼할 시간도 없다고 예전 높으신 분께서 발언하지 않았던가. 딱 그 짝이라고 생각했다. 아마 자신의 몸이 부서져라 훈련하고 성장하는 것만이 나에게 보답할 수 있는 유일한 방법이라 생각하지 않았을까.

확실한 것은 아니지만 지금의 모습을 보니 절로 고개가 끄덕여졌다.

-으아아아아아아아아!!!

-…….

-제길…… 제길…….

-…….

-으아아아아!

'어우, 너무 살벌하게 싸우는 것 같은데.'

어느 정도 깨달았을 거라고 생각했지만, 이쪽의 생각보다 더 많은 걸 깨달았나 보다. 저 모습을 뭐라고 표현해야 할지 모르겠다만…… 누가 봐도 과거의 선택에 대한 후회였고, 속죄였다.

마구잡이로 검을 휘둘러 대는 꼴은 가관이다. 배운다기보다는 자신의 분노를 표출하는 것만 같다. 거의 사흘간 저런 상태였다는 걸 생각하면 다른 말이 필요 없다. 그래서 이렇게 린델까지 직접 찾아오지 않았던가.

'저래서 수업이 되려나 몰라.'

검에 대해 무지한 내가 이렇게 느끼는데 녀석과 마주한 김현성은 오죽할까. 예상했던 것처럼 표정을 찡그리고 있는 모습이 보인다. 어떻게 봐도 마음에 들지 않는다는 표정.

하지만…….

'생각 외로 잘 봐주고 있는데?'

성실하게 녀석과 마주하고 있는 모습이 눈에 보일 정도였다. 최대한 라파엘과 비슷한 수준의 신체 능력으로 상대해 준다는 느낌이기도 했고……. 애초에 김현성이 조금이라도 힘을 내보자고 생각했다면 이미 녀석은 어디 한 군데가 부러져 땅바닥을 나뒹굴고 있지 않았을까.

심지어 회색빛을 있는 그대로 끌어다 쓰고 있는 라파엘과는 다르게 김현성은 마력조차 사용하고 있지 않다. 어디까지나 순수한 검술. 기본기에 바탕을 둔 동작으로만 녀석을 상대하고 있다.

'대단하기는 하네.'

여기서 보면 뭘 하고 있는 것 같지도 않다. 작은 생채기라도 내보기 위해 전력을 다하는 녀석에게 김현성은 차분히 호흡을 가다듬으며 검을 부딪쳐 줄 뿐이었다. 심지어 움직임이 제한된 작은 원 안에서 말이다.

결국에는 제풀에 지쳐 녹초가 되어버린 라파엘의 모습. 누가 봐도 탈진한 모습이었지만 그래도 검을 손에서 놓지 않았다.

'마음 다잡은 게 맞네.'

그렇지 않다면 저런 모습을 보여줄 수 있을 리가 없다.

-오늘은 여기까지 하겠습니다.

-하아…… 하아…….

-굳이 코멘트를 할 가치도 없을 정도로 엉망이었습니다. 그동안 배운 건 잃어버리고 오신 겁니까?

-…….

-그렇게…….

-으아아아아아!!

김현성이 막 말을 잇는 도중에 라파엘이 몸을 날려왔지만, 곧 퍼억 하는 소리와 함께 땅바닥에 나뒹굴었다.

맞은 곳을 부여잡고 끙끙거리는 라파엘이 시야에 비친다.

-근성이 좋다고 해야 할지…… 멍청하다고 해야 할지…… 수업은 여기서 끝내겠다고 말씀드렸습니다. 오늘은 더 이상 진행한다고 해도 별다른 진전이 없을 것 같으니…… 마무리 훈련은 개인적으로 진행하시고 식사할 준비나 하세요.

-하아…… 하아…….

'역시 우리 현성이 세다.'

심지어 땀 한 방울도 흘리지 않은 것 같다.

물론 그 대상이 라파엘이라는 것을 생각해 보면 그리 대단한 것은 아니다. 하지만 비슷한 조건으로 임했음에도 저런 결과가 나온 것을 보면, 역시 김현성은 김현성이라는 생각을 하게 된다.

마침 훈련을 끝내고 빠른 걸음으로 건물 안으로 들어오는 녀석의 모습이 여신의 손거울에 비쳤다. 곧바로 이곳으로 달려오지 않을까 싶어 거울을 품에 넣자 타이밍 좋게 똑똑똑 소리가 들려왔다.

"기영 씨."

"네, 들어오셔도 됩니다."

김현성이 천천히 방문으로 들어오는 것이 눈에 보인다.

"와 계신다는 소식은 들었습니다. 길드에는 오랜만이군요."

'너도 여기에서 지내기 시작한 지 얼마 안 됐잖아, 야.'

"아무래도 눈치를 안 볼 수는 없으니까요. 대륙 보호 관리 위원장으로서 특정 길드를 너무 편애하는 것처럼 보일 수도 있으니……. 물론 제가 파란 길드를 완전히 놓아버리지 못했다는 건 모든 사람이 알고 있는 사실이지만 세간의 시선이 신경 쓰이기는 합니다."

"네…… 그건 알고 있지만."

"그나저나 아직 방이 그대로라서 깜짝 놀랐습니다."

"희영 씨가 그대로 관리해 주신 것 같더군요. 떠나기 전 모습 그대로 말입니다. 기영 씨가 오신다는 소식을 듣고는 김미영 팀장님께서 정리하시기도 했고요."

주변을 둘러보자 확실히 이전에 있던 내 방 그대로의 모습이었다.

어마어마하게 커다란 가방 진열대도 그대로였고, 으리으리하게 꾸며진 내부도 그대로다. 심지어 창문이 없는 것까지 그대로이지 않은가. 괜스레 벽 쪽을 바라보자 아직도 그날의 추억이 생생하게 떠올랐다. 딱 한 가지 달라진 것은 진열대 안에 새로운 녀석들이 들어서 있었다는 것.

이쪽이 이런 생각을 하는 것은 모르는지, 김현성은 차분한 미소를 보내기에 여념이 없다. 방금 라파엘에게 보여줬던 표정과 온도 차가 느껴지기는 했지만, 나에게는 이런 모습이 평소의 김현성으로 보인다. 아무래도 내가 길드를 찾아와 기쁜 모양이었다.

'나쁘지는 않네.'

나 역시 한번 다시 오고 싶었다. 린델은 그나마 내가 고향이라고 부를 수 있는 유일한 장소였으니 말이다.

도시 복구 계획에 한 손 걸치고 있었던 만큼 린델이 어떻게 변했는지는 대충 알고 있었지만, 확실히 실제로 보는 것과는 차이가 있다. 이전과는 비교도 할 수 없을 정도로 완벽하게 자리 잡은 모습은 생기가 흘러넘친다고 할 만했고, 멋지게 발전한 모습은 시간이 그만큼 흘렀다는 걸 이야기해 주는 것 같았다.

특히 폐허가 된 그 옛날과 비교하면 두 눈을 의심하게 된다. 그리폰을 타고 위에서 바라본 린델의 모습에 얼마나 깜짝 놀랐던가.

'와보길 잘했네.'

라파엘의 때문에 들렀을 뿐이었지만, 확실히 오길 잘했다는 생각이 들었다. 무엇보다 김현성이 괜찮은 반응을 보여주고 있으니, 한꺼번에 두 마리 토끼를 잡은 기분이었다.

"와보길 잘한 것 같습니다. 이번이 아니면 당분간 오기 힘들었을 텐데……."

"네, 워낙 바쁘시니…… 혜진 씨한테 최근에 피곤해하신다는 이야기를 전해 들었습니다. 조금 편하게 쉬시는 것도 나쁘지 않을 것 같은데……."

'조혜진, 얘는 뭐 이렇게 쓸데없는 이야기를 해.'

"하하…… 괜찮습니다. 체력 관리는 하고 있으니까요. 어제도 일을 쉬기도 했고…… 지금도 쉬는 거나 다름이 없지 않습니까. 그나저나 조금 어떻습니까?"

"네?"

"라파엘 말입니다."

"……글쎄요."

"……."

"조금씩 좋아지는 것 같습니다. 재능이 크게 뛰어나지는 않지만…… 강해지고 싶다고 생각하는 게 눈에 보일 정도라……

보통 이런 이들은 성장 기대치가 높습니다. 물론 한계가 정해져 있다는 것 역시 부정할 수 없는 사실입니다만……."

"……."

"결론부터 말씀드리자면 라파엘은 강해질 겁니다. 하지만…… 기영 씨가 원하시는 수준까지 성장할지는 회의적입니다."

"아……."

"당연히 아쉬우시겠지만……."

'전술 라파엘은 접을 수밖에 없는 건가.'

물론 이건 김현성의 개인적인 의견일 뿐이다.

하지만 나 역시 지금의 녀석을 전술로 사용하는 모습이 상상이 가지 않는다. 빠르고 강한 것 이전에 녀석이 내가 요구하는 미션을 완벽하게 수행할 거라는 생각이 들지 않는다.

"경험이 부족해."

"네! 그 말씀이 맞습니다."

커다란 틀을 잡아주는 것은 이쪽이지만, 세세한 미션을 수행하는 건 김현성이다. 내가 A라는 목적지에 도달하라는 지령을 내렸다면 그것을 수행하는 것은 온전히 녀석의 책임이라는 거다.

물론 최대한 세부적인 전장의 상황을 전달해 주기도 하고, 할 수 있는 모든 지원을 때려 박아주기는 하지만, 언제 어디서 변수가 생길지 모르는 상황. 신체 능력이나 스탯 이전의 이야기라는 거다. 1회차라는 지옥에서 구르고 구른 김현성 정도가 아니라면, 아마 이쪽의 미션을 수행하기는 어렵지 않을까.

'너무 빨리 희망을 버리는 건 안 좋기는 한데……'

"일단은 어떤 방향으로, 어느 정도 성장하는지를 보고 결정을 내리면 좋을 것 같습니다. 벌써 판단을 내리기에는 시간이 조금 촉박했으니. 일단 식사라도 하시죠, 오래 기다리셨을 텐데. 좋은 음식들을 준비해 놨습니다."

"아, 네. 오랜만에 길드 내에서 식사한다고 생각하니 감회가 새롭군요. 옛날 생각도 나고요. 물론 새로 지어진 길드 하우스에서는 그리 오래 지내지는 못했지만, 뭔가 그리운 느낌입니다."

"그럼 조금 머물다 가시는 건 어떻습니까? 오늘 하루라도 괜찮다면……"

"글쎄요. 정확히는…… 스케줄을 확인해 봐야 할 것 같습니다. 저도 변한 린델에 조금 더 오래 있고 싶지만, 또 현장에서 어떤 사고가 날지도 모르니……."

"네, 그랬었죠……."

'현성이 기분 다운됐네.'

하루 정도는 괜찮지 않을까 하는 생각이 들기도 했다. 오랜만에 김미영 팀장이나 선희영을 만나 할 이야기도 있었고…… 특히나 김현성이 저런 반응을 보여주고 있었으니까.

하지만 오늘은 김현성 때문이 아니라 라파엘 때문에 생긴 일정이었다. 얼굴은 코빼기도 비치지 않고 고통을 잊기 위해 노력하는 녀석을 위해서 말이다.

'내 얼굴을 보면 견딜 수가 없을 것 같다, 이건데…… 죄책감 한 스푼 더 드셔야죠.'

아무리 그래도 3일 동안 미친놈처럼 훈련할 줄은 상상도 하지 못했다.

똑똑똑 하는 소리가 들려온 것은 바로 그때.

'라파엘 왔나 보네.'

혹시나 얼굴을 보는 걸 피하지는 않을까 걱정했는데, 직접 찾아온 것을 보면 그건 아니었나 보다.

우물쭈물하는 목소리가 밖에서부터 들려오기 시작했다.

"들어오세요."

그렇게 말하니 천천히 문이 열린다. 기절 사태 이후로 처음 본다고 생각하니, 괜스레 어색해지려고 한다.

'별거 아니지, 뭐……'

당연하지만 라파엘이 느끼고 있을 감정에 비하면 별것 아니라고 확신할 수 있다. 애초에 이쪽으로 도망치듯 달려온 이유 역시, 내 얼굴을 볼 자신이 없어서라고 생각하는 것이 맞다. 어떤 얼굴로 나를 마주 봐야 할지, 처음 만났을 때 뭐라고 말해야 할지, 자신의 마음을 어떻게 표현하고, 또 어떻게 사과해야 할지 갈피를 잡을 수 없었음이 분명하리라.

하지만 실제로 본 표정은 이쪽의 예상과는 다르다. 굉장히 다급해 보였고 무엇보다 이쪽을 걱정하는 듯한 느낌이 강했다.

'뭐, 이것도 나쁘지는 않지만……'

아직 마음의 준비를 하지 못했을 거라고 생각했지만, 그래도 지 때문에 내가 이곳으로 온 줄은 알고 있는 모양이다. 오랜만에 본 내 모습이 생각보다 멀쩡하다고 느꼈는지, 커다랗게 안도의 한숨을 내쉰다.

나 역시 어떻게 반응하는 게 좋을지 조금 고민하기는 했지만, 이럴 때 가장 알맞은 답은……

'아무 일도 없었다는 듯이 활짝 웃는 게 좋지.'

평소대로. 평소대로 행동하는 게 더 효과적이다. 단언컨대 이 미소는 녀석의 양심을 사정없이 찌르고 있을 거라고 장담할 수 있다.

"저…… 저……"

눈도 제대로 마주치지 못하고 있는 모습이지 않은가.

"저, 저…… 그러니까, 그러니까……"

"괜찮습니다, 라파엘 님."

"네…… 네, 형."

"전부 다…… 괜찮습니다."

"흐윽, 흐으으윽……"

울음을 꽉 참는 듯한 목소리로 겨우 입을 여는 녀석. 말없이 다가가 어깨를 두드려 주자 고개를 땅에 떨군 채로 몸을 부들부들 떨어댔다. 눈물을 뚝뚝 떨어뜨리는 모습은 가관.

갑작스럽게 만들어진 아침 드라마 같은 상황에 김현성이 다소 의아해했지만……

'나중에 적당히 변명해 주면 되겠지, 뭐.'

그렇게 한참 시간이 지나자, 녀석은 겨우 감정을 추스른 것 같았다.

조금 이상했던 것은 자꾸만 의아한 표정을 짓고 있었다는 것. 좀 더 주변을 바라볼 여유가 생긴 이후에는 믿을 수 없다는 듯이 방 안을 둘러보고 있었다.

'가구들이 비싼 거라서 그래? 방이 조금 넓지? 괜찮아, 형이 다 설명해 줄 수 있어.'

평소였다면 움찔했겠지만 이미 함락된 녀석이지 않은가. 불안한 듯 손으로 내 소매를 꼭 잡아당기는 녀석의 손짓만 봐도 하나하나 일일이 반응할 필요가 없다.

"형, 여, 여긴……."

당당하게 이야기하자. 진열대가 신경 쓰이기는 하는데…… 당당해서 나쁠 건 없다.

"제 방이었던 곳입니다."

천천히 고개를 끄덕이는 녀석의 모습. 금방이라도 울 것 같은 놈의 얼굴이 시야에 비쳤다.

그곳은 창문 하나 없는 방이었다.

'말도 안 돼…….'

말 그대로, 그곳은 창문 하나 없는 방 안이었다. 빛 한 점 들어오지 않는 방이 아닌가.

노을빛의 검사라는 녀석의 이명처럼 인공적인 빛으로 가득 차 있는 공간은 이상하리만큼 이질적인 분위기를 풍기고 있었다.

기분 나쁜 분위기, 그래, 기분 나쁜 분위기다. 음습하고 답답하여 온몸이 거부 반응을 일으킨다. 숨도 제대로 쉬어지지 않을 정도로 구역질이 나는 실내는 머리를 핑하고 어지럽게 만들었다.

지금 자신의 눈으로 보고 있는 게 현실이 맞는지 의심이 될 지경이었으니 무슨 말이 더 필요할까. 끊임없이 늘어져 있는 사치품들…… 대륙의 모든 값비싼 것들을 모아놓은 것만 같아 보인다.

'사용한 흔적이 없어.'

하지만 사용된 흔적이 전혀 보이지 않는 물건들이 대부분이다. 인위적인 느낌이 들 정도로 화려한 가운데 자리 잡은 형의 모습은 마치 화려한 새장 속에 갇힌 새 같아 보였다.

'어째서…… 어째서 잠금장치가 바깥에 있는 거지?'

바깥에서 방을 잠글 수 있게 설계되어 있다.

'어째서…… 창문이 없는 거야.'

답은 이미 정해져 있지 않은가. 굳이 추측할 필요도 없다. 형은 이런 취급을 받고 있었다.

'저 목걸이는 또 뭐야.'

위치 추적 기능이 있는 아티팩트? 저런 게 어째서 필요한 건데.

'이런 곳에서…… 이런 곳에서 살아왔던 거라고? 이런 곳에서 지냈다고?'

정확히 얼마나 이곳에서 지내왔는지는 모르겠지만 이런 장소에서 2주 이상을 지내면 정신에 이상이 생기고 말 것이다. 수많은 금은보화와 사치품에 둘러싸인다고 한들, 저 사람은 기뻐할 사람이 아니다.

참아야 한다고, 더 이상 이상한 모습을 보이면 안 된다고 마음을 다잡았지만, 눈을 비집고 나오는 눈물을 참을 수 있을 리 만무했다. 정상이 아니다. 이 장소는 비정상적인 곳이고 사라져야 할 곳이다. 당장에라도 검을 휘둘러 모든 걸 때려 부수고 싶은 심정에 저도 모르게 손이 덜덜덜 떨려오고 있었다.

'파란 길드원들은 뭘 하고 있었던 거지? 조혜진. 그 여자는 이걸 알고 있었던 건가? 다른 길드원들은 도대체 뭘 하고 있던 거야?'

정황상 감금당하고 있었다는 게 확실하지 않은가. 감시당하고, 억압당하고 있었다. 지난 시간 동안 이기영 명예추기경은 이런 생활을 혼자서 감당하고 있었다.

'형을 그렇게 믿고 따르던 길드원들은 이 사실을 알고 있는 건가?'라는 의심이 드는 것도 무리가 아니다.

형과 사귀는 사이라고 자신을 소개했던 정하얀은 이 방에 대해서 알고 있었던 게 맞나? 어쩌면 그의 협력자일 수도 있다. 조혜진, 그 여자를 믿고 싶었지만, 저 새장은 이곳에 있는 그 누구도 믿지 말라고 말해오는 것만 같았다.

제일 가관인 것은 형의 반응이다.

"길드에서 마련해 준 거처였습니다. 여러 가지로 불편한 점이 많아서…… 오래 지내지는 못했지만요."

"……."

"제가 사용하기에는 너무 넓어서…… 아무튼 여기서 이러지 말고 밖으로 나가는 게 좋겠습니다, 하하……."

'자각하지 못하고 있어.'

무엇이 잘못된 건지, 도대체 뭐가 문제인 건지 전혀 자각하지 못하는 것처럼 보였다.

'어리석은 사람이 아니야.'

이런 걸 깨닫지 못할 정도로 어리석은 사람이 아니다. 자신을 돌보지 않고 남을 위하고…… 무조건 희생하는 모습은 바보라고 부르기에 충분했지만…… 결단코 어리석은 사람은 아니었다. 이미 한참 전에 무엇이 잘못되었는지 생각했어야 함이 옳다. 자신이 어떤 취급을 받고 있는지 깨달았어야 함이 옳다.

어쩌면…… 어쩌면 어떤 마법적인 방법으로 인해 세뇌된 것이 아닐까. 기억을 잃어가고 있는 것 또한 그 부작용일 수도 있다.

그런 가능성을 떠올려 봤지만, 고개를 저을 수밖에 없었다. 그렇게 완벽한 세뇌 마법에 대해서는 들어본 적도 없고 본 적도 없다. 가능성이 작을뿐더러 김현성에게도 좋은 방법이 아닐 게 분명했다.

녀석은 형이 자유 의지를 가지고 행동하는 것을 원하고 있다. 단순한 꼭두각시로 만들려는 게 아니다. 천천히, 그리고 자연스럽게 이기영이라는 순백색 도화지를 더러운 색으로 물들이려 하고 있다.

'가증스러운 개새끼. 씹어 먹어도 시원치 않을 개 같은 자식.'

"괜찮으신 겁니까? 라파엘 님? 지금……."

"괜찮아요, 형."

"안색이 좋지 않은데, 무리하지 마시고 들어가 쉬시는 게 어떻습니까?"

"아니에요. 같이, 같이 있을 거예요."

"불편하시다면 언제든지 말씀해 주셔도 됩니다."

"아니에요. 전혀 불편하지 않아요. 전혀요."

'둘만 있게 하면 안 돼.'

"……그럼 슬슬 움직이는 게 좋을 것 같습니다, 기영 씨."

"네."

언제나 싸늘했던 눈빛은 어느새 친절함으로 무장되어 환한 웃음을 보내고 있다. 한 번도 본 적 없는 김현성의 가식적인 모습은 가면을 썼다고 해도 무방할 정도로 평소와 달랐다.

만약 저 악마가 형을 세뇌한 것이 아니라면, 어떤 마법이나 약물과도 같은 인위적인 방법의 세뇌가 아니라면, 아마 저런 방법들을 통해 이기영이라는 사람에 대한 지배력을 강화한 것이 아닐까. 형의 자아를 자신이 원하는 방향으로 끊임없이 흔들고…… 스스로 제대로 된 판단을 하지 못하게 한 것이 아닐까. 종국에는 형을 파국으로 이끌고 있을 거라고 생각해도 무리가 없을 것 같았다.

이쪽은 알 수 없는 음습하고 비열한 행위들이 있었을 것이다. 튜토리얼 던전의 공략 때부터 함께했다는 걸 떠올려 보면 더욱더 그럴듯해진다. 극적인 상황에서는 강한 무력을 가졌다는 것만으로도 타인에게 영향력을 행사하기에는 충분하다. 계속해서 형이 자신에게 기댈 수밖에 없는 상황을 의도했고, 결과적으로 완벽한 신임을 얻었다. 모든 게 녀석이 의도한 그대로인 게 분명하리라.

어째서 그동안 눈치채지 못했는지 당황스러울 정도, 정황은 충분하다 못해 차고 넘친다.

'설명할 수 없는 부분들이 너무 많아.'

김현성의 지난 행적을 돌이켜 보면 제대로 기록되지 않은 것이 대부분이지 않은가. 교국 혁명 때도…… 라이오스 사태 때도…… 심지어 악마 숭배자 이토 소우타 사건이 터졌을 때도…….

'녀석은 없었어.'

녀석은 뒤늦게 자리에 도착했다. 그 시간에 녀석이 무엇을 어떻게 하고 있었는지, 모든 것이 완벽하게 은폐되어 있다.

녀석이 정말 대륙을 손에 넣고 뒤흔들고 있는 악마가 맞을까 하는 의구심이 있었지만, 눈에 보이는 가장 확실한 정황을 보고 어떻게 이 일을 부정할 수 있을까.

'어떻게 해야 하는 거지?'

어떻게…… 해야…….

'형을 구할 수 있지?'

어떻게 해야 이자의 손에서 형을 구해낼 수 있지? 지금 저 목을 치면 성공할 수 있을까. 내가 저자를 이길 수 있을까?

여러 가지 가능성을 생각해 봤지만 어떻게 판단해도 불가능한 것투성이. 현재로서는 저 괴물을 이길 방법이 없다. 운이 좋아 녀석이 방심했다고 한들, 검을 휘두르기 전에 자신의 목이 먼저 달아날 것이다. 김현성은 지독하리만큼 강했으니까.

'형을 설득하는 방법은…….'

"이렇게까지 준비할 필요는 없었는데……. 감사합니다, 현성 씨."

'무리야.'

무척이나 환하게 웃고 있는 형의 모습을 확인한 순간, 두 번째 방법 역시 무리라고 생각할 수밖에 없었다.

'무리라고…….'

의심이라고는 찾아볼 수도 없는 눈빛이었고…… 자신에게조차 보여주지 않은 웃음이었다. 김현성이라는 인간의 진실에 대해 말해주려고 한들 듣지 않을 확률이 높다. 네가 무언가 잘못 알고 있는 거라고 김현성은 그런 사람이 아니라고 말할 것이다. 형은 그런 사람이었으니까.

"길드 직원분들께서 힘을 좀 써주신 것 같더군요."

저 거짓된 모습으로 도대체 얼마나 많은 사람을 속여왔을까.

"일단은 감사히 먹겠습니다. 라파엘 님도 드세요."

"네, 형."

커다란 테이블이 부족하게 보이는 호화로운 만찬.

'더러운 자식.'

전 대륙에서 벌어들이는 수많은 재화로 호화로운 생활을 일

삼고 있는 것은 형이 아니라 녀석이었다. 권력과 명예를 이용해 주변 사람들을 컨트롤하는 것은 형이 아니라 녀석이었다.

'힘이 있었다면……'

싸울 수 있는 힘이 있었다면…….

그런 생각이 자꾸만 머릿속에 들어와 꽂힌다.

'힘을…… 힘을 키워야 돼. 기다리다 보면 분명히 기회가 올 거야. 분명히 잡을 수 있을 거야.'

하지만 언제까지 기다리란 말인가. 시간이 지나면 지날수록 상황은 안 좋아질 것이다. 형은 점점 어둠 속으로 굴러떨어질 것이고 놈의 영향력은 점점 커질 것이다.

'도망쳐야 해. 이곳을 벗어나야 해.'

현재 자신이 선택할 수 있는 것은 그 정도가 한계였지만, 그마저도 쉽지가 않다.

"어떻게…… 입맛에는 조금 맞으십니까, 라파엘 님?"

"네…… 네, 형."

저 사람이 나를 따라와 줄까. 아니, 내가 저 사람을 구할 자격이 있는 건가. 따지고 보면 자신이 가장 커다란 죄인이다.

"오늘도 훈련받느라 고생하셨습니다. 많이 힘드셨을 텐데…… 잘 견뎌주시는 것 같아 제가 다 기쁘더군요. 현성 씨도 마찬가지였고요. 괜히 하는 말입니다만, 두 분이서 조금은 사이좋게 지내주셨으면 합니다. 이런 시간을 종종 가져도 나쁘지 않을 것 같네요. 기왕이면 파란 길드원들도 전부 부르면 좋을 것 같고요."

"……."

"……."

"무엇보다 라파엘 님께서 직접 길드로 와주시니 감회가 새롭습니다. 일이 전부 끝난 이후에 길드로 돌아갈 때 함께 와주셨으면 했거든요. 그렇지 않습니까, 현성 씨?"

김현성은 대답하지 않았다.

바깥에서 쿵쿵 소리가 들려온 것은 쓸데없는 대화를 나누고 있었던 그때.

"실례하겠습니다, 길드마스터."

"들어오세요."

"검은 백조의 박연주 님께서 잠깐 논의할 사안이 있다고, 급하게 연락을 주셨습니다."

"제가 오늘은……."

"죄송합니다. 하지만 정말로 급한 일이라고 하셔서……."

"잠시 후에 연락을 드리겠다고 전해주세요."

"괜찮습니다, 현성 씨. 처리하고 오셔도 됩니다."

"후우……."

"얼마 걸리지 않을 거라고 하시는 거 보니 업무 확인차 연락을 주신 것 같은데, 그 정도라면 괜찮지 않겠습니까. 다녀오셔도 됩니다."

"그렇게까지 말씀하신다면…… 네, 잠시만 실례하겠습니다."

마지못해 자리에서 일어나는 모습.

'기회인가?'

이윽고 형과 둘만 남게 된 상황에 저도 모르게 입이 열렸다. 형이 녀석을 어떻게 생각하는지 정확히 알고 있어야 할 것 같았기 때문이다.

"형……."

"네?"

"파란 길드마스터는 어떤 사람인가요?"

"네? 갑자기……."

"그냥 궁금해서요. 형이 저 사람을 어떻게 생각하는지……. 저는 저 사람을 잘 모르겠어서……."

"음, 글쎄요."

"……."

"의지할 수 있는 사람이고, 겉모습과 속이 많이 다른 사람입니다."

"……."

"아마 라파엘 님도 가까이 지내시다 보면, 그냥 보이는 게 다가 아닌 사람이라는 걸 금방 깨달으실 겁니다. 강해 보이지만 의외로 약한 면도 있고요. 책임에 짓눌려 있는 사람이기도 해요. 시답지 않은 농담을 좋아하기도 합니다. 만나서 정말, 정말, 정말 다행이라고, 이 사람과 함께 일할 수 있어서 다행이라고, 그렇게 생각하고 있습니다. 신뢰할 수 있는 사람이에요."

"……."

"소중한 친구고요."

말로 설득하는 것은 불가능하다는 걸, 다시 알려주는 것만 같은 표정이었다.

여러 가지로 할 말이 많았지만, 저 정도로 정리할 수 있지 않을까.

사실 김현성이 어떤 사람이냐는 질문 자체가 익숙하지 않다. 파란 길드가 개발 도상국 상태에 있을 때, 여러 권력자에게 녀석을 소개한 적이야 있었지만, 그것과는 경우가 다르지 않은가. 적당히 술자리 좀 가져주고 비위 맞춰주며 한번 만나보라고 이야기했던 이전과는 완전히 다른 느낌, 조금 더 함축적인 느낌의 질문이었다. 라파엘이 지금 묻는 것은 인간 김현성이 어떤 사람인지에 대한 것이다.

잠깐 고민했지만 나쁘게 대답한 것 같지는 않았다. 1회차의 영향이 없는 건 아닌지, 간혹 차가운 모습을 보이기는 하지만 기본적으로는 정이 많고 따뜻함이 내재해 있다.

김현성에게 들었던 1회차 스토리만 들어봐도 녀석이 어떤 성격인지 금방 답이 나온다. 22살 김현성이 진짜 녀석의 모습이라고 생각하는 것이 옳다.

나이를 먹고 여러 가지 사건을 겪으며 많이 변하기는 했지만, 인간의 진짜 본질은 그렇게 쉽게 바뀌는 것이 아니다. 강해졌음에도 여전히 겁이 많고, 인간관계를 소중히 여기며, 주어진 일에 책임을 다하려고 노력한다. 멍청할 정도로 요령이 없고, 자신이 믿는 걸 향해 발걸음을 내딛기를 주저하지 않는 사람이기도 했다.

만나서 다행이라고, 신뢰할 수 있는 사람이라고 말한 것 역시 두말할 필요도 없는 진심, 내가 말하면서도 훈훈해지는 듯한 느낌이었다.

'아이고, 우리 현성이. 너 없었으면 진짜 어떻게 할 뻔했니……'

튜토리얼 던전 때 녀석을 만나지 못했으면 어땠을까? 생각하는 것만으로도 정신이 아득해진다. 장담하건대, 절대로 지금 같은 상황을 만들지는 못했으리라. 대륙에 온 이래로 가장 잘한 일이 있다면 김현성을 발견한 것이라고 해도 과언이 아니다.

눈앞에 놓인 호화로운 만찬을 보자, 그동안 옥이야 금이야 생각하며 키워온 관계에 대한 보답을 받는 것 같은 느낌이 들었다. 물론 라파엘에게 눈치가 보이긴 했지만, 괜스레 입꼬리가 올라갔다. 자꾸만 피식피식 미소가 튀어나오는 상황에 솔직히 표정을 숨기기가 어려웠다.

'내가 얼마나 공을 들였는지 너는 모를 거다, 진짜……'

온몸이 너덜너덜해질 정도로 뒤통수를 맞은 우리 사랑스러운 회귀자의 얼어붙은 마음을 치유하기 위해서 별별 짓까지다 했던 과거. 의심을 사라지게 하고 고백 한 번을 받기 위해 쏟았던 그 노력과 세월, 열과 성을 다했던 내조가 드디어 보답받은 것이다. 만약 중간에 한번 삐끗하기라도 했다면, 지금 같은 관계를 구축하지 못했을 거라고 장담할 수 있다.

"시간이 좀 더 지나면 라파엘 님께서도 이해할 수 있으실 겁니다. 네, 분명히요."

'쟤가 좀 낯을 가려. 그래도 네가 좀 사근사근히 다가가면 분명히 알 수 있을 거야. 솔직히 나 정도로 가까워지는 건 무리기는 한데. 아니, 아예 불가능하기는 한데, 그래도 기왕이면 친하게 지내야지. 그게 너한테도 더 도움이 될 거라니까. 얘가 원래 막 그렇게 먼저 다가오는 타입은 아니에요. 조금만 적극적으로 달라붙으면 그래도 달라지기는 달라져. 본전은 찾을 수 있을걸.'

"저는⋯⋯."

"네?"

"저는 잘 모르겠어요. 파란 길드마스터가⋯⋯ 어떤 사람인지. 정말로 제가 생각하는 그런 사람이 맞는지."

'네가 많이 시달리기는 시달렸나 보네.'

"훈련할 때는 조금 예민해지기도 해서, 종종 너무 차가운 사람으로 오해를 받기도 합니다. 물론 제게도 그런 적이 있었고요. 하지만 전부 라파엘 님을 위해서 그런 거랍니다. 아마 그누구보다도 현성 씨가 라파엘 님이 강해지는 걸 원하고 있을 거예요."

네가 강해지면 강해질 질수록 1회차의 숙원을 푸는 데 도움이 되거든. 불안한 생각이 드는 것도 당연해. 나도 처음에는 그랬지. 오죽했으면 김현성한테 목이 댕강 잘려 나갈까 걱정까지 했겠어.

"어쩌면⋯⋯."

"네?"

"어쩌면 김현성은 혀, 형이…… 생각하는 그런……."

"……."

"아니에요, 아무것도…… 아무것도 아니에요. 그보다 이제 몸은, 괜찮으신 거죠?"

"네, 물론입니다. 아무렇지도 않아요. 잠깐 피곤해서 쓰러졌을 뿐입니다."

"피곤해서 그런 게 아니라는 건 조혜진 님에게 이미 들었어요."

"하하……."

"정말 괜찮으신 거겠죠?"

"종종 일어나는 일이니 크게 신경 쓰지 않으셔도 됩니다. 뭔가 엄청난 일에 휘말린 것도 아니고, 생각하시는 것만큼 상태가 심각한 것도 아닙니다. 가끔 깜빡깜빡할 뿐이니, 그 정도로만 생각하시면 될 겁니다."

"저는 정말로 형이 그런 상황에 놓여 있는 줄은 꿈에도 몰라서……."

'이 이야기는 지금 하기 싫은데…….'

아무리 김현성이 바깥에 있다고 한들, 말이 어떻게 새어 나갈지 누가 알겠는가. 이상한 낌새가 느껴질 때부터 마력을 사용해 음성이 빠져나가는 걸 막기는 했지만, 이것만으로도 충분히 의심할 수 있다.

"증상이 조금 더 심해진다면 걱정하는 게 당연하겠지만, 현재로서는 심각하게 생각할 이유가 하나도 없습니다. 오히려 제가 너무 죄송하더군요. 매우 깜짝 놀라게 한 것 같아서 말입니다. 정말로 당황하셨다는 이야기를 박리안 님에게 전해 들어서……."

"아니요, 그건……."

"덕분에 예약되어 있던 일정도 전부 취소됐고, 약속도 엉망이 된 것 같아서 계속 마음이 쓰였었습니다. 괜한 심려를 끼쳐 드리기도 했고요."

"그렇게 말씀하지 않으셔도 돼요. 저는……."

"정말로 별일 아닙니다. 저는 건강해요. 저보다는 라파엘 님에 관해 이야기하고 싶은데, 어떻게…… 걱정하시던 일은 전부 극복하셨습니까? 얼마 전까지만 해도 통 집중을 못 하시는 것 같았는데, 오늘은 그렇지 않더군요. 지나치듯 본 것뿐이었지만 무척 인상적이었습니다."

이미 알고 있으면서 물어본 것이다. 녀석이 더 이상 두려워하는 것은 없다. 빛기영이 지병을 앓고 있다는 사실을 깨닫고 자신의 운명에 맞서리라 결심하고 다짐했다.

당연히 긍정적인 대답이 나올 거라고 생각했다. 하지만 이 후에 나온 대사는 가관.

"저도 잘 모르겠어요. 이렇게 있으면 안 된다는 생각에, 몸을 움직이고 있을 뿐이지만……."

"……."

"도망치는 건…… 어떻게 생각하세요?"

"네?"

"조금 뜬금없지만, 아무도 없는 곳으로 가서 이 위기가 지나가는 걸 기다리는 건 어떻게…… 생각하세요? 그러니까, 아무도 없는 곳에서 살아가는 건 어떠신가요?"

'너, 이 새끼. 뭔 소리 하는 거야. 내가 이걸 버리고 왜 도망쳐. 아직도 정신 못 차린 건 아니지?'

딱 잘라서 말할 수밖에 없다.

"그런 선택지는 없습니다."

당연히 그런 선택지는 없다.

물론 전황이 밀리고 대륙 전체가 완전히 무너져 내리기 직전이라면 내 사람들 모두 챙겨 빤스런을 하겠지만, 저항할 수 있는 만큼은 저항하는 것이 옳다.

혹시 뭐 다른 생각을 하는 건 아닌지 걱정되기는 했지만, 조혜진처럼 내 기억 상실에 대해서 걱정하고 있는 모양이다. 혹시나 더 무리하다가 상태가 심각해지지는 않을까 생각하고 있는 것 같았다. 저 얼굴은 겁먹은 얼굴이 아니다. 오히려 저항하고자 하는 사람의 얼굴이지.

"이해할 수 있습니다. 혼란스러운 게 당연하고, 두려운 게 당연합니다. 저 역시 그랬으니까요. 무서웠고, 두려웠습니다. 평범하게 지내고 계셨던 라파엘 님께서 어떤 생각을 가지고 계셨을지, 또 얼마나 고민했을지 전부 알 수 있습니다. 여러 문제로 혼란스러워하시는 것까지요."

"……."

"하지만 너무 걱정하지 않으셔도 됩니다. 라파엘 님께서 생각하시는 일은 죽어도 벌어지지 않을 거고, 대륙은 이 위기를 무사히 벗어날 수 있을 테니까요, 분명히요."

"그럼 형은요? 형은 어떻게 되는 건데요."

"저 역시 마찬가지겠죠. 평범한 일상으로 돌아갈 수 있을 겁니다. 이곳으로 돌아와 제가 사랑하는 사람들과 함께 시간을 보낼 겁니다."

"……."

"불안하실 겁니다. 정말로 자신이 잘할 수 있을지, 주어진 사명을 다할 수 있을지, 예상치 못한 사고에 대해 고민하는 것도 무리가 아닙니다. 하지만 좀 더 자신을 믿으셔도 돼요."

"……."

"라파엘 님은 강한 사람입니다. 제가 그렇게 생각하고, 회색빛의 성검 역시 그렇게 생각하고 있을 게 분명해요. 만약 그렇지 않다면 저 성검이 라파엘 님을 선택할 이유가 없지 않겠습니까."

"성검이 나를…… 선택한 이유……."

"네, 베니고어 님께서 라파엘 님을 바라보고 계시는 이유가 분명히 있을 겁니다, 분명히요."

혹시 근심이나 걱정을 안고 있다면 전부 털어버리고 일어나라는 의도로 말하자, 고개를 끄덕이는 녀석이 눈에 보였다.

"고마워요, 형."

"천만입니다."

"제가 너무 어린애 같이 굴었죠."

"아니요. 누구나 한 번쯤은 할 수 있는 생각입니다."

"이제 다른 걱정은 하지 않으셔도 돼요."

'그래? 벌써 그 정도야?'

"제가 반드시……."

"……."

"반드시, 형을 지킬 거예요, 반드시."

'정신 제대로 차렸네.'

지켜야 할 대상이 대륙이 아니라 이쪽이 된 게 조금 이상하기는 했지만, 문제는 없다. 나를 지키는 것이 곧 대륙을 지키는 게 아니었던가. 최소한 눈빛에는 흔들림이 없다.

심지어 이상할 정도로 기이한 열망이 들어가 있다. 약발이 좋을 거라고는 예상했지만, 이 정도로 효과가 극적일 거라고는 생각지 못한 게 사실이다. 자신도 모르게 포근한 미소가 발사되는 게 당연했다.

"네, 믿고 있겠습니다, 라파엘 님."

'이 새끼는 끝났어.'

확실히 끝났다고 장담할 수 있다. 이제는 조금 더 천사 쪽에 전념해도 상관없다는 생각을 해볼 정도였다.

아예 끝을 놓는 건 지양해야겠지만, 예전처럼 보물 다루듯 다룰 필요는 없을 것 같았다. 며칠에 한 번 정도만 들러서 컨디션 조절을 해주거나 무너지지 않게 멘탈을 잡아주는 정도로 끝내는 게 가장 좋지 않을까.

물론 플레이어로서의 성장을 지켜보는 것 역시 가장 필요한 부분 중에 하나다.

'전술 라파엘······.'

차마 손에서 놓을 수 없는 그 이름, 전술 라파엘. 솔직히 회의적이었지만, 단 몇 시간이라도 운용할 수 있다면 커다란 이득을 가져올 수 있다. 김현성에게 주어지는 부담도 줄이고, 김현성이 쉴 수 있는 시간까지 벌어다 줄 수 있다.

어쨌든 녀석이 강해질 것이라는 건 부정할 수 없는 사실. 지금까지의 성장 속도는 아쉬웠지만, 이 사흘간의 성장 속도를 생각해 보면 비정상적으로 빠르다는 말로도 부족하지 않은가. 이미 일반적인 모험가의 영역을 벗어났다고 해도 무리가 아니다. 부족한 것은 경험. 바로 경험이다.

'이 경험치라는 게 꼭 전술 라파엘을 위해서 필요한 게 아니기도 하고······.'

하지만 녀석에게 필요한 게 경험치라는 건 어떻게 봐도 부정할 수 없는 사실. 이후 녀석을 어떻게 사용하든 간에 실전 경험은 반드시 채워줘야 할 부분이었다.

적당히 판단을 내리고 고개를 끄덕인 것은 순식간.

"이럴 게 아니라, 슬슬 던전에 가보는 건 어떻겠습니까?"

"던전 말이에요?"

"네, 던전. 지금까지도 잘하고 계시지만 아무래도 경험적인 측면에서 부족하다는 의견이 나오고 있어서······. 물론 라파엘 님께서는 잘해주고 계시니 너무 걱정하지 않으셔도 됩니다. 하지만 장담하건대 분명히 라파엘 님께 도움이 될 겁니다."

"형도 함께 가시는 건가요?"

"글쎄요, 시간이 없기는 하지만……."

'몇 번 다녀오는 것 정도는 괜찮을 것 같기도 하고…….'

사실 내가 함께 가는 게 더 도움이 될 것이다. 전술적인 부분에서 지시해 주면 경험치가 더 빨리 쌓일 테니까. 녀석의 표정이 조금 좋아지는 것을 보니 나쁘지 않을 것 같기도 하다.

"글쎄요. 매번 따라가지는 못하겠지만……."

"그럼 갈게요, 가고 싶어요. 할 수 있는 일은 전부 해보고 싶어요."

일단은 고개를 끄덕일 수밖에 없었다.

"……지금보다 조금 더 강해진 이후에요."

라파엘은 확실히 달라졌다.

혹시라도 녀석의 다짐이 작심삼일로 끝나는 것은 아닐까 걱정하기도 했지만 미친 듯이 훈련에 열중하는 모습은 내 선택이 틀리지 않았다는 걸 증명해 주고 있었다.

성장 속도 역시 타의 추종을 불허할 정도.

'얘, 이거 너무 빠르게 강해지고 있는 거 아니야?'

예상한 것보다 성장하는 속도가 훨씬 더 빨랐다.

라파엘이 한창 강해질 시기였다는 건 부정할 수 없는 사실이지만, 그걸 감안하더라도 믿을 수 없는 성장 속도를 보여주고 있었다. 오죽했으면 차희라마저 혀를 찼을까.

눈이 높은 김현성에게는 아직도 녀석이 마음에 들지 않아 보였지만, 그건 어쩔 수 없는 일이라고 생각했다. 녀석의 스타일이 순수한 검사와는 거리가 멀었으니까.

라파엘은 김현성처럼 검술의 재능을 타고나지 못했다. 물론 다른 삼류 검사들이 이 말을 들었다면 스스로 혀를 깨물고 거울 호수로 뛰어들었겠지만, 어떻게 봐도 탑 클래스로 보기에는 아쉬운 것이 현실이었다.

회색빛의 성검에게서 받은 거대한 마력을 바탕으로 근거리, 중장거리 가리지 않는 하이브리드. 굳이 표현하자면 마검사나, 성기사 같은 포지션이라고 표현할 수 있다.

물론 녀석이 운용하는 것은 회색빛의 검에게 부여받은 마력이었으니, 마검사라 부르기에는 애매했지만 활용 범위가 넓다는 것은 부정할 수 없는 사실이다.

심지어 최근 고급 마력 운용 지식을 깨달은 이후에는 자신이 어떤 방향으로 강해져야 하는지에 대해 결론을 내린 상황. 장점을 극대화하기로, 고급 마력 운용 지식에 조금 더 투자하기로 마음먹은 것이다.

밸런스 있게 성장하는 것도 중요한 게 아닌가 걱정이 들었지만, 일단은 속성으로 강해진 후, 부족한 부분을 챙기겠다는 심산으로 보였다.

그 결과 내구 스텟은 전위라기에는 민망한 수준이었지만……

'회색빛으로 내구력을 올리면 돼. 부족한 체력도 채워줄 수 있고, 아쉬운 부분이 없는 건 아니지만 이런 선택이 틀린 것 같지는 않아. 지금은 곧바로 사용할 전력이 필요한 거니까.'

차희라의 코멘트는 나쁘지 않았다.
박연주 역시 마찬가지였고.

'제가 상대하기 까다로운 스타일이 될 것 같네요.'

암살자인 그녀가 가장 까다로워하는 상대가 전사나, 성기사 같은 타입이기는 했으나, 저 정도로 평가하는 것은 라파엘이 강해질 거라고 알려주는 것만 같았다. 만약 라파엘이 평범한 전위로 성장하는 정도였다면 굳이 저런 표현을 사용하지 않았을 것이다.

일이 이렇게 되어가니 갑작스럽게 떡상하는 라파엘코인에 미소를 보낼 수밖에 없었다. 성장 속도가 전성기의 정하얀보다 더 빠르다고 생각했을 정도였으니 무슨 말이 더 필요하겠는가.

녀석을 조금 놓아버리고 다른 일에 집중하려고 했건만 그렇게 할 수 없었던 것이 문제. 자기 자식이 전교 1등을 하는 것으로 모자라, 천재라고 치켜세워지는 상황에서 어떤 부모가 가만히 있을 수 있겠는가.

잘 다니고 있던 직장을 그만두면서 자식 뒷바라지를 하는 분들이 많다는 걸 생각해 보면 스스로의 행동이 그리 이상하게 느껴지지는 않았다.

"그래서…… 당분간은 여기 집중 좀 하고 싶다고요? 천사들은 어쩌려고요?"

"완전히 손 놓지는 않을 거야. 지금도 한소라랑 하얀이가…… 잘해주고 있고, 남은 네임드 천사도 제작에 들어간 지 오래됐어. 물량을 전부 다 채울 수 있을지는 모르겠는데 비슷하게 맞출 수는 있을걸."

"그렇다면 다행이지만, 뭐 그렇게 자신 있게 말하는 거 보니까. 정말 확신하는가 보네요. 요정도 필요 없는 거 맞죠, 오빠?"

"지금 당장은 필요 없을 것 같은데."

"아쉽게 됐네요."

"……뭐가."

"그냥 아쉽게 됐다고요. 조금 색다른 기분을 느낄 수 있지 않을까 하고 기대한 거 있죠. 요즘 피차 스트레스도 많이 쌓인 상황이잖아요. 너무 바쁘기도 하고, 서로 역할을 바꿔보는 것도 괜찮을 것 같지 않아요? 원래 이런 색다른 시도들이 긴 연애 생활을 버텨내게 하는 조미료가 되는 거잖아요. 아, 오빠한테 벌써 질렸다는 건 아니니까 오해는 하지 말아요. 그냥 내가 해보고 싶어서 그래, 내가 해보고 싶다고……."

'누나, 왜 그래…… 눈이 무서워…….'

"말도 안 되는 소리 하지 마. 한번 바뀌면 최소 사흘이고, 지금은 그럴 시간도 없어. 걸리는 것도 많고……."

"그럼 일단은 킵해놓을게요. 언젠가는 쓸 일이 있겠죠, 뭐."

"……."

"아! 그리고 보니 전술 라파엘은 어땠어요? 시험 삼아 한번 해본다고 하지 않았어요?"

"글쎄……."

애초에 테스트 서버 돌리듯, 훈련 상황에서 시도해 본 것뿐이었지만, 사실 그렇게 만족스럽지는 않았다.

정작 라파엘은 무척 놀란 표정을 보이며 흥분한 모습이었지만, 자꾸 전술 김현성과 비교하게 되는 것이 문제였다.

'형은 좀 어떠셨나요? 저는 완벽한 것 같았는데, 괜찮으셨나요?'
'네, 저도…… 괜찮았던 것 같습니다.'
'대단해요. 형은 진짜…… 대단해요.'
'라파엘 님도, 네…….'

그렇게 이야기는 했지만, 만족스러울 리가 없지 않은가. 전술 김현성과의 차이점은 일일이 열거하는 게 입 아플 정도였다. 스텟이 내려간 걸 감안하고서라도 단점이 무척 많다. 이전에 생각했던 것처럼 부족한 경험을 메울 수가 없는 것이다.

엔진 자체는 나쁘지 않았지만, 그 외 모든 것에 문제가 있었다. 핸들은 뻑뻑했고 연비도 좋지 않다. 과속 방지 턱을 밟을 때마다 덜컹덜컹거리는 느낌이었고, 기어 변환 속도도 마음에 들지 않았다. 앞으로 쭉 밀고 나가는 힘 정도만이 칭찬해 줄 만한 요소이리라.

'힘으로만 밀어붙이려고 하니 효율이 나올 리가 있나.'

만약 라파엘을 공화국 전쟁 때의 김현성 포지션으로 꽂아 넣는다면 10분도 안 돼서 탈진해 풀썩 쓰러지지 않을까. 김현성과는 근본부터가 다르다. 더 많은 경험시켜 줘야 했고 부족한 부분을 아이템으로 챙겨줘야 했다.

내 표정이 별로 좋지 않다는 걸 깨달았는지, 이지혜가 조용히 입을 여는 게 시야에 비쳤다.

"별로 만족스럽지 않았다는 표정이네요."

"응, 사실 현시점에서 걔를 평가한다는 게 조금 그렇기는 한데. 지령을 받아들이는 속도가 너무 늦어. 다른 문제들은 일일이 열거할 필요도 없고. 잘 성장하고 있기는 한데, 내가 원하는 방향으로 써먹을 수 있을지는 모르겠다니까. 현성이한테도 말하기는 했는데, 뚜렷한 해결책은 없는 것 같더라고. 훈련 강도를 높이는 것 말고는 할 수 있는 게 없나 봐."

"뭐, 벌써부터 초조해할 필요 있나요? 이제 막 탄력이 붙은 애한테 너무 많은 걸 기대하는 것도 안 좋아요. 그래서 괜찮은 던전 구해달라고 한 거 아니에요?"

"꼭 그런 방향으로 써먹지 않더라도 경험은 필요하니까. 준비는 됐어?"

"되고말고요. 매물로 나와 있는 던전 몇 개는 추려봤어요. 아마 충분히 만족하지 않을까 싶은데……"

"고생했어, 누나. 라파엘한테도 목록 추려서 보내놨지?"

"오빠 말대로 며칠 전에 보내놓기는 했는데……. 혹시 전부 다 맡기는 거예요?"

"그래야 공부가 되겠지. 걔를 평범한 루키들이랑 똑같이 취급해 주는 건 무리가 있으니까⋯⋯."

"흐음⋯⋯."

"다른 루키들한테는 미안한 말이지만 걔네가 부사관 과정을 밟고 있다면 얘는 장교 과정을 밟고 있는 거라고. 그냥 장교도 아니라 사관 학교 출신의 장교. 북서 지역을 책임져야 한다니까. 내가 괜히 얘를 데리고 있는 줄 알아? 던전 인선부터 공략까지 전부 다 맡겨야 해. 실패할 때 실패하더라도 부딪치기는 해봐야지."

"뭐, 틀린 말은 아니네요."

"자기중심의 파티를 어떻게 만들어야 하는지, 자기가 직접 깨달아야 해. 지금까지 배운 걸 머릿속에 잘 집어넣고 있으면 실패하는 경우는 없을걸."

"뭐, 그건 맞는 말이네요. 저야 이런 종류의 현장을 뛰어본 적이 없으니까 잘 모르겠지만, 실무도 본인이 직접 부딪쳐 봐야 하는 건 마찬가지니까. 언제까지 보모 짓을 해줄 수는 없는 노릇이잖아요. 첫 던전부터 영웅 던전으로 들어가는 건 확실히 이례적인 일이지만⋯⋯."

"아마 무난할 거야."

장담하건대 무난하게 공략할 수 있을 것이다. 현재 녀석의 스펙이라면 영웅 등급 던전 정도는 클리어해 줘야 한다.

여신의 손거울이 울린 것은 바로 그때였다.

약 200여 개 정도가 쌓인 정하얀의 메시지를 애써 무시한 채 시선을 돌리자 눈에 보인 것은 라파엘이 보낸 메시지.

[형, 인선 뽑아봤어요. 준비도 끝났고요. 빠르게 다녀올게요. 공략 영상이나 일지는 다녀온 이후에 보내 드릴게요. 아래 파일에 대충 정리해 놨으니 확인 한번 해주세요. 그럼 다녀오겠습니다. 몸조심하셔야 해요, 꼭이요. 최대한 빨리 올게요.]

짧고 굵다. 심지어 행동력도 빠르다.

'얘, 이거 괜찮으려나.'

영웅 등급의 던전은 혼자 보내는 게 좋은 것 같아 전부 다 알아서 해보라고 하기는 했지만…… 막상 보호자가 없다고 생각하자 물가에 내놓은 어린아이를 보는 듯한 기분이 든다.

인선도 나쁘지 않고 스펙만 봐도 영웅 등급 정도는 금방 클리어할 거라는 판단이 서지만…… 무슨 일이 생길지 모르는 게 던전 공략이 아니었던가. 운이 없으면 파티가 전멸하고 옥이야 금이야 키운 내 자식이 던전 미아가 될 수도 있다. 이지혜가 옆에서 별일 없을 거라고 말했지만 투자한 게 많은 만큼 괜스레 불안해졌다.

그 불안감이 가신 것은 정확히 사흘 뒤. 내 쓸데없는 걱정이 기우에 불과했다는 듯 녀석은 훌륭히 던전 하나를 클리어하는 데 성공했다.

"무난했네요. 확실히 선택받은 용사는 선택받은 용사인가 봐요."

"그러게."

확인한 공략 영상도 나쁘지 않다고 생각했을 정도. 처음 합을 맞춰본 파티원들이라고는 믿을 수 없을 정도로 좋은 모습을 보여주고 있었고, 던전 보스를 처리하는 과정까지 완벽했다.

물론 위기가 아예 없었다고는 할 수 없었지만, 착실히 대처하는 모습을 보니 매뉴얼을 숙지하고 있다는 걸 알 수 있었다.

그렇게 일주일, 이 주일, 한 달, 두 달. 내 일과는 간단했고, 라파엘의 일과도 간단했다. 성장 속도에 탄력이라도 붙었다는 듯이 끊임없이 던전을 클리어하고 있었고, 그 와중에 나름의 인맥도 구축하는 것처럼 보였다.

좋은 파트너가 필요할 때라고 생각해, 나와 김현성이 비밀리에 지원하고 있었던 1회차의 전쟁 영웅 몇몇을 라파엘과 만나도록 유도했고, 그렇게 성검 용사 파티가 완성됐다. 완전히 애송이 티를 벗고 한 사람의 모험가라고 당당히 이야기할 수 있을 정도로 성장한 것이다.

녀석이 던전이나 몬스터들이 득실거리는 전선으로 갈 때마다 작업에 집중할 수 있었다는 것 또한 내게는 훈훈한 이야기.

그즈음에 라파엘이 인선에 내가 필요하다는 말을 전해왔고 나는 당연히 녀석의 제안에 응했다. 물론 김현성의 반대가 있기는 했지만, 조혜진과 박리안까지 대동한다는 조건으로 무난히 던전행 티켓을 따올 수 있었다.

'왠지 불안합니다. 느낌이 좋지 않아요. 저도 함께 가야겠습니다.'

그렇게 말했던 김현성의 불안감과는 다르게 아주 무난하게 던전행이 마무리 지어졌다.

그런 식으로 몇 번을 더 다녀온 이후에는 별말을 하지는 않았지만, 아직도 김현성은 뭔가 찝찝한 게 있는 모양. 김현성이 캐치한 걸 내가 캐치하지 못한 것은 아닐까 하는 생각이 들어 라파엘을 조금 더 바라보기도 했지만 역시나 눈에 걸리는 것은 없었다. 여전히 나를 바라보는 눈에는 호의가 가득했고, 말도 착실하게 잘 듣는 우등생의 이미지였다.

애초에 형형 거리며 눈물을 터뜨리던 녀석을 의심할 필요가 무어 있겠는가. 시험 삼아 머리를 한번 부여잡았을 때는 닭똥 같은 눈물을 뚝뚝 떨어뜨리며 내 손을 잡고 베니고어에게 진심 어린 기도를 드렸을 정도. 더러운 악마 계약자들은 모두 떨쳐낸 것처럼 보였으니, 다른 사고가 생길 리 만무했다.

"준비는 조금 어떻습니까?"

"다 됐어요, 형. 인선도 전부 다 짜놨고요. 오늘도 조혜진 님, 박리안 님이 같이 가시는 건가요?"

"아마 함께 갈 것 같네요. 큰 걱정하지 않으셔도 됩니다. 저번처럼 지켜보는 게 대부분일 겁니다. 공략 자체에는 참가하지 않으니까요. 물론 어쩔 수 없이 신경이 쓰일 수는 있습니다만, 아무래도……."

"파란 길드마스터가 허락해 주지 않으셨겠죠."

"하하……."

"그래도 형과 같이 가는 던전행이 제게 더 도움이 되고 있으니까요. 그 정도는 감수할 수 있어요. 그럼 출발해도 될까요?"

"네."

'이 새끼 오늘따라 기합 들어가 있네.'

평소답지 않게 잔뜩 긴장한 얼굴, 최근 던전행의 평가가 그리 좋지 않다는 걸 생각해 보면 당연한 반응이었다.

to be continued